Ben Lerner

10:04《ジュウジヨンプン》

ベン・ラーナー

木原善彦［訳］

白水社
EXLIBRIS

10:04

Cover Photograph: Iwan Baan / Getty Images

ユダヤ教の敬虔派《ハシッド》が語る物語によると、来世は今の世界と全く変わらないらしい。私たちが今いる部屋は、全く同じ形で来世にも存在する。今ここで眠っている赤ん坊は、あの世でも同じように眠っているだろう。そして私たちは、今着ているのと同じ服を向こうの世界でも着るだろう。全ては今と変わらない――ただほんの少し違うだけで。

装丁　緒方修一

1

街は使われなくなった鉄道高架の一部を空中緑道に変えていた。代理人《エージェント》と僕はチェルシーで法外に値の張る祝いの食事をした後、季節外れの暖かさの中、南に向かってその道を歩いていた。料理の一つは、シェフが文字通り死ぬまでマッサージしたタコの赤ん坊だった。僕らはありえないほど柔らかなタコを丸ごとほおばった。僕が生き物の頭を――ましてや、自分の住みかをきれいに飾り付けし、複雑な遊びをすることが知られている生き物の頭部を――丸ごと口に入れたのはそれが初めてのことだった。使われることなくぼんやりと光るレールと、入念に配置されたハゼノキとケムノキの木立に沿って南に歩いていると、やがて高架道《ハイライン》の、デッキが少しえぐれている場所にたどり着いた。そこは円形劇場みたいな格好になっていて、木の階段が数層分、下に続いていた。一番下の層には、10番街を見下ろす窓が備えられ、誰でもそこに腰を下ろし、車の流れを見ることができる。僕らはそこに座り、往来を見詰めた。僕はそのとき異質な知的生命体《エイリアン・インテリジェンス》の存在を感じ、さまざまなイメージと感覚、記憶と情動の流れを経験したが、それはいずれも、正確には僕自身のものではなかった、というのは半分冗談で、半分は本当だ。偏光を知覚する能力。塩が吸盤にすり込まれる際の、味覚と触覚の融合。全く脳を経由せず、手足に局在化された恐怖。煙を吸ったり吐いたりしている代理人に向かって僕はそんな考えを声に出して言い、二人で笑った。

数か月前、代理人は僕に、『ニューヨーカー』誌に掲載された短編に基づいて〝六桁強〟の前払い原稿料がもらえそうだというEメールをよこしていた。あとはあの短編を長編にすると約束するだけでいい、と。真剣だけれども曖昧な企画書を僕が何とか書き上げると、それがニューヨークの大手出版社の間で競売にかけられ、おかげで僕たちは作品冒頭に登場するレストランで頭足動物を食することができたわけだ。「具体的にはどんなふうに話を膨らませるつもり?」彼女はチップを計算しながら、遠くを見るような目でそう訊いた。

僕は「同時に複数の未来に自分を投影してみようと思う」と言うべきだった。「僕の手がかすかに震えた。僕は沈みゆく都市で皮肉《アイロニー》から誠実へと突き進む。そして脆弱な碁盤目における未来のホイットマンになる」と。〔ウォルト・ホイットマンは米国を代表する詩人（一八一九―九二）〕

前年の九月に僕が検査のために送り込まれた部屋の壁には巨大なタコが描かれていた。タコとヒトデと、エラを持ったさまざまな水棲脊椎動物。というのも、そこは小児科病棟だったからだ。水中の風景が描かれているのは、腱反射の検査をするためのハンマーや注射針から子供の気を逸らすためだった。三十三歳の僕がそこにいたのは、医師が偶然、僕の大動脈基部に、完全に無症候性の動脈瘤性拡張らしきものを発見したからだ。それは慎重な経過観察と、場合によっては外科的手術を必要とする。この年齢でそうした症状が出るのはマルファン症候群の可能性が高い。それは結合組織に関わる遺伝的疾患で、典型的には異常に長い四肢や曲がりすぎる関節を生む。心臓病医から診断を聞かされたとき僕は、体脂肪率が高いこと、腕の長さはごく普通で、身長は標準を少し上回るだけであることを説明したが、医師は逆に、僕の足指は細長いし関節も微妙に柔らかいと指摘し、症例の範囲に入る可能性もあると反論した。マルファン症候群患者はほとんどの場合、幼児期に見つかる。だから、僕は小児科病棟にいたのだ。

心臓病医の説明によると、もしも僕がマルファン症候群なら、外科手術が必要になる可能性は高くて（大動脈基部の直径が四・五センチというのが閾値《しきいち》）、ほぼ確実と言ってもよかった（ＭＲＩによると僕の値は四・二センチ）。というのもマルファン症候群患者の間では、しばしば致命的な結果をもたらす大動脈の破裂――医者はそれを〝解離〟と呼ぶ――の可能性が高いからだ。もしも遺伝的な体質に問題がなくて、大動脈の状態が突発性のものなら、おそらく最終的には外科手術が必要になるかもしれないものの、閾値ははるかに高くなり（五センチ）、進行もずっと遅くなることが見込まれる。いずれにせよ僕はそのとき、体内でいちばん大きな動脈が統計的に有意な確率で今にも破裂するかもしれないという認識を背負わされていた。僕はその場面を、血管がホースのように暴れて血をまき散らすという形で想像していた――それがいかに不正確なイメージであろうと。そして倒れる前に僕の目は遠くを見詰める。その姿はまるで……などと。

かくして僕はマウントサイナイ病院で、幼稚園児用にデザインされた赤いプラスチックの椅子に腰掛けた状態で潜水していた。紙のガウンを羽織ってその椅子に座っていると、急に自分が無様なのっぽに感じられ、診断する医師団が現れる前からもう、病気が確認されたような気分になった。病院に付き添ってくれていたアレックス（彼女は精神的なサポートのためと言っていたが、診察室を出るときの僕は自分に告げられた話の最も基本的な部分さえ思い出せない状態だったので、現実には実際的なサポートとなった）は一脚きりの大人用の椅子――間違いなく、付き添いに来た親のための椅子

——に座り、膝にノートを広げて僕と向かい合っていた。

僕は前もって、三人の医師から成るチームが診断をし、相談をした上で意見を聞かされる——まるで裁判の評決みたいだ——と説明されていた。しかし、にこやかな笑みを浮かべながら部屋に入ってきた医師団を見たとき、そこには僕が予期していなかったことが二つあった。皆、美人で、かつ僕よりも若かったのだ。アレックスがその場に居合わせたのは運がよかった。というのも、白衣を着た医師が全員——皆、出身地はどうやら南アジア——プロポーション抜群で、顔も均整が取れて目鼻立ちがはっきりし、リップグロスとアイシャドーを用いた見事な化粧と相まって、薄明るい金色をした病院の照明の下でも健康の戯画みたいに輝いていた、などと僕が話しても、彼女は信じてくれなかっただろうから。僕がアレックスに目をやると、彼女も驚いたという表情を見せた。

僕は指示された通りに立ち上がり、腕の長さと、胸と脊椎の湾曲と土踏まずを測定してもらった。自分にはよく分からない疾病分類学的プログラムに従ってたくさんの計測をされていると、まるで手足の数が急に増えたような気がした。医師が全員僕よりも若いというのは、医療と僕の身体との関係がもはや保護者的慈愛という形では成立しないことを示す不幸な指標だった。なぜなら、彼女たちが僕の病んだ肉体に見いだすのは、自らの未熟な過去ではなく、将来の衰えだからだ。とはいえ、子供向けにしつらえられたこの部屋で僕は、二十代半ばから後半の、三人の無類の美人に子供みたいに扱われると同時に、物理的な距離以上の隔たりを感じさせる位置から、アレックスの同情的なまなざしを注がれていた。

タコは手足に触れるものの味まで感じることができるが、身体感覚は鈍い。脳は水流の中にある体——特に腕——の位置を見定めることができないし、身体感覚よりも体の柔軟性を優先させたために、手足に触れた物を立体的に認識することができない。局所的な肌理《きめ》の違いは分かっても、その情報を統合してより大きな像を描くことはできず、世界というリアルな虚構《フィクション》が読み取れない。何が言いたいかというと、僕の体は各部分が神経学的な自律性——空間的であると同時に時間的な——を持ち始めたということだ。心臓が収縮するたびに、柔軟すぎる大動脈がわずかとはいえ拡張し、未来が僕の中で崩れていった。僕自身を含め、その部屋にいる誰よりも、僕が年上で、しかも年下だった。

□

彼女のサポートは精神的かつ実際的なものだったが、同時に利己的でもあった。というのもアレックスは最近、僕の精子で妊娠したいと言いだしていたからだ。とはいえ、彼女は誤解されないようすぐに付け足したのだが、普通に性交をしてではなく、子宮内人工授精《IUI》によってということだ。彼女の言葉を借りるなら、「あなたとセックスするのは変な感じだから」。彼女がその話を切り出したのはメトロポリタン美術館でだった。アレックスは失業中、僕は作家なので、二人はよく平日の午後にそこに出掛けていた。

僕たちが出会ったのは僕が大学一年生、彼女が四年生のときだ。偉大な小説を扱う退屈な授業を聴きながら、僕らはたちまち互いに共感を抱いた。でも、本格的に親しくなったのは、僕が大学を卒業して数年が経ち、ブルックリンに引っ越して、彼女がすぐそばに暮らしているのを知ってからだった。僕たちは二人で散歩するようになった。シナノキに日が沈むのを見ながらプロスペクトパークを歩いたり、ボアラムヒルの辺りからサンセットパークまで歩いて、夕暮れ時《マジック・アワー》に凧揚げしている人を眺めたり。日が落ちてから、黒い流れに映るマンハッタンのまばゆい明かりを見ながら遊歩道を歩いたり。

温暖化する惑星で六年間、そんな散歩をするうちに――散歩しかしなかったわけではないが――街を移動する感覚とアレックスとが切り離せなくなって、彼女がいないときも隣に存在を感じるようになった。一人で黙って橋を渡るときも、彼女と沈黙を共有しているみたいに感じた――たとえ実際の彼女がそのとき、州北部にある実家に帰っていようと、あるいは恋人（間違いなく僕の嫌いなタイプの男だ）と時間を過ごしていようと。

　彼女がコーヒーを飲んでいるときとかではなく、美術館でその話題を切り出したのは、ひょっとするとそういう場所だと、互いに向き合うのではなく、目の前のキャンバスを一緒に見るせいで散歩のときみたいに視線が平行になる――それは最も親密なやりとりをするときの必要条件だ――からかもしれない。目の前にある文字通りの風景《ビュー》を共同構築しながら、二人で見方《ビュー》を話し合うのだ。僕たちは互いの視線を避けていたわけではないし、僕は影のある彼女の目――透き通った虹彩ストロマと色の濃い上皮――が大好きだったが、二人は目が合うと黙り込むことが多かった。例えば、ランチの間はずっと黙っているか、たわいのない話をしているかだったのに、歩いて帰る途中で、彼女の母親が末期と診断されたと聞かされたり。その後、僕たちが――彼女は涙を流しながら、僕はその肩を抱きながら、でも二人とも前を向いたまま――アトランティック通りを歩く姿をあなたは見かけたかもしれない。あるいはひょっとしてブルックリンブリッジの途中で、最近ますます涙もろくなってきた僕を逆に彼女が慰めている場面――カップルというより、一体化した姿――をあなたは見たことがあるかもしれない。

　その日、僕らはジュール・バスティアン・ルパージュ作『ジャンヌ・ダルク』――アレックスはそこに描かれたジャンヌに少し似ている――の前に立っていた。すると彼女が出し抜けに言った。「私は今三十六歳。そして独身」と（ありがたいことに彼女はいちばん新しい恋人と別れていた。それは四十代後半で離婚歴のある、労働法が専門の弁護士で、もうつぶれてしまったけれどもアレックスが知人と共同経営していたクリニックに法律的な助言をしていた。彼はワインを二杯飲むと必ず、声の届く範囲にいる全員に向かって、グアテマラで何やら微妙に曖昧な人道活動をしていたという昔の話を自慢げに始めた。三杯目のワインの後は、元妻の性的抑圧と不感症の話。四杯か五杯飲んだ後は、そうした別々の話が入り交じり始め、ろれつの回らない話の中で、大量殺戮《ジェノサイド》と性的拒絶に対する感情が同じ重要性を持つ問題みたいに論じられた。僕がそばにいるときには、彼とアレックスの関係を早く終わらせるため、彼のグラスが空《から》にならないように気を配った）。「この六年、子供が欲しいと思わない日は一日もなかった。ありきたりな言い方だけど、私はお母さんに孫を見せたい。今の私には、七十五週間分の失業手当と保険、そしてささやかながら貯金もある。これってむしろ今まで以上に、子供ができたらまずい状況だということも分かってるけど、私の気持ちとしてはもう、今後いい時期なんて来ないと思うの。仕事のリズムと生物学的なリズムとがぴったり合うのを待つなんて無理。私たちは親友でしょ。あなたは私なしには生きられない。精子を提供してみない？　あなたがどこまで事に関わるかは相談して決めればいい。馬鹿げた話だとは分かっているけど、あなたにはイエスと言ってもらいたいの」

三人の透き通った天使が絵の左上を飛んでいる。両親の庭で機《はた》を織っていたジャンヌが、祖国フランスを救うべく、天使に呼び出される場面だ。一人の天使は頭を抱えている。ジャンヌはよろめきながら鑑賞者の方へ近づき、天使に呼ばれた興奮の中で体を支えようと左腕を伸ばしているように見える。もう一人の天使の視線の先に注意深く描かれたその手は、枝や葉をつかむことなく、まるで溶解

未来の存在

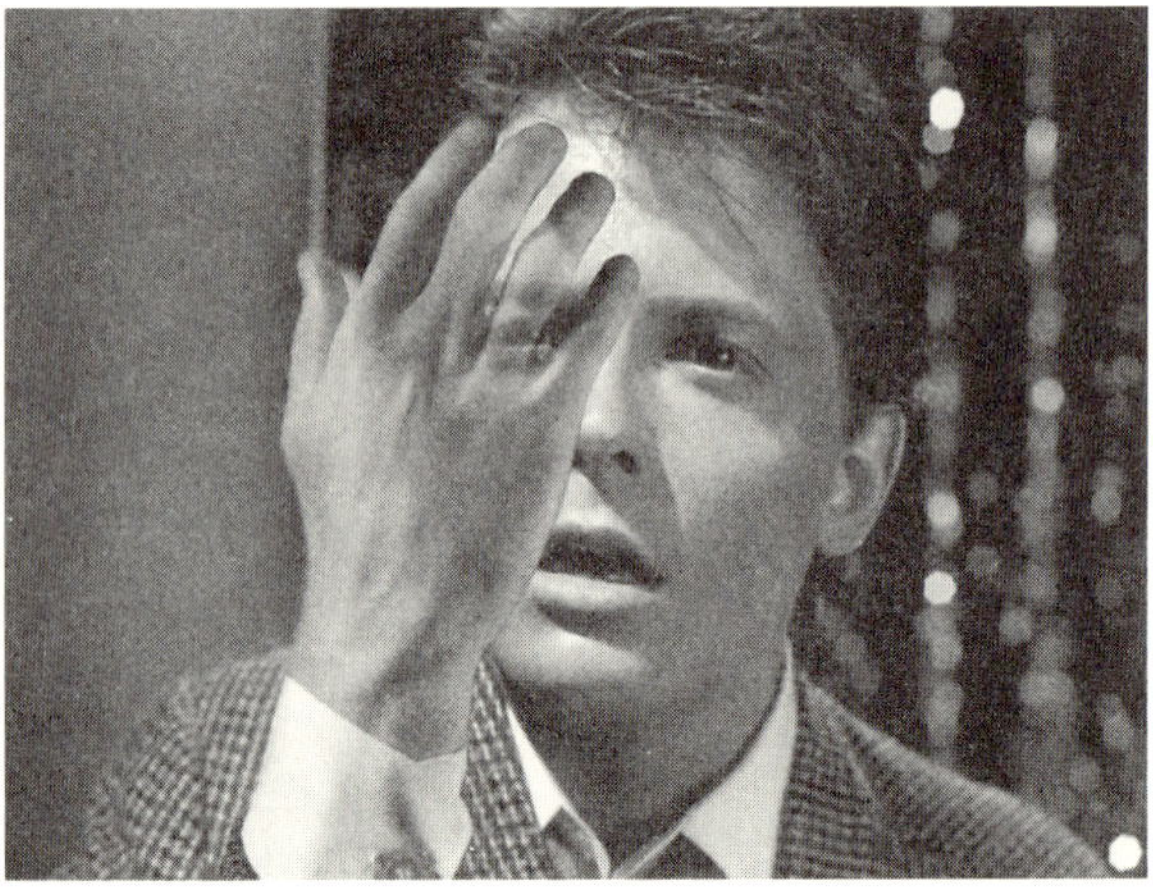

未来の不在

しつつあるみたいだ。美術館の解説パネルには、未来の聖女の身体が備える現実性と天使の持つ霊妙性を調和させることに失敗しているとしてバスティアン・ルパージュが非難されたと記されているが、僕がこの絵を好きなのはその〝失敗〟こそが理由だ。形而上的世界と形而下の世界、その二つの時間的秩序の間にある緊張が、絵画という基盤において齟齬《そご》を生み、背景が彼女の指を飲み込む。その午後、僕はアレックスと一緒に絵の前に立ち、『バック・トゥ・ザ・フューチャー』――僕の青春時代においてきわめて重要な映画――でマーティーが手にしている写真を思い出した。マーティーの時間旅行が一家の前史を乱すことになったとき、彼と兄姉《きょうだい》の姿が写真から消え始める。ただし、こちらの絵の中でジャンヌの手を飲み込んでいるのは〝不在〟ではなく、〝存在〟だ。彼女は未来へと引き込まれている。

〇

僕とロベルトは、ブロントサウルスをめぐる科学的混乱について自費出版することを計画している本に添えるために、靴箱を使ってジオラマを共同構築していた。十九世紀に、ある古生物学者がカマラサウルスの頭蓋骨をアパトサウルスの骨格とつなぎ合わせ、新種を発見したと信じた。だから、僕の子供時代に代表的と考えられていた二種の恐竜の一方は、実は存在していなかったのだ。この修正は、冥王星が惑星から準惑星に格下げされたのと並んで、遡行的に、僕の子供時代の世界観――銀河宇宙と地質学的時間に関わる記憶の中の感覚――に対する大きな打撃となった。ロベルトは八歳の少年で、サンセットパークにある二言語併用学校で僕の友人アーロンが受け持っている三年生クラスの児童だ。僕はアーロンに、生徒指導の手伝いをしながら時々スペイン語の練習をさせてもらうわけにはいかないだろうかと訊いた。ロベルトは頭がよく、社交的だったが、平均的な子供よりも気が散りやすく、うまく放課後に何かの課題に取り組ませることができたら集中力を養うことができる、あるいはその姿勢を教えられるのではないかとアーロンは考えた。僕は学校に出入りする正式な許可をもらっていなかったが、アーロンがロベルトの母親と相談をし――僕が本を出版している作家だという点を強調して――了承を得ていた。

最初の面談の際、ロベルトは、僕がアーロンに相談せずに持参したグラノーラバーを食べてナッツ関連のアレルギー反応を起こした。笑顔のまま顔を真っ赤にして苦しそうに息をする少年を見ながら、僕は動物的な恐怖に襲われ、鉛筆を使って少年の気管を確保しなければならないのだろうかと想像していた。運よく、アーロンが隣の教室で開かれていた会議から戻ってきて僕を落ち着かせ、「ロベルトのアレルギーは軽いから反応はすぐに治まるだろうけど今後は気を付けてくれ。それにしても、おやつを持ってくるとは思わなかったよ」と言った。個人指導を始めて三、四週間が経った頃、またアーロンが部屋を出ているタイミングにロベルトが、何の前触れもなしに反乱を起こし、「僕は今から友達のところに行く。あんたは先生じゃないから僕を止められない」と言った。彼は廊下を駆けだし、僕はその後を早足で追った。恥ずかしさで頬を真っ赤にして子供を追いかけるその姿は、周囲の大人の目には好色な変態に見えるかもしれないと僕は恐れた。ようやく見つけたとき、彼はカフェテリア兼体育館の隅で、本当に巨大な水生昆虫の死骸を取り囲むクラスメートの輪に加わっていた。iPhoneを触らせてあげると約束することでようやく、ロベルトを教室に連れ戻すことができた。

個人指導を始めて三か月目になる今、僕らは完全に打ち解けていた。僕はおやつに果物を持ってくるようになったが、ロベルトは決して手を付けなかったので、アーロンが母親に話をし、子供が僕の言い付けを必ず聞くように脅してもらっていた。診断が下された最初のショックが冷めやらぬ頃——当時は数分ごとに、血管の解離が起きているような気がした——は、ロベルトの注意をクラーケン神話、あるいは最近発見された有史前のサメの化石に向けさせようと奮闘する時間が、致命的なバルサルバ洞動脈瘤破裂の可能性から僕自身が目を背けることができる唯一の時間だった。

かくして、マルファン症候群検査のわずか数日後、僕はまた子供用の椅子に座り、インターネットから工作用紙にプリントアウトしたさまざまな恐竜を、扱いにくい小学生用のハサミで切り抜き、ジオラマの中でアパトサウルスの餌食や仲間を作っていた。どの恐竜がどの地質時代に属するのかをいちいち確認するだけの忍耐力は持ち合わせていなかったので、当然、時代はごちゃ混ぜになっていた。と突然、ロベルトが、第二の氷河期の到来を扱うディスカバリーチャンネルの番組を観てから何度も夢に出て来るようになったという光景の話をまた始めた。

「高層ビルが全部、凍り付いて、9・11みたいに崩れ落ちてくるんだって」と彼はいつものうれしそうな口調で言い、続けて少し声を潜めて、「そして、みんなを押しつぶすらしいよ」と付け加えた。ロベルトは事の深刻さや感情を伝えるために、声の調子でなく、ボリュームを変える傾向があった。

「もしも本当に地球が寒くなりだしたら、建物を温める新しいシステムを科学者が考えてくれるさ」と僕は言った。

「でも、地球温暖化の問題がある」と彼は言ってほほ笑み、永久歯の前歯を待つ隙間を覗かせたが、ささやくような声だったので、事態を心から恐れていることが分かった。

「氷河期がまた来るなんてことはないと思うよ」。僕は絶滅した動物をまた一つ切り抜きながら、そう嘘をついた。

「地球温暖化のことは信じてないの？」と彼は訊いた。

僕は間《ま》を取った。そして「建物が人の上に落ちてくるということはないと思う」と言った。「他に夢は見た？」

「ひどい夢を見た。ジョゼフ・コニー〔ウガンダの反政府勢力の指導者（一九六一―）〕が僕を追いかけてくるんだ。そして――」

「ジョゼフ・コニーって？」

「アフリカにいる悪者。映画に出てきた」

「ジョゼフ・コニーがどんな人か、知ってるの？」

「ユーチューブで映像を見た。アフリカでみんなを殺してるんだって」

「ジョゼフ・コニーがどうしてブルックリンに来るんだい？　地球温暖化と関係ある話なの？」

「ひどい夢の中だと、温暖化で地球に氷河期が来た後、全部の建物が凍り付くんだ。すると刑務所にもひびが入って、そこから殺人鬼がみんな脱走して僕らのところに来る。ジョゼフ・コニーも僕らを追ってくる。僕らはサンサルバドルに逃げなきゃならないんだけど、やつらはヘリコプターと暗視スコープを持ってて、僕らは書類《パペレス》を持ってないからどこにも行けない」。彼は紙を切るのをやめ、顎を机に置き、その後、額《ひたい》を置いた。

手に持っている見慣れたもの――今の場合は緑色の子供用ハサミ――が一時的だが完全に未知の人工物に変わり、手まで自分のものと思えなくなるという、ますます頻繁になってきためまいのような失認の感覚。時空間感覚の崩壊によってもたらされた状態。あるいは逆に、突然それが統合されるときの圧倒的な感覚――例えば、ウガンダの反政府勢力指導者がユーチューブ経由でエルサルバドル系不法移民の子供の夢に現れて、劇的に変化する気候によって破壊された都市、未来のブルックリンを舞台に暴れ、帝国的な司法システムによって不法移民の子供が無国籍者になってしまうという支離滅裂。ロベルトは僕と同じように、グローバルな世界を破局と結び付けて考えていた。

僕は彼に顔を上げさせ、約束できるただ一つのことを二つの言語で言って聞かせた。ジョゼフ・コニーを心配する必要はないよ、と。

僕はロベルトを母親のアニータに引き渡す前に、真っ赤な毛布で体をくるんだ銀髪の女からチュロスを二人分買う許可をもらった。学校のある日には必ず放課後か、放課後の面談が終わった頃合いに物売りがたくさん校門前に現れ、かわいい子供たちに囲まれながら、どんな天気の中でもチュロスを、暖かいときにはアイスクリームを売っているのだ。僕はその短時間に、カンザス州トピーカでの子供時代を通じて経験した以上の物欲的な活気と世代を超えたコミュニケーションと言語的な多様性を目にした。その後、僕はいつものように家に向かって歩きだすことはせず、不思議な力に引き寄せられるようにまた建物に戻った。学校は急に人気《ひとけ》がなくなっていた。僕が形式的な会釈を交わした超肥満体のガードマンと用務員を除くと、わずかに残っているのは、部屋にこもって星形のシールを貼ったり、授業計画を立てたり、籠《ケージ》の中のおがくずを交換したりしている数人の教員だけだった。秋を感じさせる壁飾り――クレヨンでさまざまな色に塗られた葉、豊穣の角《コルヌコピア》、紙の上に広げた手の輪郭をなぞって描いた七面鳥――を触りながら廊下を歩いていると、そんな彼らの存在が本能的に感じられた。

もしも、チュロスを包んでいたワックスペーパーを学校の二階で捨てたとき僕は七歳に戻ってランドルフ小学校にいたと言ったら、それがどういう意味かお分かりいただけるだろうか？　壁の掲示物は、クリスタ・マコーリフに宛てた、わずか二か月後に迫るチャレンジャー号のミッション成功を祈る大げさな筆記体の手紙に変わっていた〔一九八六年一月二十八日、チャレンジャー号は打ち上げの直後に空中爆発し、小学校教員クリスタ・マコーリフを含む乗員七人は全員死亡した〕。僕はグ

私たちを未来へと導く

レイナー先生の教室に入り、自分の席に着く。椅子はもう、窮屈には感じられない。天井から吊り下げられた発泡スチロール製の惑星の一つは冥王星だ。僕の両親はメニンガー病院で仕事中。兄はすぐ上の教室にいる。ジョゼフ・コニーは今、前千年王国説を信奉する勢力の指導者として頭角を現そうとしている。僕の大動脈は当時、体に応じて細かったのかもしれないし、そうでなかったかもしれない。昔の十一月は寒いことが多かったから、教室の隅の放熱器《ラジエーター》はスイッチが入っている。教室は無人ではないが、そこにいる人々は微妙に揺らめいている。僕の横の席にダニエルが現れる。いつも腕が全面、ピーナッツ・キャラクターのバンドエイドと小さな血腫に覆われていた少年。次の春には、ゼリービーンズを――あきれたことに――鼻の奥まで吸い込んで救急搬送された。中学に入ってからは同級生の誰より先にたばこを吸うことになるが、この時代にはスティックシュガーをこっそり食べていることが知られていた。どんな込み入った理由があるにせよ、十九歳のときに実家の地下室で首吊り自殺をするのを知っている少年と一緒に未来のジオラマを作るのは悲しい作業だ。でも、グレイナー先生は僕たちに工作を任せ、進捗をチェックするためにそばに立って様子を見ていた。先生が使っているローションが発するココナツ風の人工的な香りがゴム糊の匂いと混じった。僕がダニエルに似せた人形を作り、彼が僕のを作る。でも、宇宙船は二人で共同構築して、文章の中の修飾語句みたいに紐で吊るし、そのまま永久に崩壊するに任せる。

そして、スペースシャトルの打ち上げを生《なま》で見ていた、アメリカの学校に通う子供たちに言いたいことが一つあります。君たちには理解するのが難しいかもしれません。しかし、このような痛ましいことが時には起きるのです。全ては探検と発見という過程の一部です。これは、危険に挑み、人類の地平を拡大する試みの一環なのです。未来は弱い人間のものではありません。勇敢な人間のものです。チャレンジャー号の乗組員は私たちを未来へと導いていてくれていました。そして私たちは、これからも彼らについていくのです。

〇

温かな目を伴った異常に巨大なハリケーンがニューヨークに近づいていた。市長は前例のない手続きを取った。まず市街をいくつかのゾーンに区切り、海抜の低い地域から順に避難命令を下した。嵐が上陸する前に地下鉄を止めること、そしてロウアーマンハッタンの一部で予防的に停電を行う可能性があることをあらかじめ宣言していた。前の冬に記録的な寒波がニューヨークを襲った際、対応が鈍かったのを批判された市長が、今回は戦略的に過剰な反応をし、準備のほどを誇示しているのではないかと勘ぐる市民もいたが、頻度の増す記者会見のたびに市長の声色は、重々しい威厳を見せるというより、純粋な不安を覗かせているようだった――まるで彼自身が、落ち着くように呼び掛けられている側の一人であるかのように。

百万のメディア――その大半は手のひらに収まるサイズだった――を通じて嵐に対する警戒が街に浸透し、建築物の中や大型燕雀《えんじやく》の体内に入り込み、車の流れと〝改良スズカケノキ〟（都会生活のための交雑を経ているのでそう呼ばれる）の枝振りを変えた。要するに、宇宙からも見える脅威――触手のような雨雲の帯を伴う一つ目の怪物が海で生まれ、空を飛んで近づいてくる――に備えて、街が一つの生き物に変わりつつあった。ハリケーンを追跡するアプリは無数にあった。血管を流れる血流の速度を測定するのと同じ技術を用いて、降水量をカラーで表示するドップラーレーダー画像もその一つだ。

行列に並んでいるとき、街を歩いているとき、あるいは電車に乗っているときに耳にする会話は全てテーマが共通し始め、間もなく慣習的な隔たりが失われて、誰でも参加できる同じ一つの会話になった。僕はNラインの地下鉄でユニオンスクエア駅近くのホールフーズ・マーケットに向かう途中、敬虔派のユダヤ教徒と紫色の手術着を羽織った西インド系の看護師を相手に潮位予想情報を交換した。カナルストリート駅では、そこにさらに、背中に担いだチェロケースよりも小柄に見える十代の女の子が加わった。彼女によると、今、この世の終わりみたいな騒ぎになっているのは実は陰謀で、ロウアーマンハッタンが無人になっている間に警察が全てのアパートに盗聴器を仕掛けるということらしい。二十代の男性三人――一人は刺繡入りのぴたっとしたモスリンパンツを穿いていた――から成る街頭音楽団《マリアッチ》が「トーダ・ウナ・ビダ」を演奏し始めると、僕たちは話をやめた。彼らの演奏が特にうまいのか、あるいは社交的気分が蔓延する車内にいる乗客が特にその演奏、あるいは音楽全般を味わう気分になっていたのかは分からない。いずれにせよ、歌には普段と違う悲哀が感じられた。その結果、喝采が起こり、帽子の中には普段以上の投げ銭が集まった。

　電車を降りると、外はすっかり暗くなっていた。凶事の前兆とさらにそれとは別の何かが引き金となって、空気中に興奮が漂っていた。子供の頃の、大雪の日みたいな感覚。時間が社会の慣例から解放される日。雪が時間を打ち負かすテクノロジーみたいに思える、あるいは打ち負かされた時間が空から降っているように見え、光り輝く雪の一片一片が決まり切った日常から返却された一瞬一瞬であるかのように思える冬の日。ただし今は、興奮が取っている物質的形態は氷ではなかった。ユニオンスクエア周辺の空気は気体相にある水でじとついていた。ニューヨークらしからぬ、熱帯的な湿気。不吉な雰囲気。僕がアレックスと待ち合わせをしたホールフーズ・マーケット――普段から常に既に〔現代の文学批評で用いられる独特な表現〕混んでいるのは知っていたので、この店で今日買い物をするというのは馬鹿げた思い付きだったが、こだわりの少ない彼女が珍しく気に入っている紅茶が売られているのはここだけだった――の前では、レポーターがタングステン照明を浴びながらカメラに向かい、懐中電灯、缶詰、ミネラルウォーターが飛ぶように売れていると話していた。レポーターの後ろを子供たちが走り回り、時々立ち止まっては手を振った。

　アレックスが僕に声を掛けた。僕は彼女の様子がいつもと少し違い、えも言われぬ輝きを放っていることに密かに気付いたが、人混みの中をできるだけ穏やかに進んでいるうちに、その変化はおそらく僕の目の中にあるのだろうという気がしてきた。というのも、店の棚に残っている全てのものがいつもと少し違い、少し電荷を帯びているように見えたからだ。普段より物が少ない様子は、見ていて不思議だった。いつもなら超潤沢な明るい通路があるはずの場所に、今は大きな空っぽのスペースがあった。特に包装済みの食品の棚。ただし、法外な値段が付けられた有機野菜の多くはいまだに、人工ミストの中でみずみずしく光っていた。アレックスは買い物リストを用意していた――非常用ラジオ、手回し懐中電灯、ろうそく、そしていろいろな食料品。この時点では、そのほとんどが売り切れていた。でも僕らはさほど気にせず、他の買い物客――レジのそばには警官がいるにもかかわらず、いつになく礼儀正しく、浮かれているように見える客――の流れに乗って巨大な店の中を回った。

僕は何か酔っ払ったような気分だと言いたくなって、実際にアレックスにそう話すと、彼女は笑って「私もそう」と言ったが、僕が言いたかったのは、迫り来る嵐のせいで普段と同じ買い物が異様に思えて、日常的な経済に潜む奇跡と狂気がともに生々しく感じられるということだった。リストの品がようやく一つ見つかった。命にかかわる重要な品。インスタントコーヒーだ。僕は棚に残された最後の三つの中から赤いプラスチック容器を一つ手に取り、その奇跡の品を目の前に掲げた。アンデス山脈の斜面でコーヒーの木に紫色の果実がなり、その中の種が収穫され、メデリンの工場で焙煎され、碾《ひ》かれ、湯に漬けられ、乾燥処理を経て真空包装され、ジョン・F・ケネディ空港に空輸され、そのまま再包装のためにパールリバーまで陸送され、再びトラックで小売店に運ばれ、僕が今そのラベルを読んでいる。まるで僕の手にある物を生んだ社会関係が、ハリケーンによって危険にさらされた今、包装の中で掻き乱され、ある種のオーラを放ち、商品の内側から輝き始めたかのようだった。飛行機が離着陸できず、ハイウェイが閉鎖され始めたこのタイミングに突然、そんな形での時間と空間のあり方、燃料と労力の使い方がどれほど大規模で、殺人的に馬鹿げているかが急に目に見えるものに変わったみたいだった。

全ては今と変わらない――ただほんの少し違うだけで。僕の中では、そして店の中では、何一つ変わっていなかった。ひょっとしたら、僕の大動脈は変化していたかもしれないけれど。しかし、目を近づけてよく見ると、普段、唯一の可能な世界と思われていたものがたくさんある世界の一つに変わった。一時的にせよ、世界の意味が自由に選べるようになった――電車というつかの間の共有空間《コモンズ》の中で、味のしないコーヒーの容器の中で。

アレックスはお気に入りの紅茶を見つけた。僕たちは残り少なくなっている棚からミネラルウォーターを一箱取った。僕は胸郭内の圧力を高めないために重いものを持ってはいけないことになっているので、アレックスが箱を持つと言ったが、僕は譲らなかった。それから、二人とも腹が減っていたので湯気の上がる総菜コーナー――今晩、店内でいちばん空いている一角――に行き、割高な食料品を、取り合わせを無視してカートに山積みにした。サモサ、ベジタリアン向けのチキン風ナゲット、チキン、キヌア〔南米アンデス原産の植物で雑穀〕を使ったさまざまな料理、カプレーゼサラダ。僕らは総菜と紅茶とコーヒーの支払いをしながら、いざというときの備えがみんな足りないよねというジョークを十代のレジ係の女の子――黒い髪にピンクのメッシュ入り――と交わしてから電車に乗り、家の最寄り駅に着くまでに、アレックスのアパートで夜を明かすことに決めた。

アパートのすぐそばまで行くと急に雨が降りだしたが、どちらかというと、まるでその辺りでは前から降っていて、僕らがビーズカーテンを分けるみたいにしてそこに入っていったように感じられた。突然風が強くなった気がしたのも、風に対する意識が高まったせいにすぎないかもしれない。公園の前を通ったとき、二人の少女が額を寄せ合ってこそこそと何かをしているのが見えた。僕はその子たちがたばこに火を点けようとしているのかと思ったが、二人が互いから離れたとき、それぞれ手に持った花火の火が白くまばゆいマグネシウムの炎色から徐々にオレンジ色に変わっていくのが見えた。少女たちが笑いながら花火で模様――ひょっとすると名前かもしれない――を描きながら公園を走り回ると、飛び散る火花に向かって小型犬がキャンキャンと吠えた。僕は急に、空をゆっくりと横切る翼端灯がないこと、そして着陸前の傾いた機内から街を見下ろしている人間がいないことを意識した。

アレックスのアパートに着くと、僕たちは勢力を増しつつある嵐について最新のニュースをラジオで聴きながら、総菜をコンロで温め直し、指示された通りの準備を整えた。使える容器全てに水を溜め、さまざまな電化製品のコンセントを抜き、ラジオと懐中電灯に使う電池を用意した。アレックスがワインをかなりたくさん買い置きしていた――大半はおそらく弁護士が置いていったものだろう――のは僕にはありがたかった。僕はいちばん古い年号がラベルに記されている赤ワインを一本開け、味の分からない者が飲むことでその価値が無駄になることに喜びを覚えた。僕はきれいなジャムの瓶にワインを注いだ。バスタブに水を溜める前にアレックスが最後のシャワーを浴びる間、僕は冷蔵庫に貼られた写真を見た。すっかり見慣れていたはずの写真だが、もはやそうとは感じられなかった。ギンガムチェックの服と三つ編みという格好の、子供時代のアレックスが母親と継父と一緒に写る写真。去年の夏に開かれたパーティーで、幼い又従妹《またいとこ》――アレックスは〝姪《めい》〟と呼んでいる――と僕が一緒に写っている写真。僕が工作用紙で作った王冠を厳かな仕草で女の子の頭にかぶせる横で、ケーキに立てたどっきりキャンドルから火花が散っている。写真の中の全ては現実にあったことそのままだった――ただ少し違うだけで。それはまるで、画像が急に不確定なものに変わり、いくつもの時制の中で微妙に揺らめいているかのようだった。ところが次の瞬間、そうでなくなった。ニューヨーク大学公共政策大学院のマグネットで冷蔵庫に貼られた、失業保険の支給予定表。

僕たちがテーブルに向かい、アレックスがどこかから掘り出してきたろうそくの明かりの下で――まだ停電はしていなかったけれども――食事を始めたときようやく、嵐の危険と深刻さが肌身に感じられた。それはひょっとすると、その場に最後の晩餐みたいな雰囲気が漂っていたせいかもしれないし、人と食事することで生まれる一体感が脅威と対比を成していたせいかもしれない。ハリケーンは午前四時頃に上陸する見込みだとラジオは言った。現在の時刻は十時。潮位は既に危険なほど上昇していた。数日間の断水に対する備えはできていますか、とラジオは問いかけた。しばらくはこれ以上のものは食べられないかもしれないと思うと、料理は実際よりもおいしく感じられた。僕たちは普段、食事の終わり近くになるとほとんどいつも皿を交換し、彼女が残したものを僕が片付けていたのだが、今日のアレックスは自分の料理を食べきった。僕がワインを一本空けたところで、彼女は僕に、少なくとも嵐が一段落するまでは飲みすぎないでと言った。二日酔いなのに水が飲めないなんてことになったら嫌でしょ、と彼女は茶色の髪をポニーテールにまとめながら言った。せっかくの買い置きを全部飲まれても困るし。

妙に酒が進んだのは、アレックスのアパートで一晩過ごすことになったために少し居心地が悪かったせいだろうか？　彼女のところに泊まったことなら、それまでに何度もあったのに。いや、単に嵐のせいで気が張っているんだと、僕は食事の片付けと皿洗いをしながら自分に言い聞かせた。僕たちはいつものようにプロジェクターを使い、寝室の壁に映画を投影した。それは彼女が以前の雇い主から譲り受けた液晶プロジェクターで、コンピュータにつなぐことができた。インターネットの接続はいつ切れるか分からなかったので、僕たちは数少ない手持ちのＤＶＤから作品を選んだ。廃墟みたいな都市が舞台になっているせいか、僕には『第三の男』がいちばんよさそうに見えた。僕がディスクをセットする間にアレックスはパジャマに着替え、僕たちは二人でベッドに入った。とはいえ、僕は昼間と同じ服のままで、停電に備えて非常用ラジオと懐中電灯はサイドテーブルの上に用意していた。

窓の外で風は徐々に強くなり、まるでシタールが奏でる映画音楽に合わせたみたいに大きくなる木の影が白い壁に投影された映像に重なり、映画の一部となった。二つの世界を横断するのは何て簡単なんだろうと僕は思い、アレックスにそう言うと、彼女は僕にシーッと言った。僕には、映画やテレビを観ている最中に口を挟む悪い癖がある。そうやって二人で映画を観ているうちに、アレックスは眠り、オーソン・ウェルズはウィーンで友人の手にかかって死んだ。小さな天窓に当たる雨音が強くなるのが聞こえ、どこかからゴミが飛んできてそのガラスが割れるのではないかと心配になった。映画が終わると、僕は別のディスクを探し、いつだったか4番通りで箱いっぱいに捨てられていたDVDの中で見つけた『バック・トゥ・ザ・フューチャー』を再生したが、彼女を起こさないよう、音は消した。僕が非常用ラジオにつないだイヤホンを左耳に差して気象情報を聞く間に、マーティーは一九五五年に旅をした――それはちなみに、原子力発電によって初めて町の光が灯された年だ。アイダホ州アルコ。一九六一年に初めてメルトダウン事故が起きた場所でもある。マーティーはその後、一九八五年に戻る。それは僕が六歳だった年。ビデオ映像で見る限りホルヘ・オータは明らかに一塁でアウトなのに、とんでもない誤審のせいでワールドシリーズが第七戦までもつれ込んだ結果、カンザスシティ・ロイヤルズが優勝した年でもある。映画の中では、自動車型タイムマシンの動力となるプルトニウムがなくて困るというのに、現実の世界では、プルトニウムが福島の土壌に染み込んでいる。『バック・トゥ・ザ・フューチャー』は時代に先んじていた。僕は音のない映画を観ながら、上流にあるインディアンポイント原子炉のことが心配になり始めた。

僕は突然、奇妙な感覚に襲われた。イヤホンを差していない耳に、ラジオ音声の反響がかすかに聞こえてきたのだ。そして、しばらくしてからようやく、階下の住人が同じ局の放送を聴いていることに気付いた。僕はアレックスの方を向いて、眠っている彼女の体の上に映画の色が揺らめくのを見た。彼女はいつもと同じ金《ゴールド》のネックレスを身に付けていた。僕は彼女の乱れた髪の房を耳に掛け、そのまま指先を顔から首、そしてゆっくりとした一つの動きの中で――たまたまそんなふうになっただけだと、漠然と自分に言い聞かせながら――胸からみぞおちへと這わせた。そして手を髪に戻そうとしたとき、ふと、彼女の目が開いていることに気付いた。そこで目を逸らして自分がまずいことをしていたのを認めるのでなく、しっかりと視線を合わせておくには相当な意志の力が必要だった。彼女の表情にはどうしてそんなことをしているのかという好奇心だけが浮かんでいて、警戒心は感じられなかった。数秒後、もしも何かおかしなことがあったとしたらそれは酔いのせいだと言わんばかりに、僕はワインを入れたジャム瓶に手を伸ばした。視線を彼女の顔に戻したときには、既にその目は閉じられていた。僕はワインを飲まずにジャム瓶を戻し、彼女と並んで横になり、しばらくの間、彼女を見詰めてから、手のひらで髪をなでた。彼女は手を伸ばして――もしかすると無意識に――僕の手をつかみ、自分の胸に押し当てた。それが僕を止めるためなのか、促すためなのかは分からなかった。僕たちはその格好のまま、ハリケーンを待った。

僕はラジオを聴きながらいつの間にか奇妙な夢に入り込み、ガラスが割れる音が聞こえた気がしてはっと目を覚ました。携帯の表示によれば時刻は午前四時四十三分。壁にはＤＶＤのメニューが映し出されていた。それはつまり、停電はしなかったということだ。僕はイヤホンから聞こえる声に意識を集中した。ハリケーンの〝アイリーン〟は上陸前に勢力が衰え、ロックアウェイとレッドフック辺りで小規模な高潮が観測された程度らしい。「備えあれば憂いなし」という決まり文句とともに、「間一髪でかわした」という言葉が繰り返された。僕はベッドから起き上がり、窓のそばまで行った。雨の降り方もましになっていた。黄色い街灯の明かりは見慣れた光景を照らしていた。折れた枝が少し落ちていたものの、倒れた木はなかった。僕は台所に行って水を一杯飲み、カウンターの上に置かれたインスタントコーヒーを見たが、もはやそれはいつもと少し違ってはおらず、来たるべき世界からの使者ではなくなっていた。僕は空振りした嵐にホッとすると同時に、がっかりした。

僕がプロジェクターの電源を切ると、アレックスが何か寝言を言って、寝返りを打った。「何も起きなかったよ。僕は今から家に帰る」と僕は言った――何も言わずに帰ったと後で怒られたときに、「いや、ちゃんと一言断った」と言い返すアリバイ作りのために。彼女の額にキスをしようかとも思ったが、すぐにその考えを捨てた。二人の間に生まれていた身体的な親近感は嵐とともに消え去っていた。額にキスという少し距離を置いたジェスチャーでさえ、今の二人には不似合いに思えた。それだけではない。それはまるで、アレックスとの身体的な親密さが――赤の他人とでも打ち解けられる雰囲気や、物の周囲に漂っていたオーラと同様に――単に消えたというのではなく、遡及的に抹消されたかのようだった。そうした瞬間は、到来しなかった未来によって可能になっていたので、現実に訪れたこの未来からは思い出すことができない。それは写真から消えてしまったのだ。

□

僕たちがセックスを終えたとき、アリーナの息が空中で速度を落とし、白く変わるのが見えた気がしたが、アパートは暖かかったのでそんなはずはなかった。にもかかわらず、彼女の体は僕よりもず

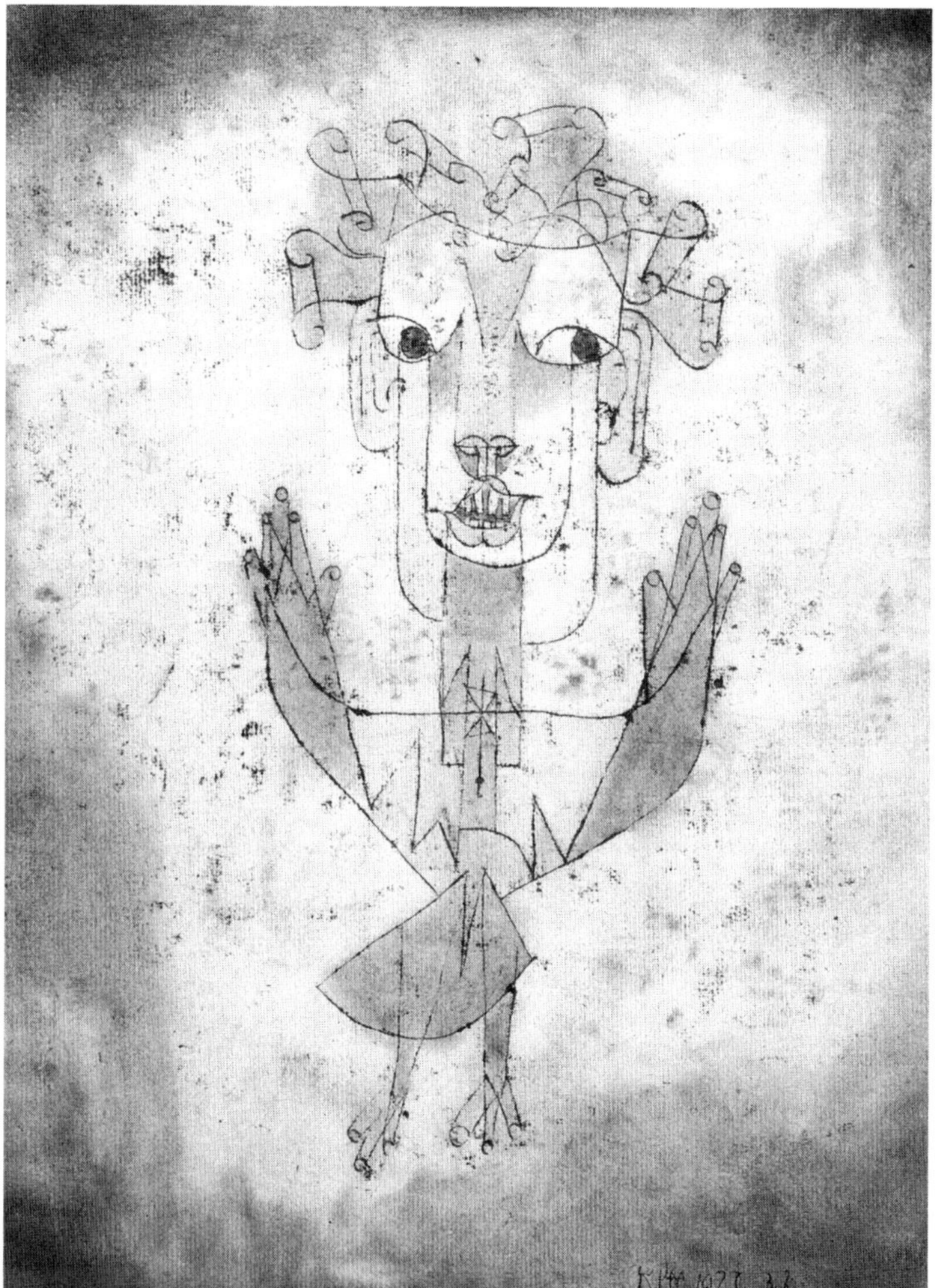

「嵐は天使を、彼が背を向けている未来の方へ、不可抗的に運んでいく」
——ヴァルター・ベンヤミン

っと早く動的平衡《ホメオスタシス》に戻ったようだった。彼女はマットレスから起き上がり、着たままだったドレスのしわを伸ばした。僕は服を着て、彼女の後に続いて非常階段に出て、周囲にそびえる高層ビルの、後光《ハロー》に包まれた明かりを眺めた。彼女は砂を詰めたペンキ缶の上にずっと置かれていたに違いない箱からたばこを一本取り出し、万能マッチ——こちらはどこから取り出したのか不明——を煉瓦でできた建物の外壁で擦って火を点けた。「ちょっとちょっと」と、ありえないほどクールを決め続ける彼女の態度に僕が突っ込みを入れると、彼女は少し鼻で笑い、続いて煙にむせ、ようやく普段の彼女に戻った。

僕たちは彼女がたばこを吸う間、あと一時間か二時間で始まる展覧会の話をしたが、僕の意識の大半はいまだに、彼女の肉体がすぐそばにあるという実感に圧倒されていた。彼女に属する原子の全ては僕にも属している。五感が非常に敏感な一つの感覚に融合し、破砕されたガラスがはるか下のアスファルトの中で光っているのさえ見える。彼女がたばこを煉瓦に押し付けて消すと、小さなシャワーのような火の粉が散り、その後、僕は彼女について部屋に戻った。そこは画廊のオーナーのセカンドハウスだった。アリーナは明かりを点けずにバスルームに入り、僕は彼女が用を足す音を聞いた。彼女は水を流さず、手を洗わず、暗がりの中なので当然、鏡を見ることもしなかった。

僕たちは一緒にアパートを出たが、アリーナは大通りに出るまでに、展覧会のオープニングには別々に着くようにしたいと説明した。嫉妬深い元夫も来ることになっているので、面倒な詮索は避けたいから、と。僕は少しかちんときたが、彼女の無頓着な態度を真似て、「いいよ」と言った。「どのみち僕は、画廊から遠くないカフェで先にシャロンと会ってから、一緒にオープニングに行こうと思っていたんだ」。僕たちはさよならのキスをした。

アリーナはドキュメンタリー映画の編集を専門に手がける小さな制作会社で、シャロンとその夫のジョン——ニューヨークにいる僕の友人の中で最も古い二人——と仕事をしていた。アリーナはその会社でのアルバイトを経済的な支えにして、〝芸術的実践〟と称する作業に取り組んでいた。シャロンがいつも説明に窮していたそのプロジェクトについて、僕は呼び名からして眉唾物《まゆつばもの》だと思っていた。しかし実際には、愚行を高く評価しがちなポストメディア時代のアート界によって新星と讃えられながらも、アリーナは大真面目だった。彼女が今開いている展覧会——僕は重いものは持てないので、彼女が作品を壁に掛けるのをただ見ていたのだが——は、古びているみたいに巧みに細工した絵やオブジェから成り立っていた。まず現代の写真を元にして肖像画を描き、次に何らかの方法で——詳しい方法については彼女は口が重くて、僕にはその説明が理解できなかったのだが——それを古びさせ、絵の具に細かなひびを入れ、古い絵画のように仕上げる。飾られた絵の中には、インターネットからダウンロードして拡大した若い女の画像を元にしたものもあった。女はフレームの外にいる男によって顔に精液をかけられ、アイシャドーが流れていた。その目はまるで別の世紀からこちらを見詰めるかのように、鑑賞者を見返していた。ひび割れ《クラクリュール》がジャンルを揺るがし、とてつもない荘重さを絵に与えていた。タイトルは『サーシャ・グレイの肖像』。アリーナは有名な抽象表現主義絵画の偽作をいくつか描き、同じ手法で加工していた。ポロックの偽作は驚くほどオリジナルと変わらなかったが、別の作品はまるで、攻撃で破壊されたニューヨーク近代美術館《MoMA》の瓦礫《がれき》から掘り出されたか、未来の氷河期から解凍されたかのように見えた。中には小さな自画像もあった。それも写真を元に描いたものだったが、加工はされておらず、ひびも入っていなかった。他の作品と並べて置かれたその絵の直截《ちょくせつ》性——モデルの視線の生々しさ——は現在時制においてとても強烈な存在感を放っていて、真正面からそれに向き合うのは困難だった。

カフェでシャロンに挨拶のキスをしようとして、頬に唇を近づけたとき、僕は静電気を感じた。それはまるで、アリーナとシャロンが僕を通じて接触しているようだった。シャロンはミントティーを注文し、僕は普通のコーヒーを頼んだつもりだったが、出て来たのは特定の農園で栽培され、ケメックスのコーヒーメーカーで淹れられた法外な値段のコーヒーだった。ヒューストン通りに面する窓際のこぢんまりしたテーブルで、僕たちは大きなチョコレートパンを分け合って食べた。「ヴァローナよ」とシャロンは言ったが、僕には意味が分からなかった〔ヴァローナは高級チョコレートブランド〕。シャロンはチョコレート職人《ショコラティエ》の語彙に通じていた——彼女が食べるものはほとんど全てチョコレートと関わっているようだった。「あなたと彼女はもう寝てるの？」

僕たちがカフェを出て南に向かって歩きだしたとき、僕は地下鉄が動いているのを感じることができた。そして、いつものようにシャロンと腕を組んで歩きながら、僕よりも少し速い彼女の鼓動を上腕から感じることができた。あるいは少なくとも感じた気がした。僕は明るく照らされた看板を見上げた。そこはおそらく新しい広告の準備中で、何も描かれておらず、一面が紫色に塗られていただけだった。僕は色盲のシャロンに、それがどう見えるか尋ねた。光害に隠された頭上の星々は、時を超えて投影された言葉のように見えた。僕はマンハッタンが水に囲まれていること、そしてその水が流れていることを意識した。そして街から延びる橋やトンネルのもろさ、そうした血管を流れる車の繊細さを痛感した。それはまるで、大脳皮質の再組織化によって街のインフラをわが身のことのように——共同体に先立つ身体感覚の微妙な揺らめきを——感じられるようになったみたいだった。シャロンは灰色と青が見えると答えた。彼女はデランシー通りを渡りながら、将来撮りたい映画の説明をした。数字には他では見られない色が付いていると言う色盲の共感覚者を題材にした映画だ。

間もなく僕たちは、人でごった返す画廊に着いた。元々はそこでジョンに会う予定だったが、ショートメッセージで、風邪をこじらせてしまったという連絡が来ていた。僕たちは隅のテーブルに置かれた白ワインに向かった。アリーナは部屋の反対側で背の高い二人のハンサムな男たちと話していたので、僕はぎこちなく手を挙げて挨拶した。彼女は話を続けたまま僕の方をじっと見たが、手を振り返すことはしなかった。アイシャドーを塗った彼女の目が表しているのが完璧な無関心なのか、それともたぎる感情なのかは判別できなかった。それは彼女特有の曖昧性だった。僕はまるでアリーナの表情に気付かなかったかのようにその視線を逃れ、シャロンと話をしようとしたが、ワインを口元に近づけたときに少しこぼしてしまった。僕がアリーナにまた目をやると、彼女は少しほほ笑んでいた。

たいていの展覧会のオープニングがそうだが、そのような場で作品を見るのは不可能だ。実際、オープニングというイベントは僕が知る限り、鑑賞すべき美術品を眺める環境そのものを破壊する儀式でしかない。シャロンと僕は少し会場内を回ろうとした。オープニングの余韻が徐々に収まりつつある中で、僕はたくさんの人との肉体的衝突を、いら立ちでなく快感として受け止めた。その人混みは、感覚を備えた一つの生き物のようだった。僕は自分が寄稿したことのある美術雑誌の知り合い数人に挨拶をしたが、しばらくするとシャロンが帰りたそうにしているのが分かったので、とりあえずアリーナにおめでとうを言って飲みに出掛けるために、人混みを掻き分けて彼女のそばまで行くことにした。

アリーナとシャロンは挨拶のキスをしたが、アリーナと僕は体を触れあわなかった。僕は冷静を装って、「シャロンと僕はどこか静かなところへ行って時間をつぶすから、画廊の方で人が落ち着いた頃にメールをくれれば、戻ってきて片付けを手伝うよ」と説明した。彼女は「ありがとう。でも、手伝いは必要ないと思う」と言った。それは、僕の申し出は体液の交換が保証する以上の親密さを前提としていて図々しいと言いたげな口調だった。アリーナのしらばくれた態度はあまりに徹底していたので僕は驚き、だまされた気になった――まるでアパートでの出来事がなかったかのように。僕の方はいまだにセックスのほてりが冷めやらぬまま、体の五感と都市の鼓動が同じ周波数で共鳴し、もう一度彼女を所有し、所有されることだけを求めているというのに、彼女の方は完全に冷めた目で僕を見詰めていたので、まるで僕自身が、彼女が避けたがっている元夫――財産という語彙以外で恋愛を思い描くことのできないブルジョアの澄まし屋――になったような気分だった。ひょっとすると彼女が僕から距離を取っているのは、物理的な近さとは無関係に一定の距離を保てることを示した上で再びクールに僕に向き合うのが目的なのかもしれない。僕は心の奥で嫉妬に満ちた怒りが湧き上がるのを感じた。自分を欲望してほしいという欲望。かつてアレックスが喧嘩の最中に言った言葉によると、それだけがずっと抱き続けることができる唯一の欲望だ。他方で僕は素直に、人を捕まえたり捨てたり、捕まえると同時に捨てたりできる彼女の能力に感心した。それは興味をそそるし、ある意味、刺激的でさえある。まるで僕たちが生み出したエネルギーが今、自由に流れ出し、あらゆるもの――身体、街灯、複合素材《ミクスト・メディア》――に少しずつ電荷を与えているかのようだった。

　僕たちは西に向かって歩き、シャロンのお気に入りのバーに行った。店の中は禁酒法時代のもぐり酒場みたいに暗く、内装には黒っぽい木材が使われ、天井のブリキには押型模様が入り、音楽は流れていなかった。「ジョンの話だと、アリーナは格闘技《クラヴマガ》をやっているそうよ。忘れないうちに、セーフワード〔SMプレイなどの場面で受け手が出すNGの合図〕を二人で決めておくことね」。店は、バーテンダーがこだわりのカクテルをシェークする音が聞こえるほど静かだった。

「どうして僕が受け手の側だと勝手に決めてるのさ?」。ジンとグレープフルーツジュースの入ったカクテルは円筒形の細いグラスで提供された。

「だってあなた、玉無しっぽいもん」。シャロンは下品ぶろうとしていたが、その姿勢が真面目すぎて下品には見えなかった。

「僕は、たぶん僕を好きでもない謎の女と、赤の他人のアパートで行き当たりばったりにセックスをする人間だよ。君は結婚しているじゃないか」。シャロンとジョンの結婚式を執り行なったのは僕だった——直前に、オンラインで牧師資格を取得して。

「彼女はあなたが好き。ただ、執着しないだけ」

「雄のタコは、交尾のために〝攻撃〟を仕掛けるとき、吸盤を使って標的をつかみ、生殖腕を挿入する」

「万一、アリーナが生殖するとしたら、きっと分裂という方法でしょうね」

「窒息プレイとかいうやつは」と僕は二杯目のカクテルの勢いに乗って言った。「何だかぞっとしないんだよな」

「女を本人の欲望から守ってやらなきゃならないとか、考えるのをやめたら?」

僕たちはそのとき、デランシー通りを歩いていた。道路の換気口から何かのガス——ただの蒸気でありますようにと僕は祈った——が噴き出ていた。「ひょっとすると彼女は、窒息プレイを通じて死の恐怖に立ち向かい、克服しているのかもしれない」

「ひょっとすると彼女はそうすることで、声を失う恐怖と戦っているのかもしれない」

通りすがりの救急車が赤い光を僕たちに投げかけた。「あるいは、女の声や命を奪おうとする内心の欲望をあなたに自覚させるのが楽しいのかも」

「解放されたときに、肺にどっと入ってくる酸素が快感なのかも」。僕たちは地下に下りた。

「『番紅花《クロッカス》となって燃えるマッチの火。ほとんどあらわにされた内部の意味』」と僕はヴァージニア・ウルフの『ダロウェイ夫人』から引用したが、その声は入ってきた電車の音に掻き消された。

「扉が閉まります。ご注意ください」

「この前、BBCの依頼でボノボに関する映画の編集を手伝ったの。ボノボは人間にいちばん近い親戚なんだけど、彼らの間では、交尾相手を独り占めにするという概念がない」

「一夫一婦制というのは、農業が生んだものらしいよ。財産相続という事態が出てきたときに、父権が問題になり始めたんだって」

「本日、HIVの検査を受けましょう」と地下鉄Dラインのポスターが言った。

「でも、ボノボは他の霊長類の子供を食べたりもする」

「じゃあ、子供が欲しくないんだったら、どうして結婚したんだい?」。地上に出ると、そこはマンハッタンブリッジだった。周囲はほとんど全員がEメールかショートメッセージをチェックしていた。

アレックスからのメッセージには、「あなたはさよならも言わずに帰った」と書かれていた。

「ダイヤモンドのように光り輝いて」と、僕の隣にいる若い女性のイヤホンを通して、リアーナが歌った。女性の爪には星の模様が描かれていた。

僕たちはクラウンハイツにあるレストランで席に着いていた。丸いモザイクタイルを敷き詰めた床がろうそくの明かりで輝いた。「私は誓いを信じる。人前での宣言を信じる」

「私はあなたとともにいくつもの世界をくぐり抜けることを誓います」。彼女がそう誓ったのを僕は覚えていた。僕はワインしか要らないとウェイターに言ったが、彼女の皿にあったほうれん草のニョッキを半分ほど食べ、レジでは食事代の全てを払った。

「彼女は君にすぐ飽きる」とジョンは言った。彼はソファに寝そべってノートパソコンで刑事ドラマ『ザ・ワイヤー』を観ていた。左右の鼻の穴に詰められたピンクのティッシュは、小学校の学芸会で悪者が生やしている髭のようだった。コーヒーテーブルの上には使い終わったティーバッグと映画雑誌『フィルム・クオータリー』が散らかっていた。僕は何かいいものがないかと台所をあさったが、ぬるいジンしか見つからなかった。

「それならどうして僕たち二人をくっつけたのさ?」

「彼女は頭がよくて美人、しかも優しくて、君の詩が好きだと言っているから」

僕はセントラルパークを通って徒歩で家に戻った。「おまえは僕の体の実体性を木々の霊妙性と調和させることに失敗した」と僕は霞に向かって言った。公園は雁《がん》の飛行経路にあるので、市は雁を捕らえ、安楽死させている。ウィキペディアで確認した情報によると、つがいになった雁は一生涯、相手を変えないらしい。僕の手の中で画面の明かりが消えたようだった。顔を上げると、ひび割れ《クラクリュール》のような雲が見えた。

僕は大きなグラスに水を注いだが、それをベッド脇まで持って行くのを忘れた。「小さなシャワーのような火の粉」と僕はアリーナにショートメッセージを書き送り、少し経ってからそれを後悔した。

10

僕はアッパーイーストサイドにある、空調の整ったアンドリューズ医師のオフィスを後にして、季節外れに暖かな十二月の午後の世界に出た。携帯の電源を入れ、メールチェックをすると、ナタリからのメッセージが入っていた。彼女は僕の師匠であり、文学上のヒロインでもあった。用件は彼女の夫、バーナード――彼もまた僕にとってはナタリに劣らず重要な人物だ――に関するものだった。

Bがニューヨークの市内で転倒して首の骨を折りました。手術は無事に終わり、差し迫った危険は回避しました。でも回復には時間がかかり、いつになったらプロヴィデンスに戻れるかはっきりしません。私は今晩からマウントサイナイ病院に近いホテルに泊まる予定です。インターネットが使えるかどうかは不明。下に私の携帯番号を記しますが、私はどうやらショートメッセージの受信がうまくできないみたいで、時々メッセージが行方不明になります。愛を込めて、Nより。

僕はメッセージを読みながら、最近徐々に頻繁になってきた感覚をまたしても経験した。液晶ディスプレイから言葉を読み取る間に、周囲で世界が組み変わっていく感覚だ。ここ数年に受け取った大事な個人的ニュースは多くがスマートフォンを通じて入ってきた。そしてそのとき僕が街のどの場所にいたかははっきりしていて、三十代前半で僕が遭遇した主な出来事については地図上で再現することが可能だ。壁の地図に押しピンを刺すこともできるし、グーグルマップに目印の旗を立てることもできる。どんな込み入った理由があったか分からないが、友人が銃で自殺したという知らせをジョンから受け取ったのは、リンカーンセンターの噴水の脇だった。近い親戚が送ってきた、新しく生まれた子供の状態が深刻だというメッセージ（「一斉送信メールで失礼します……」）を受け取ったのは、ロングアイランドシティのイサム・ノグチ美術館。近所にあるモスクの音割れするスピーカーから祈禱《アザーン》の合図が流れるのを聞きながら、アトランティック通りにある郵便局の行列に並んでいるとき、あなたの結婚の知らせを聞いて、ショックを受けている自分にショックを受け、落胆し、そこから数週間落ち込んだ――ありがちな反応だけに余計に落ち込んだ――こと。海外で一夏を過ごす助成金がもらえることになったというニュースを知ったのは、ソーホーのクレート・アンド・バレル〔台所用品、家具、雑貨など売る店〕のトイレ――ロウアーマンハッタンでいちばんきれいな半公共トイレ――だったので、僕の頭の中では、ブロードウェイとヒューストン通りの交差点がモロッコでの出来事と結び付いている。妊娠を確信していた当時の恋人から、やはり妊娠していなかったという知らせを受けたのはズコッティ公園。そしてグラウンド・ゼロから通りを挟んだところにあるデパート、センチュリー21で安売りの靴下を買っているとき、警官の手で肋骨を折られたオークランドの友人が病院に担ぎ込まれたというメッセージを受け取った。などなど。知らせを受けた経験の一つ一つが、いわば〝その場に刻み込まれて〟いて、大きなニュースを受け取った場所を通るたびに、その残響がビーズカーテンのように僕を待ち受けていた。

　バーナードもナタリもこの時空――少なくとも、僕が存在するのと同じ時空――の存在と感じられたことはなかった。僕が大学一年で初めて会ったとき、バーナードは賢者めいた顎髭と超人的な学識のせいでありえないほど高齢に見え、それから何年か経ってようやく、あのときはもっと若かったと思い出せるようになった。僕が彼の授業を初めて取ったとき、彼は六十代後半だった。しかし、バーナードは最初から時間を超越しているように見えていたから、実際に年を取ることが想像できず、どの現在の時点においても、彼の体の衰えはリアルに感じられなかった。その意味では、彼は永遠に若かった。ナタリ（バーナードに匹敵する量、ひょっとすると彼以上に本を読んでいるのは、僕が知る範囲では彼女だけだった、というのもドイツに生まれ、子供の頃にフランス語を学び、英語で創作する大詩人になった彼女は複数の言語を流暢に使えたからだ）は常に、記憶の中でも、同じ年齢に見えた。そんなふうに時間のくびきから自由でいられるのは、一つには、文学的な方面で大きな成功――僕に言わせれば、今時ありえない、時代錯誤的な成功――を収めていたからだった。二人ともそれぞれに、いくつかのジャンルで、二十を超える本を発表していた。そして二人とも、それと同じくらいたくさんの本を翻訳していた。夫妻が六〇年代初めに設立した小さな出版社は実験的な書物やパンフレットを数百冊出版していた。それに加え、夫妻が暮らすプロヴィデンスの家――本でできているのかと見まがうほど本だらけ――も時間から隔絶しているように感じられた。バーナードとナタリはいつも仕事をしていて、決して仕事はしなかった。というのはつまり、常に本を読むか、書くかしていて、それ以外のときは、他の作家のために歓迎パーティーを開いていたということだ。仕事と余暇との区別は存在しなかった。彼らの毎日は慣習的な一日みたいに区切られていなかった。家は日常的なリズムを刻むことなく、文学世界という奇妙な持続状態にあった。

正直に言うと、そうしたことの全てが、最初のうちはとてもうさんくさく感じられた。夫妻はあまりに完璧で、あまりに開け広げで、純粋で、寛大に思えた。どうしてあの二人は何世代もの作家――攻撃的で、短気で、頭のおかしな人々――を相手にして、一人の敵も作らずにいられるのだろう？

ひょっとすると夫妻は実は感覚が鈍いのか、あるいは知的な面でのろまなのか、それとも床下にいくつもの死体が埋まっているのだろうか？　初めて彼らの家を訪れたとき僕がきわめて慎重に振る舞ったのは、一つにはそこが博物館みたいに感じられて、何かを壊したりしないように用心したからだが、もう一つには、罠が仕掛けられているのではないかと不安だったからだ。

僕はナタリのメッセージを読み返しながら、十代の終わりに初めて家を訪れた頃の記憶をスクロールした。バーナードとナタリは、床やソファにワインをこぼしながら文学青年を気取る若い僕に辛抱強く耳を傾けてくれた。僕の話は当然、ありきたりな解釈と間違いだらけの事実のパッチワーク。二人の話は僕にはそのとき理解できず、何年か経ってやっと意味が分かることがよくあった。僕は他の学生や取り巻きや若い作家と議論したり、いちゃついたりしたのを覚えている。当時の僕はそんな連中の中で目立とうと必死だったが、バーナードもナタリもそういうときは皆を平等に扱ったので、僕には手を貸してくれず、僕はいら立った。しかし、東79丁目に立つ僕の頭にいちばん鮮明によみがえったのは、夫妻の娘に会ったときのことだった。僕はしばらくの間、その若い女性の虜《とりこ》になり、今でも時々彼女のことを考える。ただし、会ったのは一度きりだ。

それは南アフリカの著名な作家がキャンパスを訪れ、新作小説の朗読を行なった夜だったので、僕はいつにない人混みの中でその娘と出会ったのだった。バーナードとナタリの家を訪れたのはそれがおそらく二度目か三度目で、まだ緊張し、罠に用心していた頃だ。僕は食べ物とワインとグラスがテーブルに並べられたダイニングで、立ったまま、壁に飾られたバーナードのコラージュ写真を眺めていた。すると、一人の女性——当時の僕より年上で、今の僕より年下——が背後から、一枚の写真の出所を教えてくれた。ムルナウ監督の映画『サンライズ』のポスターの一部だと。僕は後ろを振り向き、月並みな言い方だが、はっと息をのんだ。そこにいたのは、大きな灰青色の目、ぽってりとした唇、白髪が数筋混じる長くて真っ黒な髪の女性だった。加えて、容姿をいかに描写してもそれだけでは表現しきれない知性と落ち着きが、一目見ただけで感じられた。僕は自分がボーッと彼女に見とれているのに気付き、われに返って、サイレント映画とコラージュ——断片をつなぎ合わせることで効果を生む無音のメディア——はぴったりの組み合わせだと思うという意味のことを言った。その言葉には大した意味がなかったかもしれないが、彼女は僕が知的なコメントを言ったかのように振る舞い、彼女の笑みを見て僕の体に電流が走った。バーナードとナタリの家にはよく来るんですかと僕が訊くと、彼女は笑いながら「私はここで育ったの」と答えた。それを聞いて僕は——コラージュに関する知識、賢そうなオーラ、この神聖な空間でくつろいでいる様子からして——この素敵な女性は二人の娘なのだと理解した。

　僕たちは握手をして、互いに名乗った。でも僕は握手に夢中で彼女の名前を聞き逃し、もう一度訊こうとしたがその前に、何やらの教授で著名人だという男が著名な作家に紹介したいからと言って彼女を連れ去った。僕はその夜ずっと、彼女とまた話す機会をうかがって人混みの中をうろついたが、結局チャンスは来なかった。あるいは、行動を起こすだけの勇気が僕にはなかった。彼女の笑い声が聞こえるたび、あるいは騒々しい部屋の中で彼女の声を見つけるたび、あるいは優雅に部屋を歩く彼女を見かけるたび、僕は全身が引きつり、それから、自分がどこかに落ちていくかのように感じた。その感覚は、眠りに落ちる瞬間の間代性筋痙攣《かんだいせいきんけいれん》でハッと目が覚めるのに似ていた。僕はそこで無数の初版本に囲まれながら、それは運命の震えだと確信した。

　僕は気が付くとダイニングルームの壁に沿って置かれたガラスケースの中の、骨董と彫刻を眺めていた。するとそこに、娘を描いた小さな線描画が銀の額縁に入れて飾られていた。面長な顔はどことなくモディリアニの絵画を思い起こさせた。署名のないその小さな肖像を描いたのはバーナードだろうか、と僕は考えた。その頃にはもう、僕はその場に残るわずかな一団の一人になっていた。ワインを飲むことで次のワインを飲む勇気を得て、僕はようやく、空き始めたリビングの椅子の一つに腰を下ろし、他の人たちと一緒にバーナードの話に耳を傾けた。彼は横にある暖炉の火を掻き回すために数分ごとに話を中断しながら、あるフランス人作家のことを話していた。その作家はあるとき金に困り、有名人から自分に届いた手紙を偽造して、それを大学図書館に売ろうとしたらしい。僕が密かにバーナードの娘に目をやると、彼女は暖炉の明かりの中で黄昏を思わせる金色に輝いていた。

僕はその夜、彼女とそれ以上話をすることはできなかった。彼女はどうやら泊まっていく様子ではなかった。バーナードが話――偽造はばれるが、作家はその後、手紙を書簡体小説として出版し、高い評価を得る――を終えると、教授は帰りたそうにあくびをし、娘は一緒に車に乗せてもらえるかと尋ねた。彼らが立ち上がると、リビングにいた全員も一緒に立ち上がった。彼女はバーナードとナタリと他の一人か二人に別れのキスをしたが、僕もその流れで、運よく彼女からのキスを受けることができた。彼女は僕にまた会いたいと言ってくれた。僕は次に気が付くと、うっすら積もった雪の中を寮に向かって駆けだしていた――いかにも若い学生らしく、うれしさのあまり笑い声を上げながら。世界の可能性と充実感が僕を圧倒していた。頭上では、何の皮肉も交えることなく、光り輝く巨大な球体が燃えていた。街灯には後光《ハロー》がかかり、明るい月面の高地――点在するクレーター群――がくっきりと見えた。僕はあらゆる書物を読み、新たな韻律を発明し、たとえ何があっても、前衛的な大御所の輝かしい後継者に求愛し、成功を収めたい。火が消えかかった石炭のようだった僕の心と体は、彼女の唇が頬に触れた瞬間、その息吹によってはかなく燃え上がった。地球はあらゆる変化を超越した美しさを放っていた。

僕はそれから数か月、娘を探すためにあらゆる歓迎パーティーに参加し続けた。バーナードとナタリに直接娘のことを尋ねるだけの勇気はなかったし、最初の年はそもそも二人とほとんど話をすることができなかったからだ。とはいえ、僕は徐々に二人の前でくつろげるようになり、これまで以上に彼らに自分を印象づけたいと思うようになった。娘はしばしば僕の夢に現れ、少なくとも一度は夢精まで──その現象を経験したのはそのときが最後だ──引き起こしたが、大半の夢は陳腐なほどプラトニックで、手をつないでパリを散歩するといった内容だった。彼女は存在感のある不在と化し、ルームメイトとマリファナを吸う際に現実感を測る尺度に使う幻となった。僕は時々、通り過ぎる車に乗っている彼女や、街で遠くの角を曲がる彼女を見かけたように感じた。冬休みに実家に帰省するときには、彼女が空港で搭乗用通路を歩いているのが見えた気がした。

ようやく僕が、おそらく焦る気持ちを充分に隠せないまま彼女の名前と居場所を直接尋ねたとき、バーナードは怪訝な顔をし、娘はいないと言った。僕は周囲の世界が組み変わるように──何かが死んだみたいに──感じた。でも、あの著名な教授と一緒にいたあの女性は？　ここで育ったと言い、線描画に描かれていたあの人は？　バーナードは僕が言っている人物のことを思い出せなかった。その女性が「ここで育った」と言ったのはきっと別の意味でだろう。ひょっとすると、さまざまな知識を吸収したのが夫妻の家だったということかもしれない、と僕はふと思った。その線描画とやらを持ってきなさいと言われて僕が持って行くと、彼はそれを見て、「これはミシガン州のとある不要品販売《ガレージセール》で見つけたものだ」と言った。涙が──少なくとも僕の記憶の中では──頬を伝った。

夫妻に子供がいない――あの家には、過去も現在も核家族的なものを感じさせる痕跡は全くなかったのだから、二人に子供がいないのは当たり前の事実だった――と知ってから、バーナードが転倒したというナタリからのメッセージを受け取るまでの間に十五年が経っていた。今、僕はナタリの携帯に電話をかけながら、再び二人の娘の顔を思い描き、欲望の谺《こだま》を感じ、彼女に電話をしてバーナードのことを話したいと思った。その十五年間に、僕は自分が編集する雑誌にナタリとバーナードの作品を発表し、彼らについてエッセイを書き、頻繁に夫妻の家を訪れていた。つい最近には、ナタリに呼ばれてプロヴィデンスの家に赴き、二人の遺著管理人になること――大変な栄誉と責任――を依頼されたばかりだ。僕は酔いが回った状態で、自分には至らぬ点が無数にあるという長たらしい演説をし、最近受けた健康診断の結果も言い添えた上で、その依頼に応じた。

ナタリが受話器を取った――〝受話器〟という言い方は既に時代遅れだけれど。彼女の口調はいつもと変わらなかった。僕は自分にできることがあるかと訊いた。基本的にはない、というのが答えだった。でも、明日の朝にでも見舞いに来てくれるとうれしい。ついでに、バーナードが目を覚ましているときには何かを読んで聞かせているので、何かしらの詩を持ってきてもらえたらありがたい。

僕は5番の電車でブルックリンに戻り、短い時間でゆでた硬めのスパゲティを食べ、どの詩を持参するかを考えながら、アパートの中をうろつき始めた。四時間後、僕のアパートはまるで泥棒に荒らされたか、地震に遭ったかのような状態に変わっていた。僕は埃を巻き上げながら数十冊の本を無垢のパイン材の本棚から取り出し、考え直してそれを床に山積みにした。というのも一つには、問題の本がバーナードかナタリからの贈り物か、二人が出版したものか、二人が書いたものだと気付き、それを選ぶのはさすがに工夫が足りないように思えたからであり、また一つには、その詩人を二人が好まない予感がしたか、その不安があったからであり、また一つには、今の状態にあるバーナードに読んで聞かせるにはあまりに気がめいる、あるいは長すぎる詩だったからだ。バーナードの容態を心配する気持ちに、別の馬鹿げた不安が加わって、僕はますます絶望的な気分に陥った。もしも間違った本を持って行ったりしたら、僕の能力が疑われ、遺著管理人に任命してくれた二人の信頼を裏切ることになるのではないか、と。それに加え、もしも僕がバーナードの立場なら今は文学などどうでもよくて、モルヒネと、できれば何か気晴らしになる面白ビデオ番組が観たいだろうと気付いたときには急に自分が恥ずかしくなり、その思考の延長線上で、開胸手術から回復に向かう、あるいは回復し損なう自分の姿を思い描いた。

僕は床に寝そべり、天井のファンがゆっくりと回転するのを見ながら、あらゆる時間秩序が僕の上に崩れ落ちるのを感じて少し息が苦しくなった。バーナードとナタリは生物学的時間に屈しようとしている。二人は未来——僕はそれを水面下に沈んでいるものとして想像することが増えていた——に向けて、自分たちの著作を僕と僕の大動脈に託した。過去はどれも使い物にならなかった。本だらけの僕のアパートのどこを探しても、僕が手足の計測をし、保険次第では友人に精子を提供するかもしれないのと同じ病院に持参する詩は一つも見つからなかった。

と突然、どこからともなく、まるで天井から降ってきたかのように、ふさわしい詩人が思い付いた。ウィリアム・ブロンクだ〔米国の詩人（一九一八―九九）〕。僕はバーナードが一度だけブロンクに会ったことがあると話してくれたのを思い出した。二人ともほとんど口をきかず、和やかだが微妙に気まずい沈黙の中で昼食を取るか、コーヒーを飲むかしたらしい。バーナードはブロンクが二十世紀後半で最も偉大で最も過小評価された詩人の一人だと信じていた。それから十年が経ち、ブロンクが亡くなった後、バーナードはブロンクの遠い親戚か、家族の友人で、晩年の詩人と何度か話したという大学院生に会った。院生がブロンクの話をするときはいつも、バーナードと詩人が親しい友人であるみたいに――まるで二人が幼い頃からの知り合いであるかのように――しゃべったので、バーナードは少し戸惑いを覚えた。そこで、院生がブロンクの人となりについての思い出話を四度目か五度目に持ち出したとき、バーナードは正直に言わずにはいられなかった。私はブロンクの詩をとても高く評価しているけれども、会ったことは一度しかないし、それも短い時間だったので、生身の人物としてはほとんど知らないのだ、と。院生はショックを受けていた。でも、彼はいつもあなたの話をしていたんですよ、と院生はバーナードに言った。あなたがあれこれ手を尽くして彼に会おうとしたこと、あなた方が仲良しだったこと、二人が互いをよく理解していたこと……。僕がこの大学へ来て、あなたの下で勉強しているのも、二人の関係があったからなのです。そのとき、院生の周囲で世界が組み変わるのがバーナードには見えたのではないかと僕は思う。

ウォレス・スティーヴンズはバーナードのとびきりお気に入りの二人の詩人に大きな影響を与えたという話を、別の機会にバーナードから聞いたのを僕は覚えている。一人は誰もが正しく讃えているアッシュベリー。もう一人はほとんど知られていないブロンク。アッシュベリーは色付きで書き、ブロンクは白黒で書いたとバーナードは言った。アッシュベリーはスティーヴンズの豊かなみずみずしさを引き継ぎ、ブロンクは逆に、スティーヴンズを限られた語彙に翻訳するかのように、豊かさをそぎ落とした。結果として、ブロンクの詩は哲学的重厚さとほとんど自閉的な言語的簡潔性との間で宙吊りとなっていて、正直に言うと、その組み合わせは僕には一度もピンと来たことがなかった。僕は義務感から彼の本を全て読んだが結局、いつも退屈するか、深遠ぶった口調に納得できずにいた。しかし今、本棚でブロンクの詩集を見つけ、適当なページを開いてみると、ついにその本来の力が詩に宿り、初めてリアルに感じられた。

真夏

緑の世界、深い緑の光景
そこに明るい青が加わり、それによって深まった
緑。写真の中では時々
静かに座る被写体の顔、その静かなポーズの
はるか背後に（ひょっとしたら窓の向こうに）
うらやましいほどの光景が広がる。
まるで、人に見詰められた緑の世界が
ありえない鏡を通じて
その人を静かに見詰め返しているかのように。
そして今、ここに
その場所がある。緑の光景
青の加わった深い緑が。私たちの呼吸する
空気はベリーが混じっているかのように
新鮮で甘く暖かだ。私たちはここにいる。私たちはここにいる。

そのことをしっかりと書き記せ。
残虐行為が起きたとき、そしてそれを目撃したときと同様に。
地球はあらゆる変化を超越した美しさを放っている。

翌朝、僕が病院に持参したのはこの詩だった。一緒に、ナタリのためにキヌアのサラダとドライマンゴーを持って行った。僕は扉が閉まるぎりぎりのタイミングでエレベーターに乗って七階のボタンを押したが、数字は点灯しなかった。しかし、エレベーターは上昇を始め、各階に停止した。中に乗っているのは僕一人だったので、その妙な動きに不安を感じて四階でエレベーターを降り、残りは階段を使った。後で分かったことだが、それは安息日用エレベーターで、ユダヤ教の戒律に従って安息日の土曜に電気のスイッチを押さなくて済むよう自動運転に設定されていたのだった。

首にコルセットをはめて病院のベッドに横たわるバーナードは小さく見えたが、同時に、いつもと変わらない様子でもあった。彼は開口一番——喉を傷めていたせいで声がしわがれていた——「病院の指示で読書が禁じられているから、君の小説はまだ読めていないんだ。申し訳ない」と詫びた。部屋には消毒薬や尿のような病院らしい匂いが漂っていたが、それ以外は問題なかった。紙のカーテンが同室の患者——そのときはきっと皆、眠っていたのだろう——を互いの目から遮っていた。

僕はどの詩を持って行こうかと真剣に悩んだ揚げ句に、実はこれは僕を試すために仕組まれた秘密の試験なのだと気付いたと面白おかしく話して二人を笑わせ、バーナードにつながれた装置から響く機械音を努めて無視した。僕がブロンクの詩集を手渡すと、ナタリは感激し、これこそ求めていた本だ、これを持ってきたのはあなたが長年きちんと話を聞いていた証拠だという表情を浮かべたように見えたが、それは僕の気のせいだったかもしれない。バーナードは例の院生の話をまた始めたが、負担が大きすぎたようで、途中で話をやめた。僕は二人の〝娘〟のこと――僕はそのとき初めて、二つの話がよく似ていることに気付いた――に話題を変えた。それは以前、二人で何度も一緒に笑った話だったのだが、バーナードは僕が話している出来事をよく思い出せないようだった。

病院内の明るい照明にもかかわらず、僕は外に出た途端、夜から昼に歩み出たように感じた。あるいは、昼公演《マチネ》をしている暗い劇場から太陽の下へ、あるいは、潜水艦で水面に浮かび上がったような感覚があった。病院と外とを隔てているところには、二つの世界の境界、ある媒体と別の媒体との境目があるようだった。血液中の窒素が気泡化しないように潜水士《ダイバー》がゆっくりと浮上し、減圧するときみたいに、人が回転扉の中で立ち止まるのをあなたは見たことがあるだろうか？　あるいは――僕は5番街を渡ったところでベンチを見つけ、そこに腰を下ろして人々の様子を見ていた――建物から歩道に出るときに、何か大事なものを忘れたことに突然気付くのだが、それが鍵なのか、携帯電話なのか、具体的になくしたものの正体が分からないという困惑の表情を多くの人が浮かべるのを見たことがないだろうか？　彼らが一秒後に思い出す姿を見るのは辛い。僕は安全な距離を取って病院を眺めながら、アレックスの部屋で数週間寝泊まりした頃のことを思い返した。彼女の友人がチェルシーで多目的スポーツ車《SUV》にはねられた後のことだ。アレックスは時々朝に、しっかり目が覚めないうちから起きだし、台所で紅茶のお湯を沸かそうとして、その後、キャンディスが亡くなったのを思い出すことがあった（彼女が少しの間忘れていたことをなぜ僕が知っているのか、あるいは、彼女が事故をいつ思い出したかどうして僕に分かるのかは謎だ）。マウントサイナイ病院から出て来る見舞客の中で今、打ちひしがれている人や間もなく打ちひしがれる人を探したいなら、悲しみや不安を分かりやすく表情に出している人を探すのではなく、長距離を旅した飛行機から降りてきた乗客みたいな顔——体が新しい時間帯《タイムゾーン》と対地速度に適応しようとするときの、空っぽな表情——の人物を探す方がいい。〝対地速度《グラウンド・スピード》〟。僕は公園に背を向けて座り、前を通ったバスの排気ガスが消散するまで息を止め、街が僕を再吸収するのを待った。バックする宅配トラックから響く警報音が、バーナードの心臓モニターの音に重なった。僕はその瞬間に独り言を言っている数千の街の人に加わり、その言葉を声に出して言い、〝地面《グラウンド》〟という語が〝すりつぶす《グラインド》〟という動詞の過去分詞形に聞こえるまで繰り返した——まるで速度というものが、細かな粉末に変えられるかのように。そうしているうちに、僕はインスタントコーヒーのことを考えていた。

翌週、デモ参加者がシャワーを浴びに部屋に来たときも、僕のアパートの床には本の山がまだ残っていた。彼は僕より二つ三つ年下で、身長は僕よりずっと高く、優に六フィート三インチ〔約百九十センチメートル〕はあったので、建物の方が小さくなったみたいに感じられた。彼は僕の後について三階の部屋まで階段を上がるとき、踊り場で頭をぶつけないようにしゃがまなければならなかった。ひょっとしてマルファン症候群患者なのだろうか？　彼は巨大な登山用バックパックを玄関扉の脇に置き、階段のいちばん上の段に座って靴を脱いでから——僕はそんな必要はないと言ったのだが——家に入った。彼がそうする間に、僕はさまざまな匂いを嗅いだ。汗、たばこ、犬、蒸れた靴下。いつから公園で寝ているのかと僕が訊くと、彼は一週間前からだと答えた。しかし、六週間以上前から、方々で野宿生活をしていたらしい。オハイオ州アクロンにある両親の住む家の地下で暮らしていた彼のもとを、地域情報《クレイグズリスト》サイトを見たデモ参加者グループが訪れ、彼は一緒にウォール街占拠に参加することになった。地域情報サイトは、デモ参加者とバスルームを使わせてくれるニューヨーク市民とを結び付けるのにも使われていた。彼はずっと、人に警戒を解かせる笑みを浮かべていた。ズコッティ公園〔ロウアーマンハッタンにあり、二〇一一年の「ウォール街を占拠せよ」の拠点となった公園〕にはよく行くんですか？と彼は僕に訊いた。

時刻は八時に近かった。普段なら夕食を食べる時間だ。だから僕が「お腹、空いてます？　僕は料理が得意じゃないんだけど、今から何か炒め物でも作るよ」と訊くと、彼は「じゃあ、お願いします」と言った。僕は洗濯が終わったタオルを乾燥機——うちのアパートはクロゼットに洗濯乾燥機が備え付けられていた——から出して彼に渡したときに初めて、彼に何か洗濯してほしいものはないかと、その贅沢さに少し恥ずかしさを覚えつつ尋ねることに考えが及んだ。ぜひお願いしますと彼が答えたので、僕は洗濯機の使い方を教えた。彼はバックパックを取り、そこに詰め込まれた服を洗濯機に入れたが、身に着けていた服は着たままでバスルームに入った。

僕は野菜を切り始めたとき、自分が実はそれほど腹が減っていないことに気付いた。料理をする気になったのはおそらく、男に何かの食事を出してやりたかったのと、バスルームがふさがっている間に何かすることが欲しかったからだ。僕は弁護士のワインを開けた。アレックスから何本かもらったうちの一本だ。僕は赤いキヌアをゆで、冷蔵庫の奥で大丈夫そうな豆腐《トーフ》を見つけ、ニンニクとタマネギを油で炒めた上にそれを加え、ブロッコリーとカボチャと一緒に調理した。バスルームの扉から蒸気が漏れるのが台所からも見えた。僕は携帯を小さなドック付きスピーカーに置き、『ザ・ベリー・ベスト・オブ・ニーナ・シモン』をかけた。シャワーの前に男が立てるかもしれない音——互いに気まずくなるような音——を音楽で掻き消したいと思ったのだ。

僕は野菜を炒めながらぼんやりと考えているうちに、最後に人のために自分で料理をしたのがいつだったかが思い出せないことに気付き、ぎょっとした。実を言うと、そんな経験そのものさえ思い出すことができなかった。誰かと料理をしたことは何度もある。たいていは、アレックスかジョンか他の友人か家族と一緒に、驚くほど無能な助手として台所に立つ感じだ。いろいろな機会に、興味のある女性に向かって、「君を夕食に招待したいけど、僕は料理ができないんだ」と言ったこともある。そう言えば、女性が「私は料理が得意なの」と答えてくれて、「それならぜひうちに来て、僕に料理を教えてよ」となるという手口だ。そうして、二人で台所で酒を飲み、料理を覚える気のない僕は、不器用なところを女性に見せることで望むらくは母性本能をくすぐる。アレックスが伝染性単核症にかかったときに作ったサンドイッチ――それでさえ、作るよりも買うことが多かった――を除けば、どんなに簡単なものであれ、僕が人のために自分で料理を構築した記憶は一つもなかった。いちばんそれに近い記憶は、子供の頃、父の日か母の日に作ったスクランブルエッグがそうだが、兄ばかりか両親までもが、それではお祝いにならないとでも言いたげに必ず僕に手を貸したのだった。逆に、誰かが僕に食事を作ってくれたことなら数え切れないほどある。何千回もの食事。重さにするとトン単位だろう。母の母乳に始まって、現在に至るまで。その週にも、情報交換とロベルトについて相談するための月に一度の夕食会で、アーロンが鶏を焼いてくれたばかりだった。アリーナはその前の晩に、おいしい中東風サラダの三種盛りを作っていた。僕は一応、手伝おうかとは申し出たものの、結局、どちらの料理にも手を貸すことはなかった。僕が貢献できるのは大体、ワインを用意するところだけだった。もちろん、ワイン自体はまた別の人々が長い時間をかけて丁寧に作った品物だ。きっと僕が人のために料理したことを忘れている例もあるのだろうが、仮にあったとしても、ごくまれだったことは間違いない。

　この非対称性に気付いたことがきっかけとなって、僕はシャワーを浴びている男のために料理をする喜びについて改めて――異常にあっさりしたものになりそうな料理に醤油と胡椒を加えながら――考えたが、その時点では喜びは感じなかった、ということはここで言っておきたい。しかし少なくとも、今後は友人たちのために料理をしようと思ったことは間違いない。これからは、僕のすぐ近くにいる人々の生存と成長のために必要な物質を、単に消費するばかりではなく、製造もしよう、と決意したことも、ここで言っておきたい。デモ参加者がシャワーを終えたとき、僕は自分が政治的には唯物主義を自認しながら、食事という創造《ポイエシス》行為においては未熟だという矛盾に頭を悩ませていたということも言っておきたい。しかしその矛盾は、ブルックリンの気取った生政治《バイオポリティクス》に対する憎悪を通じて回避、ないしは緩和することができた。というのも、鼻持ちならないほどの金と時間をかけてはやりの料理を作るという行為は、自己管理と政治的急進主義との融合を可能にするからだ。その上、アーロンやアリーナが僕のために食事を用意してくれたことが何を意味するかを考えてみよう――実際には、食材はどれも、殺人的に愚かで巨大なシステムに属する別の人々が育て、収穫し、包装し、輸送したものだ。本当のことを言うと、自分の利己性に気付いた僕は、さらに自分勝手な思考に陥っていた。すなわち、僕は孤独だった。しばしば料理を振る舞われる側でありながら、自分が哀れに感じられた。というのも三十三歳の僕は、小さな台所で野菜を炒めながら、食事を与えて世話をするというこの基本的な部分に関して誰も僕に依存していないということに気付いて衝撃を受けたからだ。「私を捨てないで」とニーナ・シモンがフランス語で懇願した。子供が欲しい、どうしても欲しいと僕が思ったのは――その気持ちが直前の思考から導かれた正当な帰結であろうとなかろうと――記憶にある限りそのときが初めてだった。

　しかし次の瞬間には、そう思ったことにぎょっとし、子供など全く欲しくないと思った。なるほどこういうことか、と僕は、まるでイデオロギー的な機制《メカニズム》が働く場面を見事にとらえたかのように納得した。反資本主義の闘争に参加する若者を高級アパートに招き入れてシャワーを浴びさせる一方で、一緒に食べる料理を準備し、頭の中では相も変わらず、自分の遺伝素材をブルジョア的環境の中で複製することを考えているというわけだ。違う価値観を酒と歌によってごまかそうとする、ほとんど戯画的な振る舞い。私的な部分のごく一部――バスルーム――を少しの間だけ公共《コモンズ》の場に差し出すというジェスチャーは、共同体的な政治を家庭という私的なドラマとしてとらえ直す可能性を浮かび上がらせた。アンデス原産のアカザ科の雑穀〔キヌアのこと〕を調理する間に僕はそんなことを考えた。必要なのは、自分の子供、次世代の自分として仮想している自己への愛をエネルギーに変え、それを水平方向に、現在における超個人的な革命主体の可能性へと広げ、一瞬一瞬の時間が単に利潤を生むだけの要素にはとどまらない世界を共同構築することだ。

　料理はまずまずだった。しかしデモ参加者は繰り返し、「最高」だと言った。汚れた服をまた着ていたが、見かけも匂いもリフレッシュしていた。彼は飲み物は水しか飲まなかったが、食事のせいでおしゃべりになり、乾燥機の中で服が回転する音を聞きながら、ニューヨークまで旅をしてきた話や、今回の〝運動〟に参加することで――いろいろなことについていろいろな人と議論したり、ブルックリンブリッジで警官に包囲されて殴られたり、発電機のつなぎ方を覚えたり、酒を断《た》ったりする中で――とりわけ男に対する見方が、本人いわく「がらっと変わった」という話を聞かせてくれた。そこから男に目覚めたという話が始まるのかと僕は思ったのだが、彼の話はもっと一般的なものだった。

以前は、思春期を過ぎた見知らぬ男は皆、肉体的にも社会心理的にも脅威だと考えていたのが、今では、礼儀を持って接すべき人間として見られるようになった。俺は記憶にある限りずっと前から、通りや建物の廊下で男とすれ違ったり、車に乗っている男を見かけたりするといつも、意識的にせよ無意識にせよ、俺が勝てる相手かどうか、喧嘩になったらどっちが勝ちそうかを考えてました、と彼は言った。ほとんどの男はそんなふうに考えますよね、とデモ参加者は言い、僕もその意見に同意した。しかし、僕がそう考えていたのは十代の頃で、以来、少しずつだが着実にそうした思考回路は衰え、今では、大動脈に一撃を食らったら自分は死ぬかもしれないという意識に取って代わられていた。しかし、デモ参加者のために玄関を開け、その身長を見たとき、喧嘩に勝てる確率を僕は考えただろうか？　考えたかもしれない。でも、こういう経験をいろいろとしてきたので、もうそんなふうに考えることはなくなりました、とデモ参加者は言った。「こういう経験」というのはきっと、こうしてシャワーを浴びさせてもらったり、食事を一緒に取ったりというのを指していたのだろう。

しばらくの間、ニューヨーク市警による最近の蛮行について話した後、彼は話を変えた。子供の頃、別の子と一緒にトイレに行って、並んで小便をするときに――僕はデモ参加者の話がどこへ向かうのか少し不安になった――好奇心で、他の子のちんちんをよく覗きましたよね。大きくなるにつれて、そんなふうに覗くのは失礼だとだんだん分かってきて、下手をするとオカマだと言われたりもするから、まあ、一物《いちもつ》の品定めをするのでない限りは、いつかの時点で覗きはしなくなります。でも、その後、中学校か、人によっては高校くらいになると、別の儀式みたいなものが始まる。小便をするために便器の前でズボンからちんちんを出すときに、膝を少し曲げるようになるんですよ。というか、ちょっと重い物を持ち上げるときみたいな格好をするんです。

僕は笑っていた。デモ参加者の言っていることが分かった――正確に理解できた――だけでなく、広く行われているその仕草についてなぜか改めて意識したことがなかったからだ。無数の実例が頭をよぎった。カンザス州での子供時代、ロッカールームで。もっと最近では、全米各地の空港や大きなレストラン――僕が今日《こんにち》、他人と一緒に小便をするただ二つの施設――で。というのも、僕は学生時代、トイレはいつも個室を使っていたからだ。多くの男性、ひょっとすると大半の男性はあそこを手に持つとき、少なくとも重いパイプを握るような仕草をする。人によっては、超人的な力を発揮する前のように身構えさえする。そしてしばしば、重さのせいでそうせざるをえないみたいに、片手でペニスを持つときには反対の手で背中を支え、あるいは両手でペニスを持つ。僕は外国で同じ仕草を見かけたことがあるかどうか、思い出そうとした。いずれにせよ、その時点で僕たちは二人とも、それほど笑ったのはいつ以来か記憶がないほど笑い転げていた。というのも、デモ参加者がダイニングルームで立ち上がり、中西部男の小便前儀式を実演しだしたからだ。

俺は親父やコーチや友達がそのポーズをするのを見たことがあるし、自分でもずっと前から基本的には無意識に続けてきました、とデモ参加者は言って、そこで一息入れた。ところが先日、店長がトイレ使用を許可してくれている公園横のマクドナルドで、友達のクリスが言うんですよ。おい、いつになったら、その重そうな仕草をやめるんだよ。手伝ってほしいのかって。そのとき初めて自分がやってることに気付いたんです。みんながずっとやってたことに俺は初めて気付いて、やめることにした。てか、これってウォール街占拠の目的とは全然違うんですけど、俺は男を常に喧嘩の強さで測るのをやめにして、あそこの重さが一トンあるみたいな仕草もやめた。すると、世界が少し違って見えてきたんですよ。

僕たちは二人で片付けをした後、駅まで歩いた。僕の方はリンカーンセンターでアレックスと会うことになっていた。僕は彼がウォール街で降りる前に、また彼でも友達でもシャワーが必要になったら、携帯にメッセージをくれと言った。いずれにせよ、ズコッティ公園ではまたきっと会えると思う。公園の人民図書室《ピープルズ・ライブラリー》にはよく行くから、と。しかし実際には、一度も行ったことがなかった。デモ参加者が地下鉄を降り、扉が閉まるのを車内から眺め、そのまま自分だけアップタウンの舞台芸術センターに向かうのは、妙に落ち着かない気分だったが、計画を変えることは考えなかった。

アレックスと僕は62丁目の、クリスチャン・マークレーの『時計《ザ・クロック》』を待つ比較的短い列の中で落ち合った。二十四時間にわたるそのビデオ作品はこの一週間、連続で上映されていた。待ち時間は予想がつかなかった。僕たちは過去に二度、予想待ち時間が二時間かそれ以上のときに列に並び、途中であきらめていた。しかし今回は、平日の夜のせいか、ましに見えた。アレックスとは数日ぶりに会ったので、待ち時間に近況を聞くこともできた。

彼女は母親の顔を見るためにニューパルツの実家に戻っていた。母親の様子は先月会いに行ったときと変わっていなかった――弱ってはいたが、前よりひどくはなっていなかった――が、気まぐれな細胞毒素が体中を巡っている今、話すことといえば大半が直接的に死に関わるものだった。明日にも自分が死ぬかもしれないと考えているとか、長生きする努力をあきらめたということではないのだが、明らかに、残された時間を単なる病気の延長――元気な余生でなく――と考えているようだった。アレックスの母親はニューヨーク州立大学ニューパルツ校に勤める社会学者で、ほとんど一人で娘を育て上げた。マルティニーク島出身のアレックスの父親は結局、彼女の母親と結婚することがなかったので、アレックスには父の記憶が全くなかった。彼女の継父は、母と同じ州立大学に勤める教授で、彼女が六歳の頃から一緒に暮らしていた。彼は面倒見がよくて優しい人物だが、アレックスの話では、最近ますます――あまり口には出さないけれども――落ち込んでいるということだった。

アレックスは話題を変えたいらしく、「ところで」と言った。「今日分かったんだけど、私、親知らずを抜かなくちゃならないみたい」

「子供の頃に抜いたって言ってなかったっけ」

「二本は抜いたんだけど、上顎の二本は問題を起こしそうにないから残してあったの。ところが、その親知らずが〝埋伏《まいふく》〟して、歯ブラシが届かないせいで虫歯になっちゃった」

「抜くのはいつ?」

「近いうち、医療保険が切れる前に。ちなみに、それでも最低千ドルはかかりそう。歯の状態があまりよくないから」

「最悪だね。それは気の毒に。予定が決まったら教えてよ。病院に付き添うから。スープも作ってあげる。最近、料理に凝ってるんだ」

「あなたが興味を持ちそうな話があるの。受付の人の話だと、抜歯のときは簡単な局所麻酔にしてもいいし、もっと大がかりに、点滴による半麻酔にしてもよくて、どっちにするかは自分で決めなきゃならない。歯科医の話によると局所麻酔で充分らしいけど、私の知り合いで局所麻酔だったという人はほとんどいない」

「子供のときはどうしたの?」

「そこがポイント――覚えてないのよ。母に尋ねたら、少し大がかりだった気がすると言ってた。どうやら半麻酔にすると記憶喪失が引き起こされるみたい。だから、誰に訊いてもどんな麻酔だったかを覚えていないわけ。二つの麻酔の違いは実際のところ、どれだけの痛みを経験するかにあるんじゃなくて、それを覚えているかどうかにあるってこと」

「何をされたか記憶がなくなるような状態で人に身を任せるなんて、僕なら我慢できない」

「私はたぶん、局所麻酔で済ませる」

彼女が局所麻酔の方に傾いているのは単に金銭的なことが理由ではないかと僕は心配になり、保険の利かない部分は僕が払うと申し出ようとも思ったが、彼女が素直に受け止めるかどうかはっきりしなかったので、それ以上、その話はしなかった。

僕は小便コンテストの話で彼女を元気づけようと思い、デモ参加者のことを彼女に話した。すると列は早く動いた、あるいはそんな気がした。結局、僕たちは一時間も待たずに中に入ることができた。『時計《ザ・クロック》』は一種の時計になっている。この作品は二十四時間かけて現実の時間に合わせて上映するよう、映画と一部はテレビ番組から取ってきた数千の場面がつなぎ合わされている。各場面では、時計が映し出されるか、会話の中で時間が言及される。そして映画の内と外の世界の時刻が一致する仕掛けになっている。マークレーの率いるチームは数年をかけて一世紀分の映画フィルムの中からコラージュに使える場面を探した。僕たちが席に着いたとき、時刻は十一時三十七分だった。会場には、真夜中が迫る緊張感が感じられた。僕らが見る前の二十三時間半の映画がクライマックスに向けて容赦なく盛り上がりつつあった（僕は『バック・トゥ・ザ・フューチャー』で裁判所の時計台に雷が落ち、マーティーが一九八五年の世界に戻る十時四分までに会場に入りたかったのだが、アレックスが実家から戻る列車の時間がそれには間に合わなかった）。僕は各場面の中で、いかにその内容がバラバラであろうと、俳優たちが団結して深夜〇時という閾《しきい》を待ち受けているような印象を受けた。僕たちは一日が終わるわずか二十三分前に中に入ったのだが、それでもあっという間に映画に釘付けになった。スクリーン上では、次々と登場する何人かの人物が電話に向かい、処刑の延期を求めていた。

その時刻が来ると、『オーソン・ウェルズ　ｉｎ　ストレンジャー』のオーソン・ウェルズが時計塔から落ちた。そしてビッグ・ベン――その後、分かったのだが、ビッグ・ベンはこの作品に何度も登場する――が爆発し、観客が喝采を送った。ゾンビになった女が大型箱時計から飛び出し、皆が笑った。しかしその一分後、少女が悪夢から目を覚まし、父親（クラーク・ゲーブル演じるレット・バトラー）に慰められるとき、窓の向こうでは全く無傷のビッグ・ベンが再び時を刻んでいる。これに先立つ二十四時間の全ては子供の夢――起こらなかった嵐――だったのかもしれない。これは『時計《ザ・クロック》』を支配的な語りに統合する解釈の一つに過ぎない。実際、物語を一つにしようとする意志に抗するのは困難で、マークレーが用いた反復の技法の影響もあって、頭の中ではさまざまな場面から、説得力を持つ一貫した虚構が出来上がっていた。十一時五十七分に若い女性が青年を誘惑しようとする。二人は一時十九分に再び現れるとき、別々のベッドで眠っている。二人の間には何があったのか？　その間に――非虚構の時間と同期《シンクロ》した虚構の時間の中、複合した心臓の鼓動の中で――何が起きたのか、考えないではいられなかった。

深夜過ぎに数十人が劇場を出た。僕たちはちょうど三時間、中にいた。不思議なことに、最後はいつかそこから出て行くのだけれども、一時間刻み以外の中途半端な時刻に席を立つのは不作法に感じられた。僕はその後、何回か違う時間に劇場を訪れてビデオを観るうちに、一日の中に存在するジャンル別の時間帯みたいなものを感じ取った。午後五時から六時の間では俳優が職場を出て行く場面が多く見られた。噂によるとマークレーはこの部分を最初に完成させたらしいが、それはこの時間帯に

〝時計に目をやる〟人物が多いからだろう。正午前後には西部劇、特に決闘絡みのシーンが多い。マークレーはわれわれが持つ集合的、無意識的な一日のリズム――およその時間に人を殺したり、恋に落ちたり、体を洗ったり、食事をしたり、ファックしたり、時計を見てあくびをしたりするか――を可視化する超越的ジャンルを作り上げていた。

アレックスと一緒にビデオ作品を観て一時間以上が経ったある時点で、僕は彼女がうとうとし始めたことに気付いて、こっそりと携帯で時間をチェックした。それからまた三十分ほどして僕はまた同じことをし、ようやくそのとき、自分の行動が馬鹿げていることに気付いた。僕は一つの時計から目を逸らし、別の時計を見ていたのだ。僕は時計を見る仕草がいかに肌身に染みついているかを実感して少し恥ずかしくなったが、それと同時に、ビデオが時を告げているのを僕が忘れていたという事実は、この作品について重要なことを明らかにしていると思った。

『時計《ザ・クロック》』を虚構の時間と現実の時間とを融合させる究極の試み――芸術と人生、幻想と現実の間にある距離を消し去る作品――だとする批評家の意見を僕は聞いたことがある。しかし僕が携帯で時間をチェックしたのは、僕にとってその距離が消えていなかったといういい証拠だ。現実の時間と『時計《ザ・クロック》』の時間は数学的には判別不能だけれども、やはり別々の世界の時間なのだ。僕は『時計《ザ・クロック》』の内部で流れる時間を見たが、僕自身はその中にいなかった。あるいは、時間そのものを経験はしたものの、単なる媒体としての時間の中で何かを経験したのではなかった。いろいろな場面の中から重なり合う物語を紡ぎ出したり、ほどいたりするうちに僕は、ある一日の出来事を材料にしてどれだけたくさんの異なる日々を作り上げることができるかを痛感し、決定論よりも可能性を、虚構《フィクション》というユートピアのきらめきを感じた。スクリーン上に映し出されているのと同じ尺度の時間単位を携帯で見るという行為は、芸術と日常との間にまだ距離が残っていることを示していたのだ。全ては今と変わらない——部屋も、赤ん坊も、服も、時間も——ただほんの少し違うだけで。

僕が詩人仲間には「絶対に書かない」と約束していたのに、新しい小説《フィクション》を書くことに決めたのは、『時計《ザ・クロック》』から携帯電話に目を移し、またスクリーンに目を戻したときだったと思う。そして劇場で座ったままノートに概略を書き付け、それからの一週間で短編を書き始めた。物語の中では、いくつもの置き換えが行われる。僕は自分の体で見つかった医学的な問題を別の部位に置き換える。立体感覚失認を別の症状にする。歯科手術を受けるのはアレックスでなく、別の人物にする。名前も変える。アレックスはライザ——これは、アレックスの母親が娘の名前として考えていた第二候補だ。アリーナはハナ。シャロンはメアリー、ジョンはジョシュに変える。アンドリューズ医師はロバーツ医師。主人公（僕の分身で、作品内では〝作家〟と呼ばれる）は、遺著管理人に任命されて生物学的な死とテキスト的な不死性との間にある緊張関係に向き合う代わりに、ある大学から書類を買い取りたいという申し出を受ける。僕が娘に会った日にバーナードから聞かされた話にあったフランス人作家と同じように、〝作家〟は手紙のやりとりを偽造しようとする。それが僕が最初に考えた物語、作品の核だ。僕はいけると思い、こう書き付けた。

作家は後で偽造した文面を見直し、模倣対象の作家に特徴的な語句を使いすぎていないか確認する……。彼は実際に一度か二度、事務的なやりとりをしたときのメッセージを読み返し、自分がまとめた『書簡集』を見直す。

技術革新に伴って、状況は大きく変化していた。もしもある作家が電子記録資料《アーカイブ》を残しておりず、その人宛てに届いたEメールの記録が存在しなければ、そしてもし当該の作家から実際に何度かメールを受け取ってアドレスを知っていて、メッセージを受信した時期にそれなりの説得力があれば、過去の日付を使って自分宛てに死者からのメールを書き、何年か前にプリントアウトしたものだと主張することが可能だ。

ここに、ある小説家からのメッセージがある。何かの記念論文集出版を祝うパーティーで主人公がその小説家と実際に会ったことは間違いない。メールの内容は、当時、構想段階にあった主人公の小説について二人で交わさなかった会話を回想し、詳述している。また別のメールでは、主人公が手渡さなかったエッセイについてある批評家が長々とコメントしている。そして有名な作家から重要な発言を引き出すきっかけとなった、主人公が提案したかもしれない修正についての詩人たちとの議論も残っている。

そのような行為が可能だったのは技術的な移行期だったからばかりでなく、その時代ならば仮に偽造がばれたとしても、そうした犯罪の大部分は一種のジェスチャー――パフォーマンスアートと政治的抗議の中間物――ととらえることができたからでもある、と作家は考える。特に、その大学図書館から受け取った金をウォール街占拠デモの人民図書室《ピープルズ・ライブラリー》に寄付するのであれば。

物語はあっという間に――怖いほどのスピードで――形になり、一か月で草稿が完成した。僕はそれを代理人に送り、代理人はそれを『ニューヨーカー』誌に送った。僕が処女作で予期しない批評的成功を収めた後、僕の作品に興味を示していることを代理人に伝えていた雑誌だ。驚いたことに、『ニューヨーカー』誌は短編を掲載したいと言ってきた。ただし、内容を大きく削ることを求めていた。偽造メールに関する部分、つまり僕が物語の核と考えていた部分のカットだ。芸術と時間、死、そして文学的受容という謎に関するエレガントな思索になるはずの作品なのに、その部分が邪魔になっているというのが、編集者の意見だった。僕は『ニューヨーカー』誌の助言に従って自分の作品を画一的なものに変えるような柔《やわ》な作家とは違う、と自分に言い聞かせた。主たる動機が物語の市場性であるような削除は、絶対にしない。『ニューヨーカー』誌が作品を受け入れたことにはぞくぞくするような喜びを覚えた——両親は僕をことのほか誇りに思うだろう——し、約八千ドルの原稿料も欲しかったが、『ニューヨーカー』誌からの申し出を断るチャンスを手にしたのもうれしかった。前衛的であることを確かに示す証拠として、この話を武勇伝にすることができるからだ。僕は急いで、後で読み返してみれば誤字だらけのメールを雑誌社に書き、写し《cc》を代理人に送った。御社が要求している——後で気付いたのだが、それが絶対条件というわけではなかった——変更は作品の一体性を侵すものなので短編は撤回します、という内容だ。

　僕は病院に見舞いに行ったついでにナタリに短編を渡し、裏話を聞かせた。バーナードが横で眠っている間に彼女はそれを読んで率直に言った。修正については編集者の言う通りだと思う、と。別の機会に原稿を作家仲間に見せると、その男も同じことを言った。次に原稿を読んだ両親は、おまえは頭がどうかしていると言った。編集者の要求に従うことで作品は明らかにいいものになる、と。

　僕は最後に作品をアレックスに見せた。彼女は作品に自分が登場するので、当然、反応は複雑だった——彼女は作品に出るのを嫌がった——が、書き換えに関する意見ははっきりしていた。問題の部分はカットした方がいい、と。僕は彼女の人生から親知らずの件を拝借して物語に取り込んでいたので、「もしも今からでもまた掲載してもらえるのなら、医療保険が利かない部分は雑誌社からの原稿料をあててもらいたいわ」と彼女は冗談を言った。僕はこれ幸いとばかりにそうさせてほしいと申し出た。そうすれば、自分が馬鹿だったわけではなく、友人を助けるために謝罪をするのだと自分に言い聞かせることもできる、と僕は説明した。その上、そうすれば、現実と虚構をうまく橋渡しした格好になって、短編のテーマとも見事に合致する。彼女はしばらく黙っていたが、結局、「そんなの駄目」と言った。それが彼女の〝イエス〟の弁証法における一段階でしかないことは二人とも了解していた。

翌日、僕は代理人の手を借りて謝罪の作文をした。僕がこの種のやりとりに不慣れなこと、元々詩人なので作品を修正された経験がないこと、ぶしつけなメールを書いたのは未熟さが原因であることなどを挙げて、編集者の意見に全面的に同意した。雑誌社は喜び、修正した短編をすぐに掲載することを決めた。実際、掲載までの動きはとても速かったので、その二、三週間後には、僕はアレックスが抜歯を終えて処置室から出て来るのを待ちながら自分の作品を読んでいた。

2

金色《ゴールデン・ヴァニティー》の虚栄

作家はキャンパスから道を渡ったところにある小さなショッピングモール内のカフェで司書を待った。そして石造りのゴシック風建物に面した窓際の席に座り、風に逆らって前屈みに歩く学生たちを見た。

誰かが彼の名を呼んだ。コーヒーの用意ができたのだ。彼はカウンターに近づき、巨大なカプチーノを受け取り、泡に描かれた花模様を見た。テーブルに戻ろうとしたとき、カフェの扉が開き、冷たい風と中年女性が入ってきた。間違いなく約束の相手、司書だ。女性は彼を見て手を振った。

彼にとって問題は、コーヒーには二つの手が必要だということだった。あるいは少なくとも、二つの手で持ってしまっていた――コーヒーをこぼしたり、泡を乱したりすることのないよう片方の手でカップ、他方の手で受け皿を。なので手を振り返すのは無理だった。彼はこの状況に顔をしかめた。女性が〝私にしかめ面を向けている〟と思うのではないかと気付いたときにはもう手遅れだった。彼が考えた解決は、大げさな表情でカップをにらみ、このジレンマを理解してくれることを願うという方法だった。全てを台無しにした彼は、溶けていく花に目を据え、ゆっくりと歩いて窓際の席に戻った。

しかし彼はロバーツ医師の助言を思い出した。ロバーツ医師は言っていた。もしもそんな〝疑似苦境〟に直面し、息が苦しくなった場合には、いかに些細なものであれその苦境がどういったものか、そして今どんな気持ちでいるかを、後でロバーツ医師に説明するときと同様に〝愛嬌たっぷりにユーモアも交えて〟目の前の人に話すのがいい、と。

司書は作家がたどり着く前にその目的地を推定し、既に席に着いていた。彼は異常に慎重にカップと受け皿を置いた。彼女の髪は豊かな巻き毛で、それが赤褐色であることに彼は今初めて気付いた。彼は差し出された手を取って握手し、言った。

「あなたが店に入ってきたとき手を振ろうと思ったんですが、コーヒーを持っていたからこぼしちゃいけないと思って、でも手を振らなかったせいで嫌なやつと思われるんじゃないかと心配になって、嫌なやつと思われたら嫌だと思って顔をしかめたら、その後で本当に嫌な印象を与えたことに気付いて、結局もう、ひどい印象を与えてしまいました」

彼女はその説明に本当に愛嬌があったかのように笑って言った。「お書きになる小説と同じしゃべり方をなさるんですね」。不安は消えたが、興は冷めた。彼はカップを口に持って行く途中で少しコーヒーをこぼした。

前の年、作家の親知らずに虫歯が見つかり、抜歯が必要になった。歯科医が提示した選択肢は、点滴による半麻酔（〝朦朧状態〟）か、局所麻酔にとどめるか。彼が顎を小さな台に載せた状態でX線カメラが頭の周囲をぐるっと回ってレントゲンのパノラマ撮影が行われ、歯科医の長期休暇が終わる来月に歯を抜くことが決まった。措置を急ぐ必要はない。痛みが二、三日続くかもしれないがそれでおしまい。半麻酔を望む場合は二十四時間前までに連絡をくださいと、爪に星の模様を描いた受付の女性が言った。

彼はインターネットで調べ、半麻酔と局所麻酔との大きな違いは痛みの度合いではなく、痛みの記憶の残り具合だと知った。ベンゾジアゼピンは確かに手術の間、患者を鎮静させる効果があるが、主な効能は、起きた出来事――歯医者がグイッ、バキバキとやり、血がドバッと噴き出す――の記憶を消す点にある。抜歯の経験について他人に訊いても、麻酔をしていたかどうかはっきりしない人が多いのはこれが原因の一つだ。

その十月は、ライザと散歩するたびに半麻酔についての思考が頭を巡り続けた。二人は午後の遅くにプロスペクトパークのグランドアーミープラザ入り口で会い、そこから芝生広場《ロングメドー》をめざし、その後、太陽が木々の間に沈むまで森の小道をぶらぶらと歩くのが習慣だった。ついに、もしも半麻酔を希望するなら今日の散歩で決断して電話をしなければならないという日になった。

季節外れの暑さは夏のようだったが、光ははっきりと秋めいていた。そんな季節の混乱が道行く人々の服装にも現れていた。Tシャツに短パンという格好の人がいる一方で、冬のコートを羽織っている人もいた。その様子を見て彼は、二重露光の写真や映画のマットショットの技法を思い出した。一枚の画像に二つの時を写し込む技法だ。

「何をされたか記憶がなくなるような状態で人に身を任せるなんて我慢できない」と彼は言った。

「もうその話はなし」とライザが言った。何かを〝しない〟とまず宣言してからそれを始めるのがライザのいつものパターンだった。「タイ料理は嫌」というのは、最終的にはそれでオーケーという意味。「その映画は見ない」というのはチケットを買っても大丈夫という意味だ。

「けど、それだけじゃない」彼女を無視して彼が言った。「痛みの記憶をなくすというのが痛みをなくすのと同じことかどうか、僕にはよく分からない」

「それを言うなら」と、以前の散歩のときに彼が言った台詞をライザが引用した。「記憶が本当になくなっているのか、それとも単に抑圧され、違う形でどこかに残っているのかという点だって誰にも分からない」

「うん。だとすると、その方がたちが悪い」まるでそれが初めて聞いた意見であるかのように彼は言った。「時間の流れから放り出された心的外傷《トラウマ》が、具体的な出来事としてではなく、継続的に追体験されることになるからね――たとえそれが無意識だとしても」

「ここにいる人たちの多くが」とライザは深刻な顔で言いながら、ベンチに座るカップル、芝生で遊ぶ家族、そして太極拳を練習中の女性グループを指し示した。「親知らずをめぐる抑圧された心的外傷《トラウマ》によって台無しにされた人生を生きているわけね」

「もしも薬を使ったら、僕という人格が二つに分裂するような気がするんだ」。彼はまたしても彼女を無視した。「道が二股に分かれるみたいに、手術を体験した人格と、体験していない人格に分かれる。そして、痛みを経験した自分を捨てたみたいな気になる」。二人は小道を南に折れ、湖の方へ向かった。

「そしてある日、暗い路地でその片割れと出会う。そいつは復讐に燃えている」

「僕は真面目な話をしてる」

「あるいはその片割れがあなたの人生にまた割り込んでくる。あなたの人間関係を破壊し、仕事を台無しにする。あなたは彼を、というかあなた自身を殺さなければならない」

「それに、困難な経験を記憶喪失で乗り切るなんて先例をもしも作ってしまったら、今後いったいどんな影響があるだろう？」

「ちなみに、あなたは既に記憶喪失をわずらっているみたいだけど。私たちは毎日これと同じ会話をしているんだから」

「なあ、僕は明日には決断しなくちゃならない。手術の一営業日前までに連絡することになっているんだ」

「私に何て言ってもらいたいわけ？　歯医者さんがそれで充分と言ってるんだから、私なら局所麻酔にして、半麻酔だと追加で必要になる三百ドルを節約する。でもあなたは私よりずっと根性がない」。それは事実だった。「あなたは意気地なしだから半麻酔にするでしょう。こうやってよくよ悩んでいるのは、半麻酔しか道がないというういい証拠だわ」

二人は黙って湖まで歩いた。湖岸では、白い服を着た十代の少女らが――おそらくメキシコ系だ――ポータブルステレオから流れる耳障りな音楽に合わせ、紙の吹き流しを使ったダンスを練習していた。湖面に柔らかな空が映っていた。飛行機がいくつか、ゆっくりとラガーディア空港に向かって飛び、白鳥が数羽、水面をゆっくりと横切った。突然、全てが合致し、調和した。少女が手にしたピンク色の吹き流しが、湖面に谺《こだま》する薔薇《ばら》色の雲の帯を谺した。彼は周囲で世界が組み変わるのを感じた。

「僕は局所麻酔にする」と彼は決断した。

「崇高なる風景がかの若者に勇気を与えたのであった」と低い声でライザは言った。

「やめてくれ」と彼は言った。

「ナポレオンは戦の前日、ただ一人アルプスの山々と言葉を交わし、静かにその助言に耳を傾けたのであった」
「やめろよ」彼は笑いながら言った。

彼は翌朝目を覚まし、歯科医院に電話をかけ、半麻酔でお願いしますと受付に伝えた。それからライザに電話して、気が変わったと言い、麻酔の残っている状態では一人で帰せないと言われたので月曜は一緒に医院に来てほしいと頼んだ。彼女は大げさに溜め息をつき、分かったと言った。

その夜、彼にはデートの予定があった。というか、少なくとも友人のジョシュとメアリーと一緒に酒を飲む予定があり、彼らはその席に、彼が気に入りそうで、また彼を気に入りそうなハナという女性を招いていた。彼が女性と初めてデートするのはそういう形――事後にデートではなかったと否定できる形の出会い――しかありえなかった。

彼が小説を出版し、意外にも好評で迎えられた春の終わり以来、友人たちが彼に紹介する女性は皆、会う前に彼の本を読んでいるか、少なくともアマゾンで試し読みページに目を通していた。それはつまり、よく行く場所とかどんな仕事をしているかといったお決まりの会話でなく、本のどの部分が自伝的かを尋ねられる可能性が高いことを意味していた。相手があからさまに質問することはなくても、彼の言動を小説の文章と照らし合わせているのが感じられた、あるいは感じられるような気がした。彼が書いた小説の語り手の第一の特徴は、内面的な経験と社会的な自己表象とを強迫的に切り離そうとするところにあったので、作家が自分と語り手との違いを気にかければかけるほど、彼はいっそう語り手に似てしまうのだった。

彼は午後の大半を、窓際に置いた小さな書き物机に向かって過ごした。そして、今学期は授業担当を免除してもらっている大学からのEメールに返事を書き、イギリスの小さな雑誌から送られてきたインタビューの質問に答え損ない、歯について思い悩んだ。彼はクロゼットに備え付けられた小さな洗濯乾燥機で洗濯を済ませ、気もそぞろに三階にある八百平方フィート〔約七十五平方メートル〕の自室をうろつき、無作為に本を開いて一ページ読み、何を読んだのかも分からないままに本棚に戻した。それからシャワーを浴び、洗濯部屋兼クロゼットの扉の内側に付いた姿見の前に裸で立ち、残念な体形を見詰め、ハナ——どんな女性だか知らないが——の目にどう映るかを考え、数多くの欠点を角度と姿勢でどう補うべきか戦略を練った。

約束の店は、どこの駅からも遠い倉庫街《ダンボ》のバーだった。太陽が沈むと、彼は長い距離を歩いて店まで行くことにした。外はまだ季節外れに暖かかったが、空気には冬の気配が感じられた。その中では光と音の伝わり方が普段と違っていた。光は輝きを増し、声は遠くまで響いた。4番通りから左に折れてアトランティック通りに入ると、モスクのスピーカーから雑音混じりの祈禱《アザーン》の合図が聞こえた。彼はそこからブルックリンハイツ・プロムナードまでの一マイル半をゆっくりと歩いた。鉄の手すりから身を乗り出すと、マンハッタンの熱気が川の向こうから感じられた。

彼はようやく川を見るのをやめて、ブルックリンハイツの方へ歩きだした。突然袋小路に変わった石畳の道路で、煉瓦造りの建物と冷気とガス灯の明かりとの陰謀じみた組み合わせによって彼は一瞬、時間をさかのぼったような気がした。あるいは複数の時間軸が重なり合い、異なる時空間が層を成しているように思えた。いいや。それはまるで、彼の目の前のガス灯が、現在と過去の両方で——二〇一二年と同時に一九一二年あるいは一八八三年で——同時に燃えているかのようだった。まるでそれぞれの時代に同時に揺らめき、時空間をつないでいるかのように。そして、彼と同様にかつてガス灯の前で立ち止まった人々が皆、同じ時間をつかの間共有し、それぞれの現在において同じ攪乱《かくらん》点を見詰めている気がした。そして彼は語り手がガス灯の前に立っている場面を想像した――ガス灯は年月ばかりでなくいくつもの世界の間を横断し、作家と語り手は、直接顔を合わせることはないけれども、同じ光に向き合うことで心を通わせ、互いの存在を感知できるのだ、と。

　通りすがりの車から聞こえたレゲトン〔アメリカのヒップホップの影響を受けたプエルトリコ人によって生み出された音楽〕で彼はわれに返った。そして携帯電話で時刻を見、バーへの道順を確認し、轟音が響く橋の下をくぐって倉庫街に入った。待ち合わせ場所が近づくにつれ、不安で手が冷たくなった。時間がかなり経っていたので、おそらくハナも既に店に来て、ジョシュとメアリーに加わっているだろう。彼は店の住所を見つけ――看板はなく、ただ入り口の扉のそばに裸電球があるだけ――顔が脂ぎったり、テカったりしていないかを手触りで確認したが、肌は乾いていた。コートのポケットには、口臭予防フィルム《ブレス・ストリップ》が入っていた。彼はメンソール風味のそれを一枚取り出して口に入れたつもりだったが、誤って数枚を一度に取り出してしまったことに気付いた。ねばねばする塊になったフィルムを彼は歩道に吐き出した。

　バーは禁酒法時代のもぐり酒場のように薄暗く、内装には黒っぽい木材が使われ、天井のブリキには押型模様が入っていた。席の大半はパネルで仕切ったボックスシート。音楽はなし。店内はあまりにも静かで、バーテンダーがこだわりのカクテル――その値段については文句を言わないと彼は心に決めていたのだが――をシェーカーで振る音さえ聞こえたほどだった。すぐに、店の奥にある隅の席に座っているジョシュとメアリーの姿が見えた。ジョシュの顔はこの時点では髭だらけ。メアリーは帽子をかぶっていたが、釣り鐘形のその帽子はこの場所に不似合いだと彼はすぐに思った。パネルの陰にいるハナの姿は見えなかったが、ジョシュとメアリーの体勢から――ジョシュの手の振り方、そ

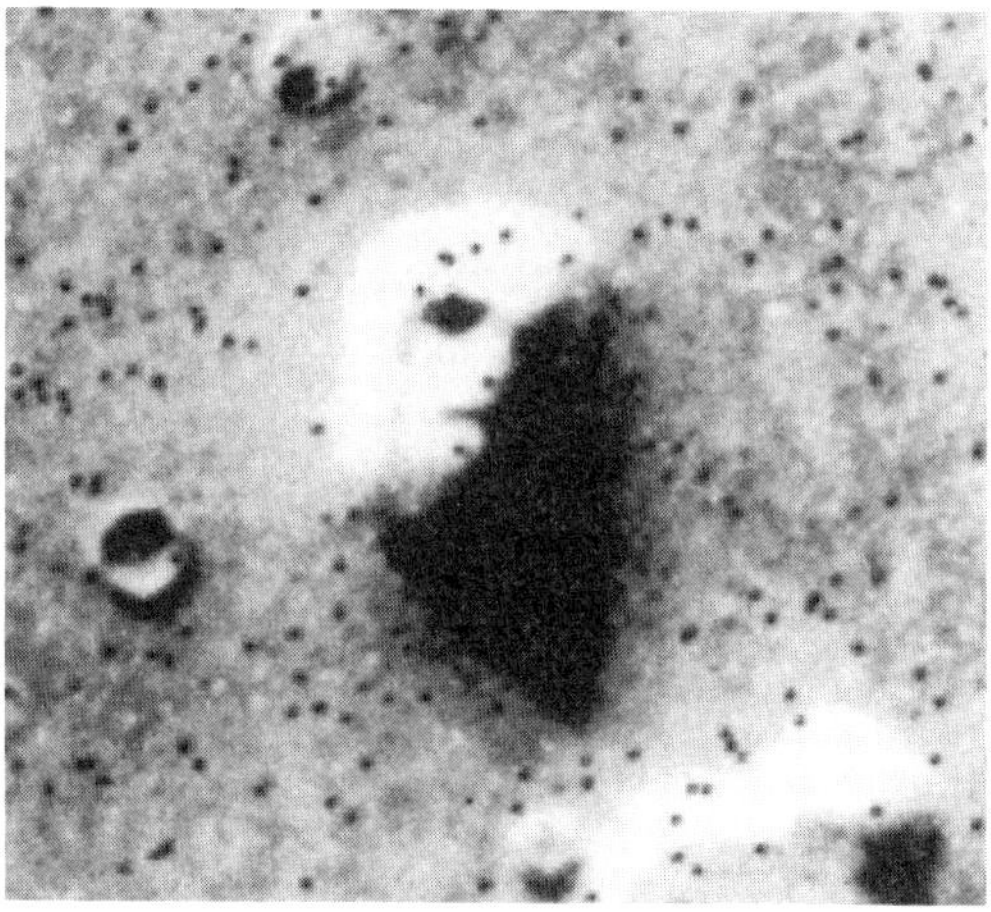

してひょっとするとテーブルの上のグラスの数から――彼女がそこにいることが推測できた。
　もしも作家が本当に彼女の顔を一度も見なかったと言ったら、それがどういう意味かお分かりいただけるだろうか？　彼は顔という虚構《フィクション》を読み取るのがますます苦手になっていた。すなわち、記憶の中で――たとえその記憶が現在、目の前にある頭部の額と顎の間に投影されたとしても――目鼻立ちを還元的にまとめるのが困難だった。もちろん、個々の特徴を数え上げることはできる。灰色がかった青い目。ぽってりした唇。おそらく念入りに整えられているであろう濃い眉。左の頬の上にある小さな傷痕など。時にはそうした特徴が一時的に一つ高い次元で統合されることもあった。文字が単語に、単語が文に統合されるように。しかし、単語が文に、文が段落と物語に統合されるのと同じように、顔の要素を結び付ける作業は、個々の特徴を忘れて一つの印象へと非物質化することを必要とし、その現象はなぜか、今彼の横にいるハナには長い間起こらなかった。
　彼女は高い声で上司の物真似をするジョシュを――上

司というのは彼らが映画を編集している映画制作会社のけちくさい独裁者のことだ――笑いながら見ていたが、酒を三杯飲んだ後は作家がその横顔を見詰めていた。ハナがはぐれた黒髪の束を耳にかけ、螺旋状に尖ったその毛先に作家が目をやったとき初めて、ハナが鼻にリング状のピアスをしていることに気付いた。それはシルバーだったが、その明かりの中では薔薇色がかったゴールドに見えた。ジヨシュとメアリーがいなくなると、二人はボックス席に横並びで座り、酒を一杯飲むごとに少しずつ互いにもたれかかっていた。彼が顔の話を彼女にし、作家は「顔を描写するのが苦手」であることが大事だと説くと、彼女は人工衛星から撮影した火星の人面岩を見たことがあるかと尋ねた。〝幻想的錯覚《パレイドリア》〟の例証としてよく教科書に取り上げられる写真らしいが、彼はその単語を一度も聞いたことがなかった。無作為な視覚刺激や聴覚刺激から意味のある画像や音を読み取る脳の働きのことだ、と彼女は説明した。月面に顔が見えるとか、雲が動物の形に見えるとか。彼女は携帯を取り出して〝幻想的錯覚〟をグーグル検索した。彼は小さな画面を見るというのを口実にして、さらにぴったりと彼女に身を寄せた。

ロバーツ医師の背後の壁には、見事に当たり障りのない抽象画が掛かっていた。リズミカルに塗られた薄紫、青、緑の三色。才能ある画家によって描かれた、ＢＧＭの視覚版だ。作家がもしもロバーツ医師の容姿について尋ねられたら、きっと当人の顔よりも、この絵の方を思い浮かべてしまうだろう。

ロバーツ医師は言った。「あなたが書いた作品はいくらか注目を集めたようですが、三十代前半のあなたがどうして、大学図書館が収集したいと思うような書類を所有しているのですか?」

僕も先生と同じように驚きましたと作家は言い、特別コレクションを担当する司書の言葉を要約した。彼は「特に早熟な作家だから」（これは司書の言葉）というのがその理由だった。彼は二十代で、小さいけれども影響力のある雑誌（廃刊になった）の共同編集者となったことから、既に「成熟した記録資料《アーカイブ》」が手元にあるのではないかと大学側は考えていた。その上、最近では資料の収集方法が変わり、小分けにして売られることが多いらしい。例えば、現時点で作家の書類の三分の一を買い、その後、数年かけて残り三分の二を買い取るという方式。おそらく作家の側としては書類《ペーパー》が一箇所に集まっている方が望ましいだろうから、図書館側としても早い時期に作家に投資し、関係を作っておくことが大事だ。作家は〝書類〟という語を、引用符付きだと明示する形で発音した。

「で、〝成熟した記録資料《アーカイブ》〟をお持ちなんですか？」とロバーツ医師が訊いた。医師はそのフレーズが気に入ったらしい。

「いいえ」と彼は言った。「雑誌に関するやりとりはほとんど全部Eメールでしたし、当時は大体、今とは別のアカウントを使っていたんです。メールをプリントアウトすることもありませんでした。だから手元に残っているのは退屈な事務的メールばかり。それに僕自身の作品に関しては」――彼は〝作品〟に引用符を付けないように努めた――「手書きはしませんし、コンピュータに草稿を残すこともしません」

「じゃあ、何があるんです？」

「ああ。Eメールを使った、作家友達との大量の強迫的やりとりです。文章はぐちゃぐちゃだし、噂話や馬鹿話ばかりで、人に読ませるのが恥ずかしい情報がたっぷり。それと、作家たちから送られてきた葉書のコレクションもあります。僕が送った本の礼状ですが、中には有名人も混じってる」

「図書館がＥメールを買い取るんですか？」

「どうやら最近ではそうらしいですよ。〝電子記録資料《アーカイブ》〟とか言って。司書の話だと、技術の変化に応じて全てが変わっているそうです。でも、彼らは僕が持っているようなものは欲しがらない。僕だってあんなものを人に見られたくない。たとえ僕が死んだ後でも」

ロバーツ医師はそこで間《ま》を取ることで、作家が口にした最後の文を強調体《イタリツク》に変えた。反復と同じ効果を持つ沈黙。

「一年前なら、こんな話を持ちかけられても、変だし馬鹿げてるし、不相応だと思ったでしょうね。逆に今、そう言われると、僕の死が迫っているのを図書館が嗅ぎつけたみたいな気がします」

「あなたの病状が今後悪化するという証拠は何もありません」ロバーツ医師はこれが千回目であるにもかかわらず、いら立つことなく繰り返した。

「でもそれと同時に、自分でも驚きなんですが」作家は医師を無視して続けた。「〝書類〟を残したい、そんな形で自分の痕跡を残し、自分に権威を持たせたいという気持ちもあるんです」

ロバーツ医師は「どうぞ続けて」という意味の間《ま》を取った。

彼は人に同じ話を何度もしたので、途中で少しずつ話が変わってきた。そのせいで、出来事が起きた順番が正確に思い出せなくなった。例えば、抜歯の翌日の留守番電話で、できるだけ早く歯医者に電話するようにというメッセージを聞いたのだったか、あるいは手術と同じ日の午後に歯科医から直接電話を受けたのだったか？　いずれにせよ、手術の翌日――予定されていた追加診察の一週間前――彼は窓辺に立ち、携帯電話を耳に当てたままハンソン・プレイス教会の時計塔を見詰め、レントゲン写真に問題が見つかったという歯科医の話を聞いていた。「僕のレントゲン写真に問題が見つかった」と彼は痛む口で復唱した。歯科医はファイルを見直しているときに気掛かりな部分を見つけたと言った。「僕の歯に気掛かりな部分がある」と作家は繰り返した。「ぜひ神経科医に相談してみてください」と歯科医は答えた。そして、たっぷり一拍置いてから「何も問題はないと思いますが」と付け足した。

最初の神経科医の待合室にはピカソの鳩のポスターがあった。血液検査の部屋には、水彩で描かれたマンハッタンの夕焼け。CATスキャンとMRIを待つ部屋には、ランの写真。

ようやく彼は、その分野では有名なウォルシュ医師と会った。銀色の髪、縁なしの眼鏡、白衣の下に紫色のネクタイ。医師は青い目を常に細め、横目で相手を見たので、いつも笑顔に近い表情を浮かべているように——少なくとも、口角が少し上を向いているように——見えた。その結果、たとえ楽観的観測を述べる場合でも、横柄に患者を元気づけようとしているという印象を与えることがなかった。

ウォルシュ医師が診断結果を話したとき、作家は海岸の風景を描いた絵の複製画を見ていた。海の方を向いた、誰も座っていない木製の椅子が二脚、そして中景に小さな帆船。髄膜腫と呼ばれる腫瘍が海綿静脈洞に見つかった。どうやら良性のようだ。

「この絵は誰が選ぶんです?」と作家は尋ねたかった。

「このえ?」。ウォルシュ医師はさらに目を細めた。

「こういう物は先生が自分で選ぶんですか、それとも病院がまとめて買うんですか? どこで手に入れるんです?」

ウォルシュ医師は回転椅子に座ったまま後ろを向き、作家が見ている絵を見、それから作家の方へ向き直るが、何も言わないだろう。

「ここが単なる病院の一室でないことを示す装飾品を置きたい気持ちは分かります。患者は単なる病んだ身体ではないし、ここは純粋な科学の王国でもない。それにふさわしい絵を先生か病院が選ぶときの第一の基準は、当たり障りがないということですよね。必ずしも、癒やし効果のある絵でなくてもいいけれども、少なくとも気持ちを高ぶらせるものであってはならない。医師が機械でもなく、変人でもないことを絵が証明している。なぜなら絵画という媒体とそのありきたりな一例がさりげなく、ある種の文化的流儀に対する同意を示しているからです。だからあれは美術品ではない。美術品の表象《イメージ》なのです」

「この診察室は三人の医師が一緒に使っています」。ウォルシュ医師は結婚指輪をいじりながらそう答えるかもしれない。

「話を本筋に戻しましょう」。もしもライザがその場にいたら、そう言って、彼の肩に手を置いただろう。

「しかし問題は、問題の一つは」と言う彼の下腹部に、造影剤を注入したときのような冷たい感覚が走る。「こういう美術品の表象が病人、患者の方を向いているという点です。診察の合間に絵を眺める医者がいると想像するなんておかしな話です。医者が絵に興味を持つことも、何かの意味でそれが気に入ることも、彼の一日がそれによって影響を受けることも考えられない。こうした絵は気がめいるほど平板で、別のものとも取り替え可能ですが、それは別として今言いたいのはつまり、僕たちは絵を一緒に見られないということです。絵は僕たちの間にある隔たりを確立し、深める。なぜなら、絵は病人だけを相手にし、診察される人間の方だけを向いているからです」

しかし彼はそうは言わず、震える声でこう尋ねた。「僕は大丈夫なんでしょうか?」

「腫瘍が今後少しも大きくならず、症状を全く示さないということも大いにありえます」とウォルシュ医師は説明した。

「手術するという選択肢はあるんですか?」彼の耳に自分がそう尋ねるのが聞こえた。

「外科医と相談なさっても構いませんが、私自身はその選択肢はないと思います。ええ」。ウォルシュ医師は立ち上がり、隣の壁まで行き、照明器《シャウカステン》にレントゲン写真を貼り付け、電源を入れた。「新生物の位置が位置ですから、手術は無理でしょう」

「じゃあ、どうするんです?」。彼は照明器の前に立つウォルシュ医師のところまで行くこともできず、自分の頭蓋の断面撮影画像も見ようとしなかった。

「そうですね、現状では特に何もしません」。ウォルシュ医師は再び椅子に座った。「ただ慎重に経過を見守るだけですね。仮に症状が現れたら、そのときは対処法を考えましょう」

頭痛、言葉障害、脱力感、視覚の乱れ、吐き気、感覚鈍麻、麻痺。相貌失認、幻想的錯覚《パレイドリア》。水に映る柔らかな空。その光の中で、薔薇色がかったゴールドに見えるシルバー。時間をさかのぼったような瞬間的な感覚。

彼の家族が一堂に集まる。両親、兄とその妻、そしてその子供たち。二歳と五歳。時期は冬の休暇中、場所はフロリダ州、メキシコ湾岸にあるサニベル島。

彼らが海辺の貸別荘に着き、玄関前に車を停めるとき、あたりは既に暗くなっている。暖かな空気にはジャスミンの匂いが漂い、波の音が聞こえる。波の音は彼の耳にいつもよそよそしく感じられる。彼はその朝ニューヨークで見た小雪と、飛び立つ飛行機の楕円形の窓に付いていたビーズのような水滴を思い出そうとする。

作家は下の甥っ子シーオを抱えて別荘に入る。中はそこはかとなく、日焼け止めクリームとシトラス系の消毒薬の匂いがする。彼はシーオを抱いたまま歩く。甥は片方の親指を口にくわえ、他方の手を作家のシャツの中に突っ込んでいる。二人は貝とヒトデを描いた水彩画の前まで行く。その絵は病院に置かれた絵画についてのウォルシュ医師との会話を、まるでそれが実際に交わされたかのように思い出させる。

シーオは作家の乳首を見つけ、つまみ、そのせいで作家はびくっとした後、笑う。シーオは乳離れし始めた頃から、誰であれ抱いている大人の胸をまさぐるようになった。作家がシーオの首に口をつけ、おならのような音を出すと、子供が甲高い声で笑いだす。彼は甥を床に下ろし、母親のもとまでよちよちと歩いて行く姿を見守る。母親はさらにたくさんのバッグを担いで玄関から入ってきたところで、その後ろで網戸がバタンと音を立てて閉まる。ベランダでは、親指を使った手品をハナがサイラスに見せている。

ハナは二階に行って荷ほどきをする。兄夫婦は子供らを部屋に落ち着かせる。作家は両親と一緒に座り、前の宿泊客が冷蔵庫に置いていったコロナビールを飲む。父は持参した安物のギターを弾く。「最近は何か書けてるのか？」。父はそう尋ねながら、「ゴールデン・ヴァニティー号」のコードを弾く。作家が幼い頃にいつも歌ってくれた歌だ。

「これだけ」

「私があなたでも、やっぱり今の状態じゃ、何も書けないでしょうね」と母が言う。「ストレスがすごくあるでしょ。けど、きっと大丈夫だと思うわ、本当に」。作家は母を見る。「本当にそう思う」

作家は昔、「ゴールデン・ヴァニティー号」の結末で――敵の船を沈めた少年が裏切り者の船長によって見捨てられ、海で溺れるくだりで――いつも泣いていたので、父は即興で少しだけ歌詞を足し、少年は優しいウミガメに助けられて無事に島に着くことになったのだった。

パジャマに着替えた甥っ子たちが階段を駆け下りてくる。風呂上がりで二人の髪は濡れている。父は、魔法の飛行機の絵が描かれたパジャマとそれを着ている孫たちのことを即興で歌にする。

兄夫婦が子供らに続いて階段を下りてくる。「叔父ちゃんがお話を聞かせてくれるかもしれないぞ」と兄が言い、ビールを開ける。

「世界でいちばん大きなサメの話なら知ってる」と作家が言う。サイラスが最近、サメが大好きだという話は義姉から聞いていた。「でも、君らがサメを好きかどうか分からないからどうしようかなあ」。少年たちは大きな声で「大好き」と言う。

子供たちの部屋には、オフホワイトのカーペットの上に置かれた古い二段ベッドと床に広げられた赤いスーツケース以外、何もない。隣のバスルームでハナがシャワーを浴びる音が聞こえる。窓は開いている。またしてもジャスミンの匂いがする。彼はシーオと一緒に下のベッドに横になり、サイラスのマットレスを見上げる。サイラスはいまだに一緒に寝ている小さなぬいぐるみの〝子ブタちゃん〟を抱き、その足を音を立てて吸う。しばらくするとまた、作家の耳に波の音が聞こえる。

彼は子供たちに波の音を聞くように言う。そして次に、このベッドは海に浮かぶ船で、世界でいちばん大きくて獰猛なサメを探していると想像するように言う。〝どうもう〟って何、とサイラスがぬいぐるみをしゃぶるのを中断して訊く。意地悪で、人間を食っちゃうという意味さ。月が空高く昇り、海面にその光が映るのが見える。僕らはすごく、すごく静かにしていなけりゃならない。だって、サメに気付かれたくないからね。僕らはそのサメを捕まえるために海に出ている。だから、月明かりの中ですごく注意してサメのひれを探さなきゃならない。背鰭《はいき》だね、とサイラスが上の段から言う。その通り、専門的な言葉で言うと背鰭だ、と作家がささやく。彼のシャツの内側をシーオの手がまさぐる。

ひれが見える、と作家が静かに叫ぶ。しかしそこで、彼は時制の問題に直面する。彼には現在形で物語を続ける方法が分からない――子供たちをある種のゲームに引き込むのならともかく、少なくとも、寝かしつけるための物語としては。驚いたことに彼は自分がパニックを起こしかけていると感じ、急に全身に寒気が広がる。寝物語という形式の難しさは、〝特に早熟な作家〟の手に負えない。彼はビールを一気に飲むが、それは何の助けにもならない。作家は整然と言葉を話すのが困難になる。

彼はロバーツ医師の助言通り、数を数えながら四度深呼吸をする。シーオがその真似をし、小さな胸を膨らませる。作家は一日に何度かこれを経験する――つまり、症状が現れてきたという恐怖を。サメが見つかったので、と作家は先を続ける。ここで錨を下ろして、今からサメの話を詳しく聞かせることにしよう。彼は自分の声を聞いて安心する。声は震えてはいない。昔々、サムという名前のサメがいた。サムは獰猛だと思われていたけど、本当は優しくて勇敢で、沈みかけた船からある一家を救い出したこともあった、とか何とか。サムは一家を海の底の宝まで案内したが、その頃にはもうシーオは寝ていた。

作家は自分の部屋の扉を開けた。ハナは姿見の前に座って髪をタオルで乾かしていた。鏡に映った彼女の顔は体に遮られて彼からは見えなかったが、彼女からは彼が見えた。「私もすぐに下りるわ」と彼女は言った。

作家は階下で最後のコロナを見つけ、皆に加わった。彼は既に自分が酔っていることに驚いた。

「今から海岸の方に行こうと思うんだ」と兄が言った。

「爺さん婆さんは寝させてもらう」と父は言った。母は既に寝室にいた。今が何時なのか、彼には全く見当が付かなかった。

「一緒に行きましょうよ」と義姉が言った。

彼は、準備ができたら来るようにと二階のハナに声を掛けた。兄は台所の戸棚で赤ワインの瓶を見つけた。彼らはそれを開け、裏口から外に出て、月に照らされた砂利敷きの裏庭を横切り、隣のバンガローの脇を抜け、海岸に出る小道をたどった。小道は砕いた貝殻で覆われ、左右を低い木々――おそらくマングローブ――で囲まれていた。トカゲか虫か、小さな生き物が暗闇の中で足元を走った。その後、海岸に出ると、彼はパノラマのように広がる空に愕然とした。ありえない数の星々。砂浜は思っていたよりも明るく、光っているようだった。彼らは水際との中程まで歩き、そこに座ってワインを回し飲みした。

海岸沿いにいくつか、キャンプをしている人々の小さな焚き火が見えた。彼らは最後に一緒に海辺に出掛けたときのことを思い出そうとした。十年前のバルセロナが最後か？　いいや、もっと最近、ロサンジェルスで結婚式があった。

そのとき、兄が尋ねた。「アリはどこ？　もう寝たのか、それともこれから来る？」。すると遠くで網戸がバタンといったような音が聞こえ、「きっと、今のがアリだな」と兄が言った。

しかし作家は、「彼女はこの話には出てこない」と言った。彼はそう言いながら、少しろれつが回っていないと感じると同時に、自分の声が遠くから聞こえている気がした。笑い声が聞こえ、彼が振り向くと、海岸沿いにあるコンドミニアムの一つのバルコニーにたばこの火が見えた。

「どうして出てこないの?」がっかりしたように義姉が尋ねた。

彼は兄が砂に突き刺した瓶を手に取り、飲んだ。「どう説明したらいいか分からない」と言うのに長い時間がかかった。「もしも説明の仕方が分かれば、今頃、ハナではなくアリがこっちに歩いてきているはずだ」。僕は自分を二人の人間に分割した。二つの世界を結び付ける存在。砂利を歩く足音、次は砕いた貝殻、そして彼女が砂浜にたどり着くと、沈黙。

コンドミニアムから手を叩く音が聞こえ、彼が振り向くと誰かがバルコニーから風船を放つのが見えた。いや、ランタンだ。中に明かりを入れた、赤い紙の球体。おそらく海の生き物にとっては脅威。それはゆっくりと彼らの上を通り、海の方へと漂っていった。彼らはそれぞれの現在時制から、同じ攪乱点を見た。

抜歯の日、彼はライザと一緒に電車に乗り、セントラルパークに近いマディソン街の歯科医院に赴いた。二人は二十八階までエレベーターに乗った。そして受付を済ませた後、コートをハンガーに掛け、狭苦しい待合室に座った。彼は緊張しているのを認めたがらなかったが、ライザにはそれが分かっていたので、「万一のことがあったら燃やしてほしい原稿はある?」と訊いてやんわりからかい、彼を安心させた。

しばらくすると彼は、看護師に名前を呼ばれ、受付の脇にある扉から、その奥の、窓のない部屋へと通された。看護師が血圧を測り、天気の話をし、足首に何かのモニター装置を取り付ける間、彼は椅子の上で落ち着く体勢を探した。間もなく、紫色の手術着を着た筋肉質な男の看護師が点滴スタンドを持って部屋に入り、さまざまなコードをほどき、つないでから、彼の腕をアルコールで消毒した。歯科医が現れ、点滴を見てほほ笑み、ルーマニア訛りで「私の腕がそんなに心配ですか？」と言った。男の看護師が点滴の用意を終えて部屋を出、今度は手術道具の乗った台を押して部屋に戻ってきて、歯科医の前にそれを停めた。最初の看護師が静脈に点滴の針を刺す間、作家は目を逸らした。

手術にはどれくらい時間がかかるのかと歯科医に尋ねている途中で、彼は自分の声が遠くなるのに気付いた。彼は質問を最後まで続けなかった。そうしなかったのは、手術を受けるのと同時に、シナノキの間から差す夕暮れの光の中、ライザと一緒に公園を散歩しながら、半麻酔を選んだのがいかに正しかったかを説明していたからだ。彼は自分がまだ椅子に座っていることを知っていたし、ある時点で歯科医がドリルを止めて、大丈夫かと尋ねたのに対し、大丈夫だとうなる自分の声も聞こえたのだが、同時に彼は電話で母に向かって、手術は結局どうということはなかったと説明していた。彼はぬくもりに包まれていた。宇宙は慈愛に満ち、口の中を照らすランプは母なる太陽だった。それが事実でないことは分かっていたが、同時に事実でもあった。そのとき、歯科医が「終わりました」と言った。手術が五分で終わったのか、一時間かかったのか、彼には全く分からなかった。気が付くと、最初の看護師がいろいろな指示を彼に伝えていた。「はい、はい」と返事するとき、口の中にガーゼがあるのが分かった。それから、彼女に続いて待合室に行ったが、足が床に付いている感触はなく、看護師がライザに同じ指示を伝えるときも、その様子は見えていたが、声は聞こえなかった。最後にライザは看護師に礼を言い、作家にコートを着せた。

まばゆい日の光が彼の頭を少し明晰にし、二人がタクシーに乗る頃には時間感覚は安定していたが、彼はまだすっかり薬物の温かい余韻に浸っていたので、東に向かうタクシーの小刻みな急発進と急停車の動きを穏やかな揺れとしか感じなかった。痛みはなく、ただ舌に感覚がないことだけが、ガーゼを当てた傷口を思い起こさせ、漠然と気持ち悪かった。ライザは先ほどからずっとしゃべっていたのだろうか？　車がＦＤＲ街道《ドライブ》に入ったとき、彼は彼女の方を振り向いた。明るい茶色の髪を両手でまとめてポニーテールにする彼女の仕草は美しかった。彼は彼女が息をするたびに胸が上下するのを眺め、非の打ち所のないその鎖骨にいつも身に着けている細い金のネックレスを見た。その後、何の場面転換もなしに、彼はロウアーマンハッタンのビル群のシルエットを見ていた。ビルはタクシーが近づくにつれて——彼には動いている感覚はなかったが——より大きく、詳細になった。次に気が付くと、車はありえないほど滑らかな速度で動いており、ブルックリンブリッジのケーブルが輝いているのが見えた。ライザは車内にある小さなタッチパネル式のテレビの電源を切ることができないらしく、その画面に悪罵をぶつけていたので、彼が手伝おうとして手を伸ばすと、不思議なガラス——固形化した、知覚可能な空気みたいだ——に手が触れた。次に彼女の髪をなでると、彼らしくないその親密な態度を彼女は笑った。この六年でそんなことは二、三度しかなかったからだ。そしてまた、目の前に風景が広がった。すると彼の頭に啓示のようなものが浮かんだ——

これは僕の記憶に残らないだろう。これは今までに僕が見た中でいちばんきれいな街の風景だ。感触と速度も完璧。これほどライザとの仲を親密に感じたこともない。なのに僕の記憶には残らないのだ。薬がそれを消し去ってしまう。すると、切迫する消失のオーラに縁取られた風景はさらに美しさを増し、さらに麗しい経験を生んだ。彼はこの状況を何とかしてライザに説明したかったが、できなかった。まだ舌に感覚が戻っていなかった。薬によって消されることになる経験をしていると言っていたと、後で教えてほしいと頼むことさえできなかった。車が橋を走りだし、川面に戯れる十月末の陽光が見えたとき彼は、後でこの件についてライザにからかわれるだろう、僕は今どうかしているとぼんやり意識しながらも、涙があふれ出すのを感じた。今見たものの記憶は残らず、それを何らかの言葉にして残すこともできないと思うと、風景は充溢し、一時的にそれ以外の意味を失った。抹消が確実だからこそ現在の経験が得られているのだと思うと、彼は深い感銘を覚えた。次に彼は自分のアパートの部屋にいた。ライザは彼に薬を二錠飲ませ、ベッドに寝かせ、出て行った。

彼が真夜中近くに目を覚ますと、意識がはっきりしていた。顎に少し痛みがあった。彼は小便をし、血を吸って赤褐色になったガーゼを取り替え、コップいっぱいの水でまた一錠、鎮痛剤を飲んだ。それから、手術はどうだったかとメッセージをくれていたジョシュとライザに返信を送った。そして、抜歯についてあれこれ考えて無駄にした時間を考え、ほほ笑んだ。どうってことはなかった。彼はノートパソコンで刑事ドラマの『ザ・ワイヤー』を一話見てからまた眠った。

翌朝、ベッドから起きだし、コーヒーを――閉じた傷口がまた開いたりしないようにアイスで――飲んだとき、彼は気付いた。僕は覚えている。タクシーのこと、あの風景、ライザの髪をなでたこと、言葉にされることのないまま消える運命にあるあの美しさを。僕は覚えている。それはつまり、あれが現実の出来事ではなかったということだ。

3

僕はニューヨーク・プレスビティリアン病院に着いたとき、冷や汗をかいていた。実際、腋からにじみ出た尿素と塩分が横腹を伝う感触があった。僕はひと月あまり――予約を取ってからずっと――この日のことについて思い悩んでいた。心の中で深く悩むばかりでなく、それをうるさく口にも出していたので、アンドリューズ医師は薬まで処方してくれていた。僕はアップタウンに向かう電車の中で数分おきにコートの内ポケットを叩き、錠剤がそこにあるのを何度も確かめた。

ガラスの扉が左右に開き、僕は病院に入った。中央ホールを抜け、スターバックスの脇を通ってエレベーターまで行き、七階に上がる。エレベーターを降りてすぐの場所が受付になっていた。そこは妙に贅沢な作りで、医療施設というより、お偉方のオフィスという風情だった。壁にずらりと掛かる抽象画――アグネス・マーティンの模造品で、さまざまな色の格子模様――は単に患者を落ち着かせるためのものだったが、額装は美術館レベルだ。僕を待ち受けていた受付係は、少し場違いに感じられる優しい笑みを浮かべていた。まるで高級宝飾品を売る店員が婚約指輪を買いに来た客に応対しているみたいで、病院という場所は全く感じさせない笑顔。僕が名乗ると、彼女はそれをコンピュータに入力して書類をプリントアウトし、上の階にそれを持って行くように言った。「そちらで次の指示を聞いてください」

僕はエレベーターで上に向かうボタンを押す前に、金属の扉に映った自分の姿を見ながらこう考えた――ひょっとすると声に出していたかもしれない。「このままエレベーターで一階まで下りて病院を出て、二度と戻ってくるんじゃない。こんなことはしなくていいんだ」と。しかし当然僕はエレベーターで上階に行った。そこは先ほどのフロアに比べてずっと普通の病院らしかった。単に、治療の選択肢と保険の種類に応じたそれらの料金について相談をするのではなく、研究が行われ、患者が検査を受ける場所という雰囲気だ。

僕が書類を手渡した受付係は若い女性だった。僕の目には十八歳に見えたが、当然、それよりは上のはずだ。水着のモデルか、ミュージックビデオに出てくるクラブの場面でダンサーに混じっていてもおかしくないタイプ。並外れた美形というわけではないが、座っていても黒のパンツスーツの上から分かるその体形は、標準的な男性が妄想するプロポーションと一致していた。どこの人材派遣会社が送り込んでいるにせよ、彼女をこの仕事に就けるのは不適切だと僕は思ったが、無意識に彼女の体形を想像している自分を振り返ると急に恥ずかしくなった。僕は彼女となかなか目を合わせることができず、赤面しないように努めた。僕は自分が知る限りでは、めったに赤面することがない。恥ずかしさや困惑で、見た目に顔を赤らめることはまずない。しかし赤面しない努力は、僕にとっては普段と異なる不本意な行動だ。理由はともあれ、僕は舌を口蓋に押し付け、歯を食い縛り、軽めに息をした――よく考えると、そんなことをすればかえって顔が赤らみそうだけれど。僕は受付係にクレジットカードを渡した。僕の加入している医療保険は、法外な掛け金を徴収している割に、今回の料金は少しも負担《カバー》してくれなかった。

彼女はレシートをホチキス留めした別の書類を僕に手渡し、しばらくお待ちくださいと言った。僕は何とか視線を合わせて礼を言ったが、全てを見抜いているような彼女の目は恐ろしかった——それはまるで「たっぷり見るがいいわ、変態」と言っているかのようだった。僕は座って、ポケットから錠剤を取り出し、飲みかけたが、その瞬間——アンドリューズ医師がそんな手抜かりをするとは考えにくいけれども——薬を飲んだらサンプルに影響が出るかもしれないということが頭をよぎった。僕が指で錠剤をいじっていると、看護師が僕の名前を呼んで、後についてくるように言った。

看護師は僕を別室まで案内し、その入り口で、「とにかく手はきれいに洗って、菌が付いていそうなものには手を触れないでください」と念を押した。彼女は僕に、名前といくつかの数字が印刷された小さなプラスチック製の容器を渡し、もう一度ゆっくりとまるで子供を相手にしているみたいに、「手は必ずきれいに洗ってくださいね。そうしないと、また同じことをやってもらわなければならなくなりますよ」と言い、作業が終わった後に容器をどうすればよいかを指示した。彼女は恥ずかしそうな様子もぎこちなさも感じられない博愛の笑顔を見せてから、部屋の奥に消えた。僕は部屋に入り、扉を閉めた。

僕はそのとき一方で、医学的措置を受け、病人扱いされ、体を分解され、各部位が恐ろしい自律性を与えられていたが、同時に他方で少しだけ、興奮としか呼びようのない気持ちを感じていた。それは十一歳のときにダニエルから『プレイボーイ』を初めて貸してもらったことを思い起こさせた。僕はその妙な取り合わせに、少し吐き気を覚えた。

僕は金属製のコートハンガーにコートを掛け、室内を見回した。部屋の中央に置かれた、歯科医にありそうなタイプの椅子はクッション入りで表面はピンク色の合皮、真ん中の部分には医療用の紙が敷かれ、客というか患者が入れ替わるたびに看護師が取り替えるようになっていた。あの椅子に座るのはごめんだ。椅子の前にはテレビがあって、画面にＤＶＤのメニューが映し出されていた。テレビの上には、絶対に使いたくない無線式《ワイヤレス》のヘッドフォン。部屋の奥の洗面台には液体石鹸の容器が置かれ、念入りに手を洗うようにと指示する小さなプレートが添えられていた。奥の壁には、ドライブスルーの預金窓口を漠然と思い起こさせる仕掛けがあった。僕がそこに容器を置くと、壁の反対側にいる技師がそれを受け取る、しかも互いに直接顔を合わせる必要がないという仕組みだ。銀行兼病院兼ポルノ劇場。ここは究極の施設だ。しばらくして僕は、壁の向こうの声が聞こえることに気付いた。一人一人の声がはっきりと聞き取れる。一人の女は娘の彼氏――いかにその男が捨てがたい相手か――の話をしていた。別の男は電話口でスペイン語をしゃべり、白米と黒豆を使った何かを注文していた。向こうの声がこちらに聞こえるなら、間違いなくこちらの声も向こうに聞こえるはずだ。僕は例のヘッドフォンを使うことに決めた。

僕は洗面台に行き、手を洗い、もう一度洗い直した。それから椅子の前に戻り、肘置きの上にあったリモコンを手に取り、画面のメニューを眺めた。テレビは何かのサービスにつながれていて、膨大な数のタイトルから好きなものが選べるようになっていた。リストはアルファベット順に並んでいたが、人種別の選択も可能だ。『アジア系アナルの冒険《アドベンチャー》』『アジア系無理やり物』『アジア系オーラル・フェティッシュ』などから、『アフリカ系アナルの冒険』『アフリカ系フェラ物』『アフリカ系ぶっかけ乱交』などまで。しかし、人種別メニューの後には、行為だけで分類されたビデオもある。『ベスト・オブ・〇〇』といったタイトルだ。『サーシャ・グレイの肖像』が目の前に浮かんだ。僕は一部のビデオの過激さに驚くとともに、ビデオが人種ごとに分類されていることにも驚いた。たぶん、こういう場所には雑誌が置かれていることを期待していたのだと思う。僕は選ぶのを躊躇したが、視聴覚的な補助が事を迅速に終わらせる手助けになることを否定するつもりはなかった。使い方を詳しく確認しようとリモコンに目をやったとき、僕は思い出した。サンプルを汚染しそうなものには手を触れてはならない、と。どれだけの人が汚い手で触ったか分からないこのリモコン以上に菌が付着しているものがあるだろうか？

　パニックを起こして数秒間ためらった後、何も考えずに再生ボタンを押すと、僕の好みとは全く違うけれど、『アジア系アナルの冒険』が始まった。羅列されたカテゴリーの中で積極的にどれかを選ぶよりも、選ばない方がいくらかましに思えた。僕はリモコンと精液採取用のプラスチック容器をいったん置き、再び洗面台に行って手を洗った。それからテレビの前に戻り、ジーンズを下ろし、さあ始めようと思ったとき、むしろジーンズの方が相当汚れているという可能性に気付いた。ここへ来るのに一時間近く電車に乗ってきたし、最後にジーンズを洗濯したのがいつだったかも記憶にない。僕はジーンズとパンツを足首まで下げたまますり足で洗面台に戻りながら、時間のことが心配になり始めた。時間はどれだけ経っただろうか、時間制限はあるのか、いつかの時点で看護師がノックをしに来て「調子はどうですか」と訊くのか、あるいは「次の患者さんの順番です」と告げるのか。僕はまたすり足でテレビの前に戻り、急いでヘッドホンを着けたが、そこでまた思った。ヘッドホンを触るのはリモコンを触るのと同じくらい不潔だ。こうしてますますベケット〔アイルランド出身の劇作家・小説家（一九〇六―八九）〕の芝居みたいな状況に陥っていくのに踏ん切りをつけ、とりあえず終わらせてしまおうと思ったものの、あのサンプルは使い物になりませんでしたという電話がかかってくることを想像し、またしてもすり足で――今度はヘッドホンを着けたまま、冒険者《アドベンチャラー》たちの悲鳴とうめき声を聞きながら――洗面台まで行き、もう一度手を洗った。ありがたいことに、洗面台の上に鏡はなかった。

けど、そもそも手が汚れていたって、どうしてそれがサンプルに影響を与えることになるんだろう、と僕は液体石鹸を手に取りながら考えた。精液の現物に手で触れるわけでもないのに。とりあえず、有害な形で手を使わないように注意すればいいだけのことじゃないか。この時点で、問題は理論的なものに変わっていた。ようやく――要するに、モニターの前までジャンプしながら戻った後――手を洗浄する作業から、次の、それを自慰行為に使う段階に向かう体勢が整った。

いよいよ実行すべき時が来た。現実におけるいかなる性的な経験よりも緊張する実践。アンドリューズ医師がバイアグラを処方してくれたのもこのためだ。僕はこの瞬間になって、薬を飲んでおけばよかったと後悔した。だがもう手遅れだ。効き目が出るまでに数時間かかるかもしれないという話だったし、それに加えて、おそらくは考えすぎだろうが、精液が化学的に汚染されるのではないかという不安もあった。それに、この薬は心臓に疾患がある人にはよくないのじゃなかったか？　先生はそのことも忘れていたのでは？　血管拡張を誘発したりしないだろうか？　僕は怒りっぽい老人のように腹を立てた。しかし、アンドリューズ医師に腹を立てても、状況は全く変わらない――今、頭に思い浮かべるべき映像は彼の顔（あるいは彼の背後にある見事に当たり障りのない抽象画）ではない。

二十分の自己汚染の後、自慰専用室を出て、「できませんでした」と看護師に言うという未来を僕は恐れた。だが、その恐れはもちろん、アレックスに話をするのに比べれば、どうということもなかった。そのとき何が起こるだろう？　もう一度予定を立て直すか（そうなればプレッシャーは二倍だ）、この計画そのものをやめにするか（その場合、友情が壊れるとまではいかなくとも、仲は気まずくなる）、何か恐ろしい手順で体内から精液を抽出するか（もしもそんなことが可能なら、だが）。この六週間、僕はジョンとシャロンとアリーナに〝あがり症〟について相談して笑われていた。皆が大丈夫だと言った。サンプル提供直前の数日間は禁欲が要求されていた。アリーナはその間、卑猥な意味にも取れるように念入りに計算された言葉と偶然を装った身体的接触と芝居がかった喫煙によって、僕の〝その気〟を維持しようと努めた。

そして、ありがたいことに、僕の〝その気〟は準備ができていた。全てはほとんど滑稽なほど短い時間で終わった。若い受付係の無意識的残像に支配された、あっという間の出来事――きっと受付係はこうなることを予期していただろう。僕は心の底から安堵した。そしてジーンズを上げ、サンプルを壁の向こうに届け、逃げるように建物を出た。

僕は公園に向かって西に歩きながら、自分がスタートさせた一連の流れについて考えた。ラボはサンプルの量、液化に要する時間、個数、形態、運動性などを評価し、提供者《ドナー》としての適性を僕に報告する。アレックスが相談した不妊治療専門医はこの段階を省略することを勧めた。精子は子宮内人工授精用に処理されるし、僕の精子に異常があると考える理由も特にない――ハイリスクな振る舞いにもかかわらず、僕の知る限り、今までに誰も妊娠させたことはなかったが――ので、さっさと子宮内人工授精をして、その結果を見守ってはどうか、と言うのだ。しかし僕は、自分が提供者《ドナー》になる覚悟をしたのか、父親になる決意をしたのか、よく分かっていなかった。というのも、アレックスとはいまだに僕の役割がどちらなのか相談中だったからだ。そして今回の検査も、いわば会話の補助手段みたいなものだった。それによってこの話を終わりにするか（例えば僕の精子に欠陥があって、僕が受ける気のない男性不妊治療が必要だと判明したり、子宮内人工授精に成功するまでに耐えがたいほどの時間がかかりそうだと分かった場合――そもそもアレックスの年齢では、成功率は平均十パーセントほどしかないのだが）、手続きの一部から曖昧さを取り除くための手段。些細なことに思われるかもしれないが、僕は現実に精子を採取するということに対して心理的な抵抗が非常に強かったので、精液分析を受けることで受精というプロセスから心理的意義が失われるとさえ考えていた。でも、病院の部屋でポルノを見ながら自慰をするのに耐えられないというだけの理由で、アレックスの頼みを断るのは嫌だった。検査が終わったことで自分の思考回路が変わったかどうか、突き詰めて考えようとしていた僕は、68丁目とレキシントン通りの交差点で南行きのバスにひかれそうになった。

僕はようやく公園に着き、最初に見つけたベンチに腰を下ろして周りを見た。そこでは肌の色が黒か褐色の子守たちが、白人の子供を高価なベビーカーに乗せて散歩していた。僕は今の状況を将来の子供——僕はそれをアレックスの又従妹《またいとこ》として思い描いたのだが——に説明しようとする場面を想像した。「おまえの母さんと僕は互いに愛し合っていたんだけど、それは赤ん坊ができるようなタイプの愛とは違ってた。だから僕らはある場所に行って僕の一部を体から取り出し、それを母さんの体に入れ、その結果、おまえができたんだ」。これはまずまずの説明に思えた。僕は自分が子供のベッドの脇に立ち、その茶色い髪をなでる姿を思い描いた。「本当さ」と僕は言うだろう。「赤ちゃんを作るためにはみんな、お手伝いをしてもらうんだ。パパとママだけで赤ん坊ができるわけじゃない。みんな、他のみんなに頼っているんだから。今いるこのアパートのことだって考えてごらん」と僕は言う——ただし、おそらく僕は子供と同じアパートに暮らしてはいないだろうが。「木材は、釘は、ペンキはどこから来たんだろう？　木を植え、切り倒し、ここまで運び、アパートを建てたのは誰？　誰がそれにお金を払って、大工さんはどこで仕事を習い、そのお金はどこから手に入れたのか？」。ボストンテリア（今ではペットになっているが、元々織物工場でネズミを追い払うために育種された犬）がリスを木に追い込むのを見ながら、いつかそういう会話をすることになるかもしれないと僕は自分に言い聞かせた。「子供一人を育てるには一つの村が必要」ということわざの一バージョンとして、僕たちの子作りのやり方を話すことにしよう。ところがその声は、僕の許可なしに子供に向かって語り続けた。「だからおまえのパパは、世界で最も人口密度の高い大陸出身の若い女がお金と引き替えにお尻に一物《いちもつ》を突っ込まれるビデオを観て、カップの中に精液を出し、病院にお金を払ってそれをきれいにしてから、管を使ってママの体の中に入れてもらったんだ」

「管は冷たくなかった?」僕にはアレックスの又従妹《またいとこ》の声が聞こえた。

「それはお母さんに訊かないと分からない」

「どうして普通にセックスしなかったの?」

「そうするのが変に思えたんだよ」

「人工授精って赤ちゃんの性別が選べる?」。今度はまるで子役の俳優みたいな口調だ。

「精子は洗浄することもできるし、男の子、女の子が生まれる確率を高めるために遠心分離処理することができる。でも、やらなかった。それは楽しみに取っておきたかったんだ」

「人工授精って大体いくらぐらいかかるの?」

「いい質問だね。料金表によると——病院はママにある薬の注射を勧めたし、超音波検査と血液検査も受けたから——大体、一発五千ドルかな」。僕は〝一発〟と言ったことを後悔した。実際には何も言っていなかったけれども。

「射精当時、中国の一人あたり年間国民総所得はいくら?」

「四千九百四十アメリカドル。でも、生活の質の指標としては信頼できない数字だし、それはあまり関係がないと思うよ、カミーラ」。カミーラというのは昔から僕のお気に入りの名前だ。

「私を作るのに体外受精をしなきゃならないとしたらいくら？」

「それだと一万ドルくらいかな」

「ニューヨークで赤ちゃん一人にかかるコストは、年間平均どのくらい？」

「最初の二年は、年間二万から三万ドル。でも、僕らはつましくやっていくつもりだ」

「二年目以降は？」

「さあね。携帯で検索してみたら？」。十代の少女がベンチで僕の横に座り、携帯でメッセージを打っていた。僕は彼女をこの仮想問答に取り込んだ。

「そのお金はどうやって稼ぐの？」と彼女は訊いた。

「『ニューヨーカー』誌に短編が掲載されるからね。でもローズ、お金のことを気にしすぎだよ」。

ローズは僕の母方の祖母の名前。

「それが原因で、市場《しじょう》に対する抵抗の一形態としてのモダニスト的難解さという信念を捨てて、同時代の読者という幻想に浸ることにしたの？」

「芸術は、様式化された絶望以外の何かを提供しなければならない」

「じゃあ、芸術的野心を私に投影しているわけ？」

「だとしたら？」

「ママはどうして養子をもらわなかったのかな？」

「それはお母さんに訊かないと分からない。たぶん、養子というのも多くの場合、人工授精と同じくらいか、もっと複雑な倫理的問題があるんだと思う。特定の文化における圧力《プレッシャー》は別としても、生物学的な欲求を感じる女性もいると思う」

「世界が終わりかけていると思うんだったら、どうして子供を作るの？」

「個々の人間から見れば、世界は常に終わりかけている。人が経験の可能性から退いてしまったら、愛に関わるようなリスクは誰も冒さなくなる。そして、愛は政治的なものを利用しなければならない。詰まるところ、今終わろうとしているのは一つのモードなんだ」

「私が二十歳になった世界を想像できる？　三十歳、四十歳になった世界も？」

僕には想像できなかった。そして僕の精子が使い物にならなければいいのにと望んだ。

「リストカットみたいな自傷行為とか、自殺未遂行為とかは私たちの年代特有の風土病なの」。僕は隣の少女が袖をまくり、手首の傷を見せる場面を思い描いた。

「今の〝風土病〟は使い方が違うよ」

「一か月の入院治療なら、費用は平均三万ドル」。この意見を述べたのはアンドリューズ医師の声だ。

「周囲は彼女に愛と支援を与えてくれる」

「あなたはどの程度まで関わるつもりでいるの？　関わり方が足りなかったら、私やママの怒りを買うのよ？」

「それはおいおい決める」

会話はそこで終わるというより、知覚の閾下に退いていった。ひょっとして朝に抱いていた不安を捨て去るつもりだったのかもしれないが、僕はコートの内ポケットから青い錠剤を取り出してつぶそうとした。しかし、無理だったので、両手で力を加えたらうまく二つに割ることができた。僕は何も考えずにそれを目の前の歩道に捨てた。すると普段から、ベンチに座った観光客から餌をもらい慣れている鳩が近づいてきた。クエン酸シルデナフィルは大型の燕雀《えんじゃく》にどのような影響を及ぼすだろうか？　僕は立ち上がって、鳥を追い払おうとした。鳥は一瞬、飛び上がったが、すぐに地上に戻り、僕が手を出す前に、かけらの一方を食べてしまった。

□

生殖細胞のサンプルを分析のために提供した二日後、僕はパークスロープ食料品生協《フードコープ》の地下で熱帯性核果の乾燥した果肉を袋詰めしながら、声高な同僚の話を聞かないように努めていた。その女性は、地元の公立校に通っていた小学一年生の子供を、高い学費と面倒な手続きにもかかわらず有名な私立校に転校させるに至った経緯を説明していた。

生協に加入して最初のオリエンテーションで聞かされる話によると、パークスロープ食料品生協は全米最古で最大の食料品生協組織だ。健常な成人組合員は皆、生協で、四週間ごとに二時間四十五分の労働をすることになっている。それと引き替えに、通常のスーパーよりも安い価格で買い物ができる。組合員が労働力を差し出すことで価格は抑えられ、利益を誰かに搾取されることもない。商品の大半は、少なくとも他の店と比較すれば環境に優しく、可能な限り地元産のものが売られている。僕がブルックリンに越してきたときにはもうアレックスは組合員になっていて、アパートからさほど遠くもなかったので、僕も加入した。旅行でシフトをさぼったせいで何度も組合員資格停止処分に遭ったし、独りよがりな会員たちの態度や組織の愚かさ、そしてレジにできる行列の長さについてはいつも不平をこぼしていたが、脱退はしていなかった。実際、何につけてもめったに不満を言わないアレックス（「私の分まであなたが文句を付けているわ」）以外の、僕が知っている組合員の大半にとって、生協を侮辱するのが仲間の証《あかし》のようになっていた。不平を言うのは、生協に加入すれば資本主義のネットワークから自由になれると信じるほど愚かでない証拠だし、生協組合員は多くがある意味で上流の人間だと理解していることを示している。非組合員に向かって自分が組合員だと認めるときには慌てて必ず、ユニオンマーケットやキーフードみたいな一般スーパーで買い物する人たちを哀れみと怒りのまなざしで見下す生協信者――おそらく彼らの確定拠出年金はモンサント社やアーチャー・ダニエルズ・ミッドランド社〔それぞれアメリカに拠点を持つバイオ化学メーカーと穀物メジャー〕に投資されているのだろうが――とは種類が違うことをアピールする。それだけではない。『ニューヨーク・タイムズ』紙は一部の組合員が自分の身代わりとしてベビーシッターをシフトに送り込んだという暴露記事を掲載していた――記事の信憑性についてはまだ議論が続いていたけれども。そのとき自分の子供の学校教育について持論を語っていた女性は、ほぼ間違いなく熱心な生協信者だった。

　とはいえ、僕はいつも生協を馬鹿にしていたし、料理の腕もお世辞にもうまいとは言えなかったが、生協が道徳的にくだらない存在だとは思わなかった。僕が食料品や日用品に支払うお金の行き先は、労働を分かち合い可視化する組織であり、また、あからさまに邪悪な複合企業《コングロマリット》の手によるのでない商品を扱っているとほぼ信頼できる組織だと考えるのは、悪い気分ではなかった。農産物はほぼ無農薬。生協は、貧困者のための給食施設運営に手を貸していた。近所のホームレス収容施設が火事になったときには、〝私たち〟――生協について話すときは一人称複数を使うようにとオリエンテーションで指導される――が再建のためのお金を寄付した。

　僕は月に一度、木曜の夜に、〝食品加工〟と呼ばれる部署で働いた。生協の地下で同じ〝部隊〟の仲間と、乾物類とオリーブを袋詰めし、重さを量り、値札を付けた。いろいろな種類のチーズを切ってラップでくるみ、値札を付ける仕事もあったが、そちらは最低限とはいえ技術を要するので、僕は避けるようにしていた。作業は概して単純だ。地下の棚には、小分けされていない食品の箱が並んでいる。階上《うえ》でドライマンゴーが必要になったと言われたら、階下《した》では十ポンド入りの箱を探し、カッターで封を開け、乾燥果実をビニール袋に小分けし、口をくくり、ラベルが一枚一枚自動的に印字される秤にそれを載せる。できあがったものを階上に持って上がり、店の棚に並べる。働くときには、ビニール手袋に加えて、エプロンとバンダナを身に着けなければならない。爪先の空いたサンダルは禁止。でも、僕は爪先の空いたサンダルは買ったことがない。よかれ悪しかれ、ほとんどの人は、今しゃべっている女性のように社交的で話し好きだった。そうしていると、皆にとっては時間が経つのが早く感じられるらしい。僕にとっては、おしゃべりのせいで時間がスローに感じられることがしばしばあったのだけれど。

「とにかくあの公立校は学習環境としてルーカスには向いてなかったわけ。先生方も本当に頑張ってくれたし、私たちも公教育を信じているけど、いかんせん、他の子供たちが手に負えなくてね」

そのすぐ隣でカモミールティーを袋詰めしていた男が相づちを打たなければならないと感じたらしく、「なるほど」と言った。

「でも、はっきり言ってその子供たちのせいでもないの。その子たちの家庭は大体が――」。僕と一緒にマンゴーの袋詰めをしていた女性――僕が仲良くしていたヌール――が、その言葉の先に不快な述語が続くことを予感し、少し体を硬くした。

「――その、いつもソーダを飲んでいたり、ジャンクフードばかり食べていたりするのよね。当然、そのせいで集中力がなくなってしまう」

「なるほど」と先の男が言った。ひょっとすると彼は、話がまずい方向に行かなかったことにホッとしていたかもしれない。

「あの子供たちはいわば、化学物質のせいでハイな状態になっているの。そういう食べ物にはどういうホルモンが入っているのか、分かったものじゃないわ。それじゃあとても勉強なんかできないし、勉強しようとしているよその子に気を遣うなんてできるはずがない」

「確かに」

僕はこの手のやりとり――実際には、〝やりとり〟というのは正しくなかったが――に慣れっこになっていた。それは人種的そして階級的な不安を表明するための、新しいタイプの生政治的な語彙だった。「肌の色が茶色い人や黒い人は生物学的に劣っている」と言う代わりに、「彼らが摂取している食品や飲み物が悪い」――そうなっている原因は本人たちのせいでもないし、その状況には同情する――と主張する。彼らは人工着色料などのせいで内側が黒ずんでいるというわけだ。カラメル色素やリン酸の入った高カロリーな炭酸飲料はほとんど口にしたことがない自分の子供は、それに比べるとずっと繊細。純粋で、頭がよくて、暴力とは無縁。そうした思考法に従えば、生態系への気遣いとか、私企業反対のアジテーションとか、六〇年代風の急進的な語彙を使いながら社会的不平等の再生産を正当化することが可能になる。そして、自分の遺伝的素材を大事にすること――ルーカスに最新タイプの豆腐《トーフ》を与えること――を、利他主義として言い換えることができるようになる。それはルーカスの体にいいばかりでなく地球に対しても優しい行為だ、と。しかし無知あるいは自暴自棄が原因で、機械で加工された脂っこいチキンの味を子供の消化器官に覚えさせた人々、ブルックリンではたまま肌の色が茶色かったり黒かったりすることが多いそうした人々からは、どんな手段を使ってでもルーカスを守らなければならない。

僕の侮蔑的な幻想をヌールが遮った。「あなたって、子供がいるんだっけ?」

「ううん」。ヌールはマンゴーを袋詰めしていた。僕は小袋の口を縛り、重さを量り、ラベルを貼っていた。

「私には無理そうね」と彼女は言った。「ニューヨークの学校でやっていくのは」

もしも子供ができたらアレックスは、あるいはアレックスと僕は、学校のことをどうするだろう? 子供を私立校に通わせるだけの収入が僕にあったら、そうしたいと思うだろうか? 僕は話題を変えたかった。「子供の頃、ジャンクフードは食べた?」

「家では食べなかった。でも友達とは——しょっちゅう」

「家ではどんな食事を?」。以前シフトが一緒になったときに聞いた話によると、ヌールはボストン出身で今は大学院生。

「レバノン料理。料理はいつも父がしてた」

「お父さんはレバノン出身?」

「首都のベイルート出身。内戦のさなかに出国したの」

「お母さんは?」。僕はマンゴーに間違ったラベルを貼っていることに気付いた。電子天秤に入力するコードを間違えていたのだ。もう一度最初からやり直し。

「母はボストンの出身。母方の一族はユダヤ系ロシア人なんだけど、そっちの祖父母には会ったことがない」

「僕の恋人の母親はレバノン人なんだ」と僕はなぜか言った——ひょっとすると、アレックスや受精という問題から精神的な距離を取るためだったかもしれない。アリーナの母親がベイルート出身なのは間違いないが、アリーナが僕の恋人かどうかは微妙だ。「レバノンにはまだ親戚がたくさんいるの？」

彼女は手を止めた。「話せば長くなるわ。ややこしい一族だから」

「どうせまだ二時間以上あるじゃないか」と僕は絶望したみたいな口調で言ったが、困惑したような――あるいは少なくとも深刻そうな――ヌールの表情を見て、僕は即座に話の流れを変えようとした。「うちの家族はみんな料理が苦手だったから――」。しかしそのとき、彼女が口を開いた。僕らは二人とも、作業をする手元から目を離さなかった。他の人たちは今、クエーカーの教育法〔キリスト教の一派クエーカーは伝統的に教育熱心で、アメリカには彼らが運営する私立学校が八十校ほどある〕の利点について話していたが、彼女は周りに話を聞かれないよう小声でしゃべった。

私の父は三年前に心臓発作で亡くなったの、一族はまだ大半がベイルートにいる、とヌールは言った――言い回しは必ずしもこの通りではなかったけれども。私は幼い頃から親戚に会ったことはほとんどなかったけれど、父の一族とのつながりをずっと感じていた。父はレバノン人としてのアイデンティティーを強く意識していたし、私もそうだった。両親は私を二言語話者《バイリンガル》に育てようとした。父はとても世俗的なムスリムで、ごりごりのマルクス主義者で、片方の親はキリスト教徒だったのだけれども、アメリカでは、おそらく人種差別と無知に対する反発から、ボストンにあるモスクに通うことにした。とはいえ実際のところ、それはモスクというより文化センターみたいな場所だった。私は子供の頃から頻繁にそこに通って、周囲の子供とは違うという意識を持つようになった。高校でも、そして大学でも、中東の政治問題に積極的にかかわって、ブラウン大学では中東研究を専攻した。大学のアラブ系学生の会にも入った。ただし私の母方の一族は、全く敬虔でなかったとはいえユダヤ系だったから、時々ややこしい問題が起こった。それに、私が父の来歴にだけ興味を持っていて、母をないがしろにして父と同一化しようとしていると感じていた母との関係は、しばしば気まずいものになったわ。それはともかく、父が亡くなって六か月ほど経った頃、母はスティーヴンという名前の昔からの友達とデートをするようになった――〝デート〟というのは母自身が使った言葉よ。スティーヴンはマサチューセッツ工科大学《MIT》で何かを研究している物理学者。私が幼い頃には時々彼の子供たちと遊んでいたから、私にとっても昔から少しは知っていた人物。彼はその後、離婚していた。私の母はある夜、夕食の席で弟と私に向かってスティーヴンの話をした。あなたたちにとっては受け入れがたいと思うけど、分かってくれるとうれしいと彼女は言った。私たちは分かったと言った。でも、私たちは戸惑った。特に弟は早すぎると言って腹を立てた。でもたぶん、その怒りは私に向かってしか口にしなかったと思う。

　私は当時、もう実家を出ていた、とヌールは言った。大学の四年生で友達と一緒に暮らしていたから、スティーヴンと顔を合わせることもあまりなかった。でも弟の話では、スティーヴンは頻繁に家に来ていたらしくて、弟と私は展開の速さにかなり当惑していた。そして私たちは疑っていた――疑うのは当然でしょう？――二人は以前から付き合っていたのではないか、父がまだ存命だった頃からの関係なのではないか、と。私は弟に、お母さんは死別の悲しみをやり過ごすためにあの人と付き合っているだけで、真剣な交際ではないのかもしれないと言った。でも、私が電話をかけるたび、母はいつもスティーヴンと一緒のようだった。そして父が亡くなってから一年が経った頃、私はアラブ系アメリカ人としてカイロのアメリカン大学に研究員の身分で招かれて、卒業後、三か月間エジプトに行くことになったので、ついでにレバノンを訪れる計画を立てた。飛行機に乗る二、三日前になって、お昼を一緒に食べないかって母から電話があった。その口調から、再婚の話だとすぐに分かった。話を聞く前から見当が付いた。公共の場所で話をすれば私の最初の反応が和らげられると考えたから、外での食事を望んでるんだって。そして弟に話をするときに味方になってほしいと言われるんだって。弟はきっとキレちゃうから。私は自分でも驚いたんだけど、腹は立たなかった。父が亡くなる前から両親の仲が明らかに悪くなっていたせいかもしれない。でも、悲しかったし、少し気分が悪かった。で、バックベイにあるやたらに値の張るフランス料理の店で私たちは会った。

ヌールの話がここまで進んだところで、ドライマンゴーの在庫はあるか――「ドライマンゴーない？」――あったら少し持ってきてもらえないかという問い合わせがスピーカーから響いた。彼女の話を遮るのは気が進まなかったが、どう考えてもそれは僕の仕事だった。僕はヌールにすぐ戻ると言って、エプロンの先をつまんで広げたところに、小分けにしてラベルを貼った袋を詰め込み、階上に持っていった。頭にバンダナを巻き、パステルカラーのエプロンをまとった格好で店の半公共空間に出るときには、いつものように気恥ずかしさを覚えた。通路は混み合っていた。生協には一万五千人の現役組合員がいるのに売り場面積は六千平方フィートしかないからだ。しかもレジのシステムは、過激なまでに非効率に設計されている。だからマンゴーを棚に並べるためには、量り売りコーナーまで人を掻き分けていかなければならなかった。地下は圏外なので携帯は鳴っていなかったが、店に出ると後ろポケットで携帯が震え、メッセージが届いていることを知らせた。アレックスからの質問で、内容はたったの一単語だ。「結果は？」

地下に戻ると、ヌールの隣は別の男に奪われていた。男は自分が任されていた袋詰めの仕事が終わって、僕の後を引き継いだに違いない。僕は生協ではいつも、いかに心の内側でふつふつと感情が湧き上がろうが、おとなしく、周囲に合わせるようにしていたが、今回は思い切って言った。すみませんが、ヌールと話を続けたいので、僕に仕事を返してもらいたいんですけど。男は怒ったそぶりを少しも見せることなく、いいよと言って、僕はまた袋の口を縛り、ラベルを貼り、重さを量る作業を再開した。問題は、僕の行動が周りにいた数人の注意を惹いてしまったこと。ヌールは、周りが聞き耳を立てている間は話を始めることができない。僕たちは黙って作業をした。それは、あなたたちが盗み聞きしているのは分かっているというメッセージだったが、逆にさらに皆の好奇心をそそってしまった。拷問のような十分が経過した。その間、ヌールは沈黙し、僕は彼女の物語のありえる結末を想像した。スティーヴンは実はひどいイスラム教徒嫌いだったとか、あるいはＦＢＩのエージェントだったとか、あるいは彼女をスパイにしてブラウン大学のアラブ系学生の会に送り込もうとしていたとか、彼女の母親が再婚しようとしていることに腹を立てたレバノン系の一族が関係者全員を斬り殺したとか。

仲間がようやくいつものように会話を始め、僕らのことを忘れると、僕が何も言わなくても、ヌールは話を再開した。で、私たちはフランス料理の店で会った。ウェイターが注文を取り終わるとすぐに、私は母に、スティーヴンと結婚するんでしょ?と訊いた、とヌールは言った。すると母は神経質に笑って、スティーヴンとは確かに結婚の話をしたことがあるし、いつかはそうなるかもしれないけれど、今日、ランチに誘ったのはその話をするためではないと言った。そう聞いた時点で今度は、実は癌か何かにかかっているという告白が始まることを私は予想した。ところが、話は違った。ヌール、あなたのお父さんと私は、あなたが赤ん坊の頃にある決断をしたの。正しい決断かどうか、私はずっと悩み続けたけど、お父さんは正しいと確信していて、約束を貫いた。でも、お父さんのいない今、私はまた考え直して、あれは間違っていたと思うようになった。あなたのお父さんはあなたの生物学的な父親ではなかったの、と母は言った、とヌールは言った——言い回しは必ずしもこの通りではなかったけれども。私は別の男性の子供を身ごもった。でも、あなたのお父さんと私は当時愛し合っていて、彼は子供を欲しがっていたから、私たちは二人の子供としてあなたを育てることにして結婚し、実際にそうした。あなたの知る通り、お父さんはあなたをすごく愛していたし、いつも自分の子供と考えていた。彼の親戚は混乱や離別や亡命で大変な人ばかりだったから、あなたには安心して大きくなってもらいたい、間違いなくこの両親の子供だと感じてもらいたいと私たちは考えていたのだと思う。あなたが小学生の頃、私たちはよく夫婦喧嘩をしたわ。あなたに話さなかったことを私は後悔していたから。でも、その時点での彼の考え方は、仮に最初の判断が間違っていたとしてももう手遅れだということだった。今さら話を聞かせても当惑するだろうし、裏切られたと感じて心に傷を負うだけだって。でも去年、ずっとこの件について考えていたのだけど、そして自分がいつかは死ぬということも考えたのだけど、その結果、これがあなたにとってどれだけ不穏な知らせであるとしても、正直に話さなくちゃならないと思う、とヌールの母親は言った。それに加えて、私はセラピーを通じて、そうすることが私たち自身の関係のためにも大事だと理解するようになった。はっきりさせておきたいのは、あなたのお父さんが、娘を愛するどの父親にも劣らずあなたを愛していたということ。そして、私たちの最初の決断が正しかったとしても間違っていたとしても、それはあなたにとってよかれと思ってした判断だったということ。彼女は明らかにその言葉を正確に暗記していた、とヌールは僕に言った。

「何てことだ」と僕は言った。

話はそれで終わらない、とヌールは笑顔で言った。ウェイターが私の前にサラダを置いた。私はサラダを見詰めたまま、母の言葉を理解しようと努め、母は私の反応を待った。私たちは二人とも黙ったきり、食べることもせずにじっと座っていたのを覚えている。そうして、私の中から何かの反応が生まれ出るのを待っていた。私は何も感じることができず、ただ何かの衝撃に備えて身構えていた。すると母が話を続けた。ヌール、と彼女はさらに声を落として言った。あなたがまず尋ねたいのは、では、生物学的な父親は誰なのかということでしょう——本当は、私が最初に訊きたかったのはそのことではなかったんだけど、とヌールは僕に言った——そして今回、こんな話をしようと思った理由、どうしてもそうしなくちゃならないと思った理由、そして最近またスティーヴンと仲良くしている理由の一つは——

「何てことだ」と僕はまた言った。僕はマンゴーの袋詰めが終わって彼女の話をまた遮るような真似はしたくなかったので、できる限りゆっくりと作業をしていた。ヌールは僕に合わせて作業のリズムを落とし、そのせいで彼女の話のペースまでゆっくりになっていた。

そうなの、とヌールは僕に言った。スティーヴンがあなたの本当の父親だからなの、と母は言った。そしてすぐに言い直した。あなたの生物学的な父親ってこと。私はあなたのお父さんと出会う前に彼と付き合っていた。でも、二人の関係——少なくとも恋愛関係——が長続きしないことははっきりしていた。だから気を付けてはいたのだけど、私は妊娠した。そしてあなたのお父さん、つまりナワーフはひどく子供を欲しがっていた、とヌールの母は彼女に言った。私が父だと考える人の名前がナワーフよ、だから、いつも〝あなたのお父さん〟とか〝パパ〟と言っていた母の口からその名前を聞くのはとても不快だった、とヌールは言った。そして私たちはちょうど恋に落ちかけていたから、結婚して、子供を産むことにした。私たちがスティーヴンに計画を話すと、その頃の彼は子供なんて欲しがっていなかったから、君たちの決断を尊重すると言って、誰にも口外しないと約束をした。スティーヴンは結局、あなたも知っての通り、自分の家族を持った。妙なの、とヌールは僕に言った。私はそれでも何も感じなかった。両手を皿の左右に置いて衝撃を待ち構えていたのを覚えている。で結局、何が起きたかというと、手が色あせた。

「色あせた?」

「手の色があせて、白っぽく変わったってこと」。ヌールはそう言いながら、手袋をした両手を僕に見せるように上げた。「私は昔から、自分の肌の色は茶色だと思っていた。だって父の肌は茶色だったし、私は父似で、アラブ系アメリカ人だと考えていたから。ところが、そうやって何の感情もなしに左右の手をじっと見ているると、体から色が抜けて、肌が少し白く変わるのが見えた気がした。たぶん実際に、ショックのせいでそうなっていたんだと思う。でも、それ以来、自分の体に対する見方が変わったわ。その始まりが手だった」

「お母さんには何て言ったの?」と僕は訊いた。ヌールの肌はオリーブ色だった。今日の仕事を始めたときと比べて、彼女は僕の目に違って見えていただろうか?

「私はトイレに行くと言って、そのままレストランを出た。トイレに行くって言い訳したのは何だか変なんだけど」とヌールは笑った。「だって、入り口からそのまま出ていく姿は母から丸見えで、戻ってきそうには見えなかったんだから。とにかく」——ここでヌールの口調が少し変わって、話を締めくくろうとしている様子が感じられたのだが——「あなたが訊いたのはレバノンにいる親戚の話だったわね——さっき〝ややこしい一族だ〟って答えたのはつまり、厳密には親戚と呼べるのかどうか分からないからよ」

「親戚のみんなはその話を知ってるの?」と僕は訊いた。

「父が話していなければ知らないはず。だからたぶん知らないでしょう。母も同じ考え」

「カイロで暮らしていたときに親戚には会った?」

「結局、留学はしなかった。私はその後、重度の鬱状態に陥って、そこから這い上がると大学院に願書を出して、こっちに越してきた」

「君は」――僕はどんなふうに質問をすればいいのかよく分からなかったのだが――「君は今でも自分をアラブ系アメリカ人だと思っているの?」

「人に訊かれたら、育ての父がレバノン人だったと答えてる。事実、そうだから。そしていまだに、以前と同じものを全て信じている。話を聞いたからといって信条は変わらない。でも、その信条にかかわる権利、闘争に参加したり、アラブ系の名前を持ったり、その言語を話したり、アラブ風の料理を作ったり、歌を歌ったりする権利は、すっかり変わった。そしていまだに変わりつつある。それが正しいのかどうかは分からないけど。例えば、ズコッティ公園で、ウォール街占拠とアラブの春との結び付きについて話してほしいと人に頼まれたけれども、私にはその資格がない気がして断った。私がいまだにその話をしていない知り合いもたくさんいる。だって、向こうにその気があろうとなかろうと、私に対する接し方がきっと変わるだろうから。私自身、自分に対する考え方が変わったのと同じように」

「君がそのときどんな気持ちだったか、人がそういうときどんな気持ちになるのか、とても想像がつかないな」と僕は言った。重要なのは精子提供者ではない、真の父親は彼女を愛し育ててくれた人物だ、と僕は言いたかったが、その意見をうまく表現する方法が思いつかないうちに、アレックスが将来別の誰かと恋に落ち、〝僕らの〟子供を連れてニューヨークから出て行くというシナリオが頭に浮かんで気が逸れてしまった。僕は父親と見なされることになるのか？　それとも単なる精子提供者？　それとも無関係な他人？

彼女が黙り、僕はその沈黙を埋める責任を感じたので、物語を語る行為と手を使った労働との間にある結び付き――手作業が語りを促し、労働によって共通の知覚パターンが生み出される――について漠然とした話を始めた。しかし、彼女のなおざりな相づちは、話を聞いていないことを示していた。

「私は普段、いまだに、衝撃が伝わってくるのを待っているような気がする。母の告白をレストランで聞いたときと同じ気持ち。ちなみに母とスティーヴンは今、一緒に暮らしてる。結婚はしてない。私たちはみんな、それぞれに解決の糸口を探してる。これってちょっと、あの感じに似てると思うの――誰かと携帯でしゃべってて、電話が切れたことに気付かずに延々としゃべり続けて、ちょっときまりが悪い思いをしたことってない？」

僕はあると答えた。

「私の友達で、お兄さんにひどいことをされたんだけど、その件について面と向かって文句を言ったことのない人がいたの。細かいことは今、どうでもいいことにするわね。ところがある日、その人が勇気を出して、電話でお兄さんに文句を言うことにした。何年もかけてやっとその勇気が出た。そしてお兄さんに電話をかけて言ったの。今からしばらく僕の話を聞いてほしい。途中で口を挟んだりせずに、聞いてくれ。するとお兄さんが分かったと言った。その後、私の友達はアパートの中を行ったり来たりしながら、長い間言い出せずにいたことを言い、涙を流しながら、言わずにいられないこいこと、電話が切れていたことに気付いたの。だから慌ててお兄さんに電話をかけ直して、どこまで話を聞いたか尋ねた。するとお兄さんは言った。しばらく話を聞いてほしいっていう言葉の後、電話が切れたって。すると私の友達は、なぜかもう一回はできなかった。同じことを繰り返す気にはなれなかった。私は友達からそんな話を聞いた。彼は今、以前よりももっと頭が混乱して、もっと孤独に感じているそうよ。だって、ついにお兄さんと直接対決するという強烈なことをやって、人生の中で大事件となるその経験で少し人間が変わった。ところがその事件は実際には起きなかった。携帯の電波の調子が悪かったせいでお兄さんとは直接対決できなかった。それは起きたんだけど、起きなかった。何もなかったわけではないけど、何も起こらなかった。私の言ってること、分かる？　私が感じたのもそれと同じ気分」とヌールは言った。「ただし私の場合は、携帯電話の会話じゃなくてその時点までの人生の全てが、あったんだけどなかったことになった」

ヌールが話を始めてから何時間も経ったような気がしたが、まだ四十五分しか過ぎていなかった。僕たちが最後のマンゴーを袋詰めしていると、階上から人がやって来て、レジを使える人はいないかと訊いた。レジ担当者が一人早退したので、応援が必要らしい。ヌールはレジの経験があると言って、手袋とバンダナとエプロンを取り、さよならの笑みを僕に向けてから階上に向かった。僕は残りの時間、デーツを袋詰めし、時計を見ないように努めた。

僕は勤務時間が終わって生協を出るとき、マンゴーを二袋買った。そして、季節外れに暖かかったので、長めの散歩をすることにした。僕はユニオン通りを歩いてパークスロープから家の近所のボアラムヒルを通り過ぎ、コブルヒルへと抜け、ブルックリン＝クイーンズ高速道路を越えてコロンビア通りまで進んだ。そこまでで二マイルほどの距離。今度は右に曲がってコロンビア通り沿いに歩き――左手が川――通りの名前がファーマン通りに変わるまで直進、さらに一マイルほど進んでから、川縁にあるブルックリンブリッジ公園に入った。公園には、ジョギングをしている数人と買い物カートに缶を集めている一人のホームレスの男以外、人影がなかった。僕はベンチを見つけた。そしてネックレスのように壮麗に空に掛かり、水面に映る橋の明かりを眺め、鉄柵を越えて水が押し寄せる未来を思い描いた。〝偽りの春〟と呼ぶには早すぎる陽気にだまされて狂い咲きしたハコヤナギのほんのり甘い香りが、風の中に嗅ぎ取れる気がした。しかしそれは、記憶によって――あるいは、ふと気が付くと、脳にできた腫瘍が原因かと考えていたのだが――穏やかに喚起された嗅覚的な幻だったのかもしれない。川の向こうでは一機のヘリコプターが、尾部のストロボをゆっくりと点滅させながら、サウス通りに近い繁華街のヘリポートに向けて慎重に高度を下げていた。

季節外れの花の匂いが混じっているかもしれないし、混じっていないかもしれない夜の空気を僕は吸った。そして、マンハッタンのビル群と明かりの点いた無数の窓、ＦＤＲ街道を走る車から流れ出すサファイア色とルビー色のライト、ツインタワーの現前する不在を見て、いつもいくらか感じるスリルを少し感じた。それは、建物のある空間だけが僕の中に生じさせるスリルだった。人の手の入っていない自然の世界からは感じることのない、桁違いのスケールだけが生み出す感覚。離れた場所からだとちっぽけに見える窓の人間的側面。その光はビル群のシルエットの中に集まりながらも一つに溶け合うことはない。その様子が象徴しているのは、まだ存在していない集合的人間、まだ生まれていない二人称複数の物理的な痕跡だ。全ての芸術は、仮に最も親密な形で表現されるときでさえ、まだ生まれていないその人に向けられている。僕が都会で崇高性を経験するのは、都会でこそ、共同体の直感が計算を超えた偉大さを見せるからだ。借金の山、水道水に残留する微量の抗鬱剤、血管のように張り巡らされた巨大な交通網、ますます過激化しつつある気象パターンの変動。ホイットマンと同じようにロウアーマンハッタンを対岸から眺めるとき、僕はいつも、無様な群衆をつかの間可能性の比喩に変える芸術家たち、共同体に先立つ身体感覚の微妙な揺らめきを可視化する詩人たちの仲間入りをしたいという思いを新たにした。僕がビル群を受け止めようとした——しかし実際は逆にビルにのみ込まれたのだが——ときに感じたのは、中身を空っぽにされるのと区別がつかない充実感だった。僕の体が抽象的な人格へと溶解し、体を作る一つ一つの原子がヌールの体の原子と同じになって、世界という虚構《フィクション》が彼女の周りで組み変わる。独りよがりな生協的駄弁に聞こえない表現の仕方があったなら、僕は彼女に言いたかった。最も不穏で辛い形で自分のアイデンティティーを失うことの中にも、いかに屈折したものとはいえ、来たるべき世界のきらめきが含まれている、と。全ては今と変わらない、ただほんの少し違うだけで。というのも現在の現実から見て、起こったけれども起こらなかった出来事を含め、過去はいつでも引用可能だからだ。その深夜、ベンチに座る僕の姿——バンダナを巻いていたせいで髪はぺしゃんこ——をあなたたちは見かけたかもしれない。保存料不使用のマンゴーを際限なく口に運びながら、未来に自分を投影し、穏やかに涙を分泌する男の姿を。

□

「作家になると決意した——それが決意と呼べるものだとしての話ですが——瞬間が存在するという考え方、あるいは作家は自分がなぜ作家になったか、いかにしてなったかを知っているはずだという考え方は、要するに過去に何かを投影しているのです。でも、だからこそこの問いは興味深い。なぜなら、作家にそう問いかければ、起源に関する虚構《フィクション》を書いてもらえる、歌の起源に関する歌を詩人に歌ってもらえる、それこそが最も古い詩人の仕事の一つなわけですから。英語で詩を書いた、名前が知られている最初の人物は、夢の中で詩の技巧を学んだということになっています。歴史家であるビードによると、詩人カドモンの目の前に一人の神が現れ、『創造された世界の起源』を歌うように言ったらしい。ですから、私がいかにして作家になったかをここで話すように依頼されたのは、その話が学生さんたちにとって実際的にいくらか役立つことを期待してだと思うのですが、残念ながら、僕にはそういうお話をすることはできません。でも、私が作品の起源に関する虚構をどんなふうに構築したかをそのまま、現時点の私の観点からお話しすることならできます。

「僕が最近自分の中で考えている物語によると、僕が詩人になったのは、というか、詩人になることに初めて興味を持ったのは一九八六年一月二十八日、七歳の時でした。当時生きていた多くのアメリカ人も同じでしょうが、その日、スペースシャトルのチャレンジャー号が打ち上げから七十三秒後に爆発するのを観た鮮明な記憶が僕にはあります。皆さんご存じかもしれませんが、そのミッションはいつにも増して盛り上がっていました。というのも、乗組員七人のうちの一人がクリスタ・マコーリフという名の教師だったからです。彼女は〝宇宙飛行士先生《ティーチャー・イン・スペース》プロジェクト〟の一環として、何人いたのか分からないたくさんの候補者の中から、最初に宇宙に行く先生——同時に最初の民間人——に選ばれました。ちなみに、プロジェクトはその数年後に打ち切られました。マコーリフはある意味、〝普通のアメリカ人〟の代表として選ばれたので、僕たち普通のアメリカ人はこのミッションに特に興味を持っていました。数百万の児童生徒がプロジェクトに関連する授業を受け、打ち上げを楽しみに待っていた。僕がいた三年生のクラスは彼女を誇りに思うという手紙を書いて、彼女の幸運を祈りました。グレイナー先生が〝成功祈願《ゴッドスピード》〟という言葉を熱心に説明していたのを、僕は今でも覚えています。

「さて、皆さんの中でチャレンジャー号の事故を生《なま》でご覧になった方がどれだけいらっしゃるか、挙手で教えていただけますか？　なるほど。今三十歳を超えているアメリカ人の大半が、シャトルの爆発をテレビの生中継で観たことを記憶しています。白のブロンコで逃走するＯ・Ｊ・シンプソンとか、崩壊する世界貿易センタービルとか、生放送される惨事、同時中継される戦争の時代の始まりとして、あの事件はいつも引き合いに出されます——もちろんそれ以前にも、テレビで放送された心的外傷的事件《トラウマ》はありましたけれども。僕の友人は全員、あの事件を生で観たことを覚えています。シャトルの運命を知っている状態でビデオのリプレイを観たのではなく、成功裏に宇宙に消えていくものとばかり思っていたシャトルが巨大な火の玉に包まれるのを観た記憶。部品が落下するにつれて煙が枝分かれしていくあの光景。僕は一瞬、事態がのみ込めなかったのを覚えています。今、目で見たものは、予定されていた出来事だと思おうとしました。シャトルの一部を切り離す、予定通りの段取りだと。それから、七歳児の頭脳でもそれはありえないと理解して、どっと心が沈みました。

「実を言うと、あの事故を生で観た人はほとんどいません。一九八六年はまだニュース専門テレビ局が始まったばかりの頃で、ＣＮＮは打ち上げを生中継していましたが、学校や仕事のある平日の昼日中に偶然、ＣＮＮを観ていた人はさほど多くありませんでした。他の大手テレビ局は事故の前に中継を打ち切っていました。もちろん、すぐにビデオ映像を流したわけですが。宇宙飛行士先生プロジェクトのことがあったので、ＮＡＳＡは多くの学校で、衛星放送を使ったミッションのテレビ中継を行なっていました。だから僕は——兄も同じですが——映像を見たのを覚えているのです。グレイナー先生の目に涙が浮かんだこと、子供たちがしばらく事態をのみ込めなかったこと、ぎこちない笑いが漏れ聞こえたことなどを僕は覚えています。ところが実は、僕も兄も生で観ていません。トピーカにあるランドルフ小学校は生中継先に指定されていませんでした。だから、たまたまCNNを観ていたか、特別に選ばれた教室にいたかでない限り、あの事故を現在時制で観た人はいないのです。

「僕たちの多くが実際に生で観たのは、その日の夜にロナルド・レーガンが全国民に向けて行なった演説でした。僕の家族は皆、レーガンを嫌っていましたが、そんな両親でさえ、演説には心を動かされました。当時の僕は、政治家の演説は別の人間が書くのだとは知りませんでしたが、レーガンが昔ハリウッドの俳優だったことは知っていました——前年に封切られた僕の好きな映画『バック・トゥ・ザ・フューチャー』の中でその話が出て来ますから。レーガンの演説はペギー・ヌーナンという人物が書いたもので、二十世紀に行われた大統領演説の中で最も偉大なものの一つだと多くの人が考えています。ヌーナンはその後も、印象的な共和党のキャッチフレーズをいくつも書きました——「よく聞いておいてください。新しい税金はありません」「千の光の点」「より親切で、優しい国」（ちなみに彼女はテレビドラマ『ザ・ホワイトハウス』でもアドバイザーを務めています）。演説の長さはわずか四分。そしてその締めくくりは——数ある大統領演説の中で最も有名な締めくくりの一つですが——僕の頭ばかりか体の中にまで入ってきました。私たちは彼らのことを、今朝私たちが目にした最後の姿を、決して忘れません。旅の用意を調え、別れの手を振り、「神の御顔に触れ」ようと「険悪《サーリー》な地上の束縛を逃れた」あの最後の姿を。

「最後の文の韻律、クライマックスと締めくくりという二つの感覚を与える弱強格、演説に権威と品格、哀悼と自信を加える抑揚——僕はそうしたものを胸に感じました。この文が僕を未来へと導いたのです。僕は当時、〝険悪《サーリー》〟という単語の意味を知りませんでした。それに、この形容詞は今の文中では落ち着きが悪い。というのも普通、〝険悪なウェイター《サーリー》〟といえば無愛想という意味だし、〝険悪な空《サーリー》〟といえば荒れ模様ということですから。そんな形容詞を〝束縛〟という語に結び付けるのは、僕にはピンと来ません。でも、宇宙飛行士たちがある種の脅威に屈するのでなく、それを逃れた――つまり彼らは今、よりよい場所にいる――というイメージを形作るための哀歌的な効果があることは僕にも分かります（「彼の詩によって多くの人が心を高ぶらせ、現世をさげすむようになった」とビードの言葉にあります）。しかし言葉の意味は、詩的韻律を初めて感じた経験に比べれば些細なことです。僕は言葉のリズムによって心を慰められると同時に感動を覚え、アメリカ中でそのリズムが数百万の身体にも作用しているのだと思いました。馬鹿げた説明に聞こえるかもしれませんが、要するに、僕が詩人になったのはロナルド・レーガンとペギー・ヌーナンが原因なのです。彼らは詩的言語を使って、意味の枠組みの中で惨事とイメージを一つに統合した。韻律の超個人性が共同体を形作るのと同じ原理。詩人は人目につかない形で世界のルールを定めているのだ、と僕には思えました。

「もしも演説の原稿を僕が目にしていれば、〝神の御顔に触れ〟と〝険悪《サーリー》な地上の束縛を逃れた〟という二つの言い回しが引用符に囲まれているのが分かったでしょう。それらはレーガンの言葉でもなければ、ヌーナンの言葉でもありませんでした。引用の出所は、ジョン・ギレスピー・マギーの詩「空高く《ハイ・フライト》」。マギーはアメリカ人パイロットでカナダ空軍に加わった人物ですが、第二次世界大戦中、空中衝突によって十九歳で亡くなっています。彼が亡くなったリンカーンシャーの近くにある墓碑には、「空高く」の最初と最後の詩行が彫り込まれています。「ああ！　僕は険悪な地上の束縛を逃れ／伸ばした手で神の御顔に触れた」と。「空高く」はとても有名な詩なので、ヌーナンが引用したのは驚くべきことではありません。実際それは、カナダ空軍のオフィシャル・ポエム――この言葉が何を意味するかはさておき――でもあります。軍の墓地では、多くの墓石にこの詩が刻まれています。高校で学期末レポートを書きながらこれらの事実を知ったとき、僕はだまされたという気はしませんでした。若い男が事故死を遂げる数週間前に書いた詩がスピーチライターに引用され、大統領によって読み上げられ、別の空中事故を目にしたアメリカの百万人の子供たちの胸がそれを受け止める、というのは素晴らしいと僕は思いました。それは、個々人の身体と時間を超えて流布する詩の力、誰が詩を書いたかという偶然的な事実を超越する力を示しています。

「僕は今回のお話の準備をするときに、マギーについて少し調べていて――というのはつまり、隠し立てはやめて正直に言うと、ウィキペディアに目を通したのですが――〝「空高く」の発想の源について〟という項目を見つけました。〝発想の源〟というのは遠回しな、控えめな言い方です。もしもマギーが僕の担当する学生で、これだけたくさんの〝源〟を持つ詩を見せてきたら、僕はきっとそれを一種のコラージュ作品か、盗作だと判断するでしょう。「空高く」の最後の一行――〝神の御顔に触れた〟――はカスバート・ヒックスという男の書いた詩の結末と同じで、そちらはマギーの三年前に『イカロス――飛行機詩集』という本に収められ、出版されています。ヒックスの詩の終わりはこうです。〝というのも私は、天国の街路でダンスを舞い、神の御顔に触れたからだ〟。それだけではありません。『イカロス』にはG・W・M・ダンという人の書いた「新しい世界」という詩も収録されていて、そこにはマギーが「空高く」の二行目に使った〝銀色に笑い輝く翼〟という（不吉な）フレーズが含まれている。さらに、「空高く」の最後から二行目――〝聖なる宇宙の未踏の高み〟――は、同じく『イカロス』に収められたC・A・F・Bというイニシャルで知られる人物が書いた別の詩「空の支配」の一行と酷似しています。『イカロス』より前に『英国連邦空軍学校ジャーナル』にも掲載されているその詩には、〝聖なる宇宙の未到の地を抜け〟とあります。ヌーナンが書き、レーガンが読み上げた出典非明示の引用の出所は、飛行機の魅力――それのおかげでたくさんの人が命を落としたわけですが――の虜になった若い詩人たちの書いた詩のアンソロジーを基に、一人の若い詩人が語句を寄せ集めて作った詩だったのです。ただし、誰かがウィキペディアの記述をでっち上げた可能性もないわけではありません。僕には時間がなかったので、『イカロス』という詩集を実際に探すことまではしませんでしたから。でも僕はこうした事実を、恥ずべきというより、素晴らしいと思います。個々人の身体と時間を貫く重ね書き風の羊皮紙的剽窃として。または単一の起源を持たない集合的な歌、あるいは起源を消去された歌として。既に実体は消滅しているのに光だけが残され、私たちの地球からいまだに見えている星のように。

「ここでもう一つ、チャレンジャー号の事故をめぐって一九八六年に全米に広まった情報のお話をしたいと思います。皆さんの中で僕に近い年齢の方は、今からお話しするジョークのことをきっとご存じでしょう。あの年の冬、ランドルフ小学校への行き帰りで、僕より三歳半年上の兄が次々に新しいジョークを聞かせてくれました。おまえはクリスタ・マコーリフの目が鳶《とび》色だったのを知ってるか？　片方は左に飛び、もう片方は右に飛びましたとさ。クリスタ・マコーリフが最後に夫に残した言葉は何？　子供たちの食事はあなたに任せます。魚の餌は私に任せて。NASAは何の略？　七《N》人新《A》たに《S》船《A》員集めろ。マコーリフが使っていたシャンプーの名前は？　当局は彼女の頭部と肩《ヘッド&ショルダーズ》を発見した。こんな調子のジョークがどこからともなく生まれてきた、あるいはあらゆる場所で同時に生まれていました。セミが地下から出てくるように、二か月ほどの間、そこら中にはびこり、その後、消えた。〝ジョークの周期的流行〟と呼ばれるものを研究している民俗学者は、しばしば子供たちの間である種の定型的なジョークが——特に集合的不安の時代に——再利用《リサイクル》されるということを明らかにしています。アイルランド共和国軍《IRA》が、僕の生まれた一九七九年にマウントバッテン海軍大将の乗るヨットを爆破したとき、人々はシャトルのときと同じくだらないジョークを言いました。一九八二年にヴィック・モローという俳優がヘリコプターの墜落事故で亡くなったときも、頭部と肩《ヘッド&ショルダーズ》というジョークがはやりました（P&G社がヘッド&ショルダーズというシャンプーを開発したのは一九五〇年代のことです）。どうやら僕たちの両親が知らないところで流通していたチャレンジャー号絡みのジョークによって、僕は初めて、集合的無意識の中にある不気味で超個人的な文法の存在を実感することになりました。レーガンが国家的悲劇をオフィシャルな語りで処理したのに対して、その裏面にある言語として、あんなジョークがはやったわけです。僕たちが何度も繰り返し聞かされた匿名のジョークは、レーガン＝ヌーナン＝マギー＝ヒックス＝ダン＝C・A・F・B（それ以外に誰が関わっているかは不明）によって開始された哀歌のサイクルでは日常に回収しきれない心的外傷《トラウマ》に対処するためのやり方だったのです。

「というわけで、起源に関する僕の物語の初めにあるのは、動画の偽記憶です。僕はそれを生で観なかった。僕が実際に観たのはテレビ放送された演説で、それを書いたのは特定の誰かではないし、そのフレーズはリズミカルな構造を通じてしばらくの間、皆に記憶されました。翌日、僕は学校で、独創性に欠けた、別の強力な言語実践に取り囲まれた。それは公には認められていない掛け合い《コール・アンド・レスポンス》の儀式であり、いかに無神経なものとはいえ、一種の弔いでした。もしも僕の詩人としての起源を探るなら、行き着く先はきっとそこでしょう。ある流儀に基づく再利用《リサイクル》。「空高く」がいい詩だとは言いません。逆に、詩としてはひどい出来だと思います。それに、ロナルド・レーガンは大量殺人犯だと僕は思っています。形式的な観点から見て、チャレンジャー号に関するジョークに興味深い要素は何もありません。当時も面白いとは思いませんでしたが、今もそれは同じです。でも、それを集団の無様なありようとして見なすことはできるのではないか、人民が持つ真の可能性の比喩としては有用なのではないかと思うのです。そこにこそ、人間社会を形作る素材となる韻律と文法があり、特定の誰かに属することはないけれども、私たち全員の中を流れている意味と時間を組織立てる方法があるのではないでしょうか。ご清聴ありがとうございました」

以上の発言に対する喝采は熱狂的だったと僕は思ったが、それは勘違いだったかもしれない。というのも、後に続いた対話の中では、僕に向けられた質問がほとんどなかったからだ。一緒にパネラーとして並んでいた二人は、僕よりもずっと有名な作家だった。コロンビア大学大学院創作研究科の舞台に置かれたモダニズム風の革製椅子に座った僕からは、タングステン照明のせいで聴衆の様子がよく見えなかった。司会は著名な文学科教授。だから僕はもっぱら著名な作家たち――あまりに著名なので既に故人だと思ったこともしばしばだ――が自らの才能の起源について語るのに耳を傾けた（著名な作家の片方は、バーナードとナタリの家で十五年前に部屋の反対側から眺めたのと同じ南アフリカ出身の人物だったと言ったら信じてもらえるだろうか？）。そこでは純粋性を奨励するおなじみの助言が繰り返された。小説は有名になったり金持ちになったりするための手段ではなく、自分なりの仕方で形式という巨人と戦うための方策だ、と。詩はそもそも経済的な意味で周縁に追いやられているから、詩人については今さらそんなことを言う必要がない。遠からず、文学全般がそれと同じ周縁性を共有することになるのだろうけれども。

しかし、著名な教授がパネルの後に用意してくれた優雅な夕食パーティーで最初に交わされた世間話の話題はお金だった。Xさんの前払い原稿料がいくらか聞きましたか？　どうしようもなく凡庸な例の本が映画化されることになって、Yさんがいくら受け取ったか知ってます？　白ワイン《サンセール》をあっという間に二杯飲んだ著名な男性作家は、ごま塩の顎髭を数分ごとに整えながら——それが彼のお決まりの仕草らしい——長話を始めた。周囲の反応を全く待つことなく、次々に繰り出される有名な友人の話や自らの自慢話。同席した全員が、酔っ払い——特に国際的な文学賞を受賞した酔っ払い——を相手にした今までの経験から、食事の間は話が終わりそうもないことを理解していた。血管の解離が起こらない限りは、と僕は思った。ラテン系の若い男が空になったグラスに水を足そうとすると、著名な男性作家はその男に目もくれずにスペイン語で一言〝炭酸水にしてくれ〟と言い、一拍も置かずに英語に戻って元の話を続けた。著名な男性作家の真向かいに座った著名な教授は、やけにうれしそうにその多弁に聞き入っていた。その横には彼より年の若い女性——おそらく彼女も英語の教授なのだろうが、著名というには若すぎた——が座り、今夜の運命を悟って勇敢な笑みを浮かべていた。

僕は彼らから少し離れて著名な女性作家と向かい合う形で座り、レストラン内の梨材パネルと明るい色合いのモザイクフロアによく似合うあっさりした辛口ワインを味わっていた。僕の右に座っていたのは、僕と同じ年格好の、身なりの整った大学院生で、著名な女性作家にあからさまに見とれていた——ひょっとすると彼女が博士論文の研究対象なのかもしれない。著名な女性作家の左隣はその夫。ひょっとすると何かの方面で著名なのかもしれないが、普通の夫っぽく見えた。丁重な関心を示す防護的な表情を装い、常に少し上げられた眉は、彼が退屈していることを表していた。グラスにお代わりを注いでくれるウェイターに〝グラシアス〟と言うべきか、〝サンキュー〟と言うべきか、僕は悩んだ。七人分の食事が少なくとも千ドルはしそうなこの店でも、仕事の大半をこなしているのはフットワークの軽い下層階級のヒスパニック系労働者だった。僕はロベルトと、彼が恐れるジョゼフ・コニーのことを思い出した。そしてレストランを見回しながら、働く能力を持った男のほとんどがニューヨークに出稼ぎに行ってしまったメキシコの町を思い描こうとした。

「『ニューヨーカー』誌に掲載された短編は面白かったですね」と著名な女性作家が僕に言った。あの短編——ある意味、処女長編の受容と格闘した結果、生まれた作品——は長編よりもずっと多くの人に読まれたらしい。

「ありがとうございます」と僕は言った。そして、彼女の作品は一冊しか読んでおらず、しかもあまり強い印象も残っていなかったけれども、「僕は以前から、あなたの作品を愛読しています」と言い足した。彼女はその言葉を疑うように左の口角だけでほほ笑んだ。すごく魅力的な表情だ。

「あなたは脳に腫瘍があるのですか?」と彼女は訊いた。僕はその単刀直入な訊き方に驚いたというより、どうやら短編を読んだという話は本当らしいという事実に感銘を受けた。

「僕の知る限りではありません」

「あの短編は、もっと長い作品の一部分?」

「かもしれません。僕はあれを長編に膨らませようかと考えています。作家が記録資料《アーカイブ》をでっち上げようとする小説に。主人公は、最近亡くなった作家たちから過去に受け取った手紙——主にEメール——を偽造して、一流の図書館に売ろうとする。あの短編は元々そんなアイデアから出発したんです」

「作家はどうしてお金を必要としているの? それともお金自体が目的?」

「それが、自分自身の死すべき運命に対する彼なりの対処法なのだと思います。つまり死の可能性に直面した彼は今、時間旅行をしよう、自分の声を誰かに届けようとしているのです。最初はただのインチキなんですが、実際に主人公はのめり込んでいく気がします。徐々に、死者と自分が本当に文通をしているような気になる。まるで霊媒になったみたいに。でも、小説の結末に至っても、彼が本気で手紙を売ろうとしていたのか、それともある種の書簡体小説を書こうとしていただけなのか、結局分からない。そして時間とお金とのさまざまな関係に思いを巡らせるかもしれません――記録資料《アーカイブ》の時間、人生の時間、などなど」。僕はその計画に熱を入れているふりをしようとしたが、ワインによる酔いにもかかわらず、気は乗らなかった。たとえ中核にあるのが挫折した理想主義だと言っても、次の小説でもまたぞろインチキを扱うのか。

僕は前菜に焼きエビのプンタレッラ添え――それが何かはさておき――を、そしてメインにあぶったホタテ貝を注文した。ウェイターは僕の選択は素晴らしいと言った。著名な女性作家は自分もホタテにすると言ったが、それはなぜか、仲間意識を表す合図みたいに感じられた。

大学院生は著名な女性作家に、今どういう作品を書いているのかと訊いた。「全く何も」と真顔で彼女は答え、短い沈黙の後、皆で笑った。彼女はその後、僕に言った。「主人公が文通をする相手は誰？　故人の中でもどんな人たち？」。気落ちした大学院生――彼にはもう僕の話を聞く気はなかった――と退屈した夫は別の話を始めようとした。離れたところで著名な男性作家が長話を続けているのが聞こえた。

「主に詩人でしょうね。僕が以前編集していた雑誌、かつ主人公が編集したことがある設定の雑誌の関係で少しだけ文通した経験のある詩人たちです。彼らの口調なら真似できますから。今思い浮かぶのはロバート・クリーリー・クリーリーですね」

「私は以前、クリーリーのことはよく知っていたわ」。彼女はワインを一口飲んだ。「本物の手紙もそこに入れるの？　というか、実際にあなたが受け取った手紙を小説に取り込む？」

「いいえ」と僕は言った。「雑誌関係のやりとりはほとんど全部、Eメールだったんです。僕は当時ずっと、今と違うアカウントを使っていました。プリントアウトもしませんでした。残っているメールはどれも、事務的で退屈なやりとりばかりです」

「私がその作品のためにあなたに手紙を書いてもいいわよ——主人公が私からの手紙をでっち上げることにしてもいいけど、私が書くこともできる」

「それはすごい」。僕はそのアイデアが気に入った。

「あなたはぜひやってみるべきよ」。彼女が言っているのは、僕がぜひその小説を書くべきという意味だと僕は思った。ところが、「自分がでっち上げた手紙を実際に図書館に売り込んでみるの。そうすれば、小説の設定に現実味があるかどうかが分かる」。僕は笑った。

「真面目な話よ。私はバイネッケ稀覯《きこう》書写本図書館に原稿を売ろうと思ったことがあって、そのときに相談した鑑定人がいるから、その人を紹介してあげてもいいわ」

「そんな勇気はありません」と僕は言った。彼女は本気だろうか？　一人のウェイターが現れ、僕たちのワインのお代わりを注ぎ、別の一人が僕の前に前菜を置いた。プンタレッラというのはタンポポみたいな葉物野菜だった。

「ふうん。シャトルの話も中に入れたらどうかしら。私は面白いと思ったわ。爆発を見る子供たちの話、神経質な笑い声が湧き起こった話を聞いて、私はずっと忘れていたある出来事——昔はずっと頭を離れなかった出来事——を思い出した」

「これすごいですよ」。僕は実際にすごいエビを指してそう言った。「一口試してみてください」と僕が言うと、彼女はテーブルの反対側からフォークを伸ばした。

「大昔、私が小学校の一年次だったときに、担任のミーチャム先生が娘さんを亡くしたの」。イギリスではきっと一年生のことを一年次と呼ぶのだろうと僕は思った。「もちろん、誰かがそう教えてくれたわけじゃない。二、三日の間、代わりの先生が来て、ミーチャム先生は少し体調が優れないという説明をした。その後、また先生が戻ってきた。いつもより少しぼんやりしていたかもしれないけれど、基本的には前と同じ。あれは先生が戻ってから一週間か二週間が経った頃だったと思う。私たちは暗唱の練習をしていたの。先生は私を指名して、教科書の暗唱をさせた。聖書の一節だったと記憶しているのだけど、それはありえない気もする。とにかく、先生は私を呼んで、少し文を暗唱させて、そこでストップをかけた。彼女は私を真っ直ぐに見て、ぞっとするほど穏やかな声でこう言った。『あなたは私の娘のメアリーにそっくり』って。私はその名前をはっきりと覚えている。クラスのみんなは完全に黙り込んだ。ミーチャム先生が授業に関係のないことをしゃべったのはそれが初めてだった。それから先生はゆっくりと言った。『亡くなった私の娘、メアリーに。あなたは私の娘にそっくり。もう亡くなったけれど』。彼女はその言葉を、まるで文法のお手本みたいに言った」。大学院生は、最近旅行で行ったというインドの話をしている夫の方に顔を向けたまま、彼女の話を聞こうとしていた。僕たちのグラスにはさりげなくお代わりが注がれた。「私たちはみんなショックを受けた」と彼女は続けた。「私はまるで叱られたみたいに、ひどい恥ずかしさを覚えて教科書に目を落としたのを覚えている。それからまた目を上げると、先生が私をじっと見ていた。すると恐ろしい笑い声が聞こえてきた」

「笑い声？」

「私の笑い声。最初に聞いたときは自分の体から発せられた声だとは思わなかった。自分の意志とは全く無関係な笑い。心の奥から湧いてくる神経質な反応。最初の数秒間、笑っているのは私だけだったのだけれど、その後みんなが笑いだした。教室の全員がヒステリックに大声で笑って、先生は泣きながら教室から逃げ出した。先生が出て行った途端に笑い声はやんだ。規律正しいオーケストラが指揮者からの合図に反応するみたいに、笑い声はぴたっと止まった。そして私たちは恥ずかしさと戸惑いを感じながら、黙って教室に座っていた」。彼女はまた僕の前菜を一口つまんだ――僕は彼女が話を始めてからずっとそれに手を付けていなかったのだが。

「しばらくするとミーチャム先生が教室に戻ってきた」。彼女は前菜をのみ込み、ワインで喉を潤してからそう言った。「そして教室の前の定位置に立ってまた私を呼び、教科書を読ませた。私は教科書を読んで、その日一日はそのまま終わり、その一年もそのまま終わった。まるで何事もなかったかのように。私がこの出来事を思い出したのは、あなたが神経質な笑い声とジョークの話をしたからだと思う。それが、子供が死に対処しようとするときのやり方なのね」

僕たちは一分間、沈黙の中でワインを飲んだ。僕は最後のエビを食べてから彼女に尋ねた。「お子さんはいらっしゃるんですか？」

「いいえ」

「欲しいとお思いになったことは？」。僕は、軽い酒酔いを心やすい共感と勘違いしているのではないかと自分に問いかけようとした。

「たまに。でも普段はそうは思わない」

「子供を作ろうとなさったことは一度もない？」。僕は共感と酒酔いの計算には構わないことにした。

「私は二十代の頃に子宮筋腫を取り除く手術をしたせいで、妊娠できない体なの。当時の手術法ではそういうこともよくあったわ」

「失礼なことをお訊きして申し訳ありませんでした」と僕は言った。

彼女は肩をすくめた。「どのみち、いろいろ考えると結局、子供が欲しかったわけじゃないわ。あなたはお子さんは？」

「いません。でも親友に、妊娠するための手助けをしてほしいと頼まれています。子宮内人工授精によってということなんですけど。でも」——僕が次の言葉を口にしたのは間違いなくワインのせいだ——「僕の精子は少し異常なんです」。大学院生は思わず僕の方を向いて、顔をまじまじと見た。

著名な女性作家は笑って——全く悪意を感じさせない笑い方だったが——尋ねた。「どういう意味？」

「誰の精子にもたくさんの異常なものが混じっているんだそうです。形がおかしいとか何とかで、卵子を受精させることができない精子が。でも、僕の場合は普通よりも異常な精子が多くて、人を妊娠させるのは難しいらしい」

「でも不可能ではない？」

「はい。でもかなり時間がかかる可能性がある。僕の友人は既に三十六歳です。だから、病院は初めから体外受精《IVF》を勧めるかもしれません。でも、彼女はそれを望まないだろうと思います」

「じゃあ、あなたはもうお役御免というわけ？　お役御免になりたい？」

「分かりません。病院では再検査を勧められました。前回が間違いだった可能性もあると。どちらにしても、アレックスは——それが友人の名前です——まだしばらく僕に続けてほしいらしい。つまり、子宮内人工授精の方法で、ということなんですが」

「そういうのって、ずいぶんお金が掛かるんじゃないかしら?」

「ええ。しかも、アレックスは失業中で。でも、僕の代理人《エージェント》の話では、二作目の長編でかなりの前払い金がもらえるみたいです。短編の評判がよかったおかげで。それに僕はライティングを教えることもしています」

「不妊治療の費用を稼ぐために記録資料《アーカイブ》を偽造する——未来の資金を得るために過去をでっち上げる、か。気に入ったわ。現物を見なくても、面白さは保証済みね。他にはどんな話を入れるの?」

もう一つ、次の作品に織り込む予定の物語があった。つい最近、アレックスの継父から聞いた話だ。

「この話が全体とどう絡むかはよく分かりません。でも主人公は若い頃、ある女性と付き合っていた、というか、付き合っていたことにする。おそらくそれは、彼の経歴において重要な意味を持ち、彼が作り話をするようになったことと関連するのだと思います。彼は大学に通っていて、二歳年上のアシュリーという女性と恋に落ちる。ところが交際が始まってから六か月後、彼女が泣きながら病院から戻ってきて、癌と診断されたと彼に言う」

「その若さで?」

「でも、実際にそういうことがあるじゃないですか? とにかく普段の健康診断で偶然に癌が見つかる。最初、彼女は大学をやめて実家に戻り、治療に専念しようかと考えるんですが、結局、大学に通いながら近くにある病院に通うことにします——一つには彼を愛しているから、一つには両親との関係がうまくいっていないから。主人公も恋人も、単に相手によく思われたいというだけじゃなくて、本当に相手のことを考えなくちゃならないという恋愛関係はこのときが初めてです。彼が実家を離れてから女性と真剣に付き合うのもこれが初めてで、この愛は死の影の中ではぐくまれる。手術は行われませんが、それよりさらに辛い放射線治療と化学療法がある。治療のたび、彼が車で病院までその送り迎えをするけれども、彼女は何か込み入った理由で彼が治療に付き添うのを嫌がり、彼は彼女を腫瘍専門医の手に預ける。彼女はその女性医師と二人きりの方がくつろげるようだ。彼は音楽を聴き、たばこを吸いながら駐車場で待つか、辺りを車でうろつく。彼女は体重が減り、髪が抜ける。頻繁に涙を流したり、勇気ある決断をしたりする。彼は免疫力を高めるためにビオフラボノイドが豊富な料理を覚える。そしてできるだけ将来に関する話をするように努め、実際には欲しくもない子供が欲しいと言い、未来全般の展望を広げる。これが一年続くんです」と僕は有名な女性作家に言った。「パートナーを失いかけた大人の男の真似事をする、年端もいかない青年。彼は時々、末期的な状態にあるかもしれないやつれた若い女性と交わる——同じ年頃の連中は皆、エクスタシーを飲んだり、パーティーに出掛けたりしているというのに。彼は恋人の代わりにレポートを書いたり、締め切りの延期をEメールで教授に頼み込んだりする。そしてある夜、大晦日の夜ということにしましょう、二人がベッドで映画を観ているとき——映画は『バック・トゥ・ザ・フューチャー』——彼女が彼に言うんです。

「『話したいことがあるの。でもその前に、怒らないと約束して』

「『オーケー、約束する』と彼は約束します。

「『私は病気じゃない』

「『どういう意味？』」
「『私は癌じゃない』と彼女は言う。
「『今は寛解期だからね』と彼は言う。
「『そうじゃなくて、私は最初から癌じゃなかったの』
「『おやすみ、ベイビー』
「『違うのよ。真面目な話。私は最初から癌じゃなかった。打ち明けたかったんだけど、言うに言えなくなったの』
「『しーっ』と彼は言うけれど、何か奇妙な感覚が彼を襲う。
「『真面目な話』と彼女は言う。声の調子から、それが本当に真面目な話であることが分かる。
「『じゃあ、治療も全部インチキだったわけ？』彼は皮肉な口調で言った。
「『そう』と彼女は言った。
「『嘘の診断に基づいて化学療法を受けた？』
「『違う。私はずっとトイレにこもってた』
「『じゃあ、ドクター・シングっていうのは？』彼は必死に笑おうとしながら言った。
「『それはボストンにいるかかりつけのお医者さんの名前』
「『ふざけるなよ、アシュリー。そんなの馬鹿げてる。実際、三十ポンド〔約十四キログラム〕もやせたじゃないか』
「『わざと吐いてるの。食欲もない』
「彼は絶望的な気持ちになる。『髪の毛は？』

「『剃ってる。最初は所々を手で引き抜いた』

「『薬は？』」。彼は立ち上がった。そしてパンツ一枚でベッドの脇に立った」

「『私は抗鬱剤《ゾロフト》を持ってる。鎮静剤《アチヴァン》も』」と著名な女性作家がアシュリー役を演じて言った。「『大きな青いビタミン剤を古い瓶に入れている』」

「そう。彼は理由を訊きたくない。そんなことをすれば嘘の可能性を認めることになるから。でも訊いた。『どうしてそんなことを？』」

「『孤独だった。頭が混乱してた。本当に体のどこかがおかしい気がした』」

「『真実よりも嘘の方が私の人生を正しく表しているみたいに思えた』」と僕は付け足した。「『それがやがて、一種の真実になった』」。僕はグラスを一気に空けた。「『もしも化学療法を勧められたら、本当に受けていたと思う』」

　その話はひょっとすると僕の身に実際に起きた話ではないかと疑う目で、著名な女性作家は僕を見た。「なるほど」と彼女は言った。「その話はぜひ、小説に入れるべきだわ」

　天然ホタテを載せた長方形の皿が、同時に各自の前に並べられた。青リンゴらしきものの小さなスライス、小さく刻まれた異国風のセロリっぽいもの。新しいワインが一本出された。著名な女性作家と僕は今や、あからさまに酔っ払い始めていた。僕が食事をとりながら自慰専用室の話をすると、彼女は大笑いした。僕たちが声を上げて笑っているせいで、周囲のテーブルから奇異のまなざしが向けられた。僕たちはデザートのチョコレートタルトを同じ皿から食べ、それぞれにブランデー《アルマニャック》をたっぷり飲んだ。

　レストランの外、偽りの春のぬくもりが残る空気の中で、一緒に食事をしたのに全く口をきかなかった気まずさを覚えつつ、皆が互いの手を握った。著名な男性作家は僕たち二人に向かって、今取り組んでいらっしゃる作品――きっと素晴らしいものに違いない――の話を聞く機会がなかったのは本当に残念だと真顔で言った。僕がさらにその上を行く真剣な表情で「僕は以前から、あなたの作品を愛読しています」と返答すると、著名な女性作家はこらえきれない笑いを咳でごまかした。そして、彼女は僕とハグを交わした後、「とにかく全部やってみて」と言った。僕が「全部って?」と訊き返すと、彼女は「とにかく全部」と繰り返し、僕たちはまたハグし合った。僕はその後、南にある地下鉄駅に向かって歩きだし、彼女は疲れ切った様子の夫と一緒にタクシーを拾ってイーストサイドに向かった。リンカーンセンターの前では、オペラハウスから続々と出てきた身なりのいい男女が、ライトアップされた噴水の周りにごった返していた。僕は59丁目でブルックリンに戻るDラインの地下鉄に乗り、列車のリズムに合わせて頭の中で繰り返した。とにかく全部、とにかく全部。

僕は列車を降りると、アレックスのアパートまで歩き、チャイムを鳴らした――普段はそんなことはせず、玄関の前にいるというメッセージを携帯で送るだけだったのだが。彼女はアパートの玄関まで下りてきて僕を中に入れてくれた。アレックスはその日、就職の面接があったか、デートに出掛けていたか、どちらかの理由で少しきれいな身なりをしていて、滑らかなサテンとベネチアンウールに身を包んだ姿はいつになく美しかった。僕は「やあ」と声を掛け、必死にしらふを装いながら階段を上がった。部屋に入ると彼女が、今日のイベントはどうだったと訊いたので、僕は返事をする代わりに彼女を抱き寄せて口にキスをし、舌を絡めようとした。彼女は笑い、咳き込みながら僕を強く押しのけて口をぬぐい、言った。「何するのよ? 酔ってるの?」。「もちろん酔ってる」と僕は言って、もう一度迫ろうとしたが、彼女は両手を前に構えて拒んだ。「真面目に言ってるの。いったい何のつもり？」

「僕はとにかく全部をやるんだ」。僕は無意味にそう言い、さらにこう続けた。「僕はこれから二年、毎月病院に通ってカップに向かってマスターベーションするなんてごめんだ。オーケー。僕の精子には少し異常があるかもしれない。でも、だからといって君を妊娠させられないわけじゃない」

「何の話？　精子に異常があるって？」

「異常な精子があるのは正常なことさ」。まるで彼女が僕を侮辱したかのように僕がそう言うと、彼女は笑った。僕はマットレスの上に腰を下ろし、彼女を隣に招いて、こう考えた。大丈夫だ。何だかんだ言っても、彼女とは大学時代に二、三回関係を持ったことがあるのだから、と。彼女は実際、僕の方に近づいてきたが、隣には座らず、マットレスの上にある刺繍入りの四角い枕を手に取り、それを僕の顔に叩きつけた。「もう寝なさい、この馬鹿。セックスなんてしませんから」。僕は呆気にとられて、たくさんのこと――ジョークの周期的流行、詩の起源、手紙のやりとりについて――を言おうと口を開いたが、そうはせず、マットレスに寝そべり、枕を頭の下でなく上に置いて言った。「おやすみ」。後で彼女に聞かされた話によると、僕は彼女に「空高く」を暗唱させようとして寝させなかったそうだ。

〇

親愛なるベンへと僕は書いた。こちらこそ短い時間とはいえ、プロヴィデンスであなたに会えて光栄でした。あのような人混みの中だったので、ちゃんとしたお話がほとんどできなかったのが残念です。とはいえ、せっかく顔と名前が一致する――今でもこの言い回しが通用するでしょうか――ようになったのですから、また近いうちにお目にかかることができるのを楽しみにしております。

僕は「こちらこそ」を削除して、「先日は」に直し、新しい段落を書きだした。一九五〇年頃だったでしょうか、私はウィリアム・カーロス・ウィリアムズに手紙を書いて、ずいぶん不作法なことをしていると思った記憶があります。今のあなたにとっての私が、当時の私にとってのウィリアムズだったと言うつもりはありません。私はただあなたに共感を覚えるのです。自分から手を伸ばすことが出しゃばりすぎと受け止められるのではないかというあなたの懸念を、私もそのとき感じていたのを覚えています。でもそんなことはありませんし、あなたを不作法だとも思いません。それに、そうでもしなければ、他にどうやって同じ時代の仲間を見つけることができるでしょうか？　他にどうすれば、相互反応《コレスポンド》する——今、実際にこうしている文通《コレスポンド》という意味と、物語が事実に合致《コレスポンド》するというときみたいな広い意味の両方で——作家仲間を探せるでしょう？　あなたもきっとご存じでしょうが、ジャック・スパイサーは相互反応《コレスポンド》という語を極端に風変わりな意味で用いています——死者と相互反応《コレスポンド》し、その言葉を書き留めた、と。もちろんそれに加え、ボードレールの言う「万物照応《コレスポンダンス》」というものもある。

作家は後でこの手紙を読み返し、クリーリーに特徴的な言い回しを使いすぎていないか確認するだろう。僕は実際に詩人と交わした事務的なメッセージを一通か二通読み返し、もう一度、『ロバート・クリーリー書簡集』を見直すだろう。

もう一つ、私が二十代半ばの頃に送った手紙のことも思い出しました。そのときの私は今のあなたと同じように、小さな雑誌を立ち上げるつもりだったので、手紙では、当時刊行されていた雑誌に対する不満を述べ、新雑誌の〝全般的な方針〟を説明しました。あなたからの手紙には「私たちは新しい雑誌を必要としているのではないでしょうか」とありました。いい質問です。しかし、そこで〝私たち〟が主語である必要はどれだけあるのか。もちろん、雑誌はいかに少部数であれ、売れなければなりませんし、いかに測りがたくても何らかの影響力を持たなければならない。しかしそれは同時に、あなたが考える芸術の可能性を偽造し、試す手段でもある。最良の雑誌はそれを〝必要〟とする編者によって生み出されるということは、今の私には明らかに思えます。そんなふうな特異的必要性の中からこそ、公的な有用性を秘めた雑誌が生まれてくるのではないでしょうか。

特別コレクションを担当する図書館司書の名刺と彼女が推薦した記録資料鑑定人《アーカイブ》の名刺が作家のデスクの前の漆喰壁に銀色の押しピンで張り付けられるだろう。彼が腫瘍の成長におびえ、僕が大動脈の拡張におびえる一方で、手紙は増え、短編が長編へと膨らむ。

このEメールに、新しく作った四つの詩を添付しました。もしもよろしければ、創刊号に掲載していただけると本当にうれしく思います。この詩を書いた直接のきっかけは、去年の夏にラスコー洞窟を訪れた際に……。

僕は〝送信〟のボタンをクリックし、代理人にこの提案を送った。穏やかな痛みが胸を貫いたが、きっと精神的なものから来る症状だ。僕は家を出て、ロウアーイーストサイドにあるアリーナのアパートに向かった。

アリーナは法学の学位も持っているアーティスト仲間のピーターと一緒に、あるプロジェクト――決して芸術プロジェクトではないと彼女は常に言い張ったのだが――に取り組んでいた。僕はその話を彼女から何度も聞かされていたが、おおかた夢物語だろうと思っていつも聞き流していた。アリーナとピーターはアメリカ最大の美術品保険会社を説得し、〝全損〟となった作品を譲り受けようと画策していた。価値ある絵画が輸送中の事故、火事、洪水、破壊行為などで損傷を受け、鑑定人と美術品所有者がともに、充分な復元が不可能である、あるいは復元の費用が賠償額を上回ると判断した場合、保険会社は被害を受けた作品の総評価額を支払い、作品は法的に〝無価値〟となる。「全損の作品はどうなると思う?」とアリーナに訊かれたとき、僕は破壊処分されると思うと答えたが、実際には、保険会社はロングアイランドに巨大な倉庫を持っていて、そうした宙ぶらりんな品々がたくさん置かれているらしい。有名な芸術家の手になるものを含む多くの作品が何らかの損傷を受け、形式上は芸術品から単なる物体へと変わり、流通を禁じられ、市場から取り除かれ、この奇妙な煉獄に留め置かれている。

アリーナは、保険会社に友人がいるピーターを通じて倉庫を見せてもらったときから、無価値とされるその作品たちを手に入れるというアイデアに取り憑かれていた。作品の中には美学的に、あるいは概念的に、損傷前よりも大きな魅力を持つものがたくさんあると彼女は考えていた。計画によると——僕が聞いた限りではかなりナイーブなものだが——彼女は損傷を受けた美術品を研究するための非営利〝協会〟を友人のピーターと一緒に作ったと保険会社に話し、作品寄贈の話を持ちかけるのだ。協会はアリーナの友人が運営する非営利美術団体の非公式な下部組織ということにして、二人が作文した設立趣旨書を僕が推敲した。アリーナとピーターが責任ある大人のいでたちで保険会社の女社長との会談に臨んだところ、その人物も実は画家で、二人の話に魅了された。社長は全損作品が美学的にも哲学的にも興味深いものだという見方に同意し——アリーナもピーターも驚いたのだが——細かい点は後で詰めるとして、小規模な展示と批評的討議のために一部を寄贈するというアイデアを受け入れた。ピーターは数か月をかけてそれなりに形の整った保険会社との合意書(損害賠償にかかわった個人・団体の名前は公表しないこと、など）を作成し、アリーナはそれらの〝元美術品〟を展示し、それらが芸術家、批評家、理論家にとってどんな意味を持つのかを議論するための場所を探した。最終的に――僕としては驚きだったが――保険会社はアリーナの〝協会〟に一つの画廊ができそうなほどの無価値作品を寄贈することに同意し、輸送費まで負担した。その日の朝、僕はアリーナから、〝全損美術品協会〟の最初の客として僕を招待したいというショートメッセージを受け取っていた。

アリーナが自分の部屋からアパートの玄関を解錠してくれたので、僕は一人で階段を四階まで上がった。彼女が住んでいるのは、以前商業ビルとして使われていた建物内にある、家賃の安い巨大なロフトだった。借り主は彼女の伯父。部屋の一つがアリーナのアトリエとして使われていて、それとは別に、僕のアパートの部屋が少なくとも二つは入りそうな広い空間もあった。アパートには、アリーナの弟――ニューヨーク大学の学生――が同居していたが、ここ数か月は彼の姿を見かけなかった。家具の大半はすぐに動かせるようになっていたので、僕が訪れるたびに部屋は少しずつ様子が変わっていて、おかげでいつも頭がくらくらした。以前、黒いソファーがあった壁際の位置には今、レコードプレーヤーが置かれていたし、製図台は前と別の角に移動していた。僕はアリーナにキスをし、ピーターーとハグをしてから、空の木箱に腰を下ろし、協会の事務室はどこかと尋ねた。ここがそうよ、と彼女は答え、アトリエに姿を消した。目をつぶって、と彼女が僕に向かって叫んだ。

僕は目を閉じた。都会で目を閉じると、いつもすぐに車が往来する波のような音が意識に入ってくる。すると、彼女が裸足で近づいてくる足音が聞こえた。両手を前に出して、と彼女が言い、僕は言われた通りにした。彼女は陶器製のボールか人形のような感触の物を僕の手に置いた。さあ、目を開けて、と彼女が言った。僕の手にあったのは、ジェフ・クーンズが制作した彫刻『バルーン・ドッグ』の破片だった。赤い色をした初期のタイプだ。アート界の商業化とくだらないものに価格が付くことを象徴する作品が粉々になっている様を見るのはいい気分だった。金属光沢で仕上げられた破片に手を触れ、故意に表層的に作られた作品の内側にある空洞を見るのは、快感だった。この作品は元々、美術業界の基準から言えば、それほどの価値はなかっただろう——おそらく五千ドルから一万ドルの間くらい。子宮内人工授精なら一回分か二回分。中国で働くなら、一年分か二年分の給料だ。しかし、触ってはならない物を触るというスリルを感じながら残骸に触れるというのは、充分にお金を払う価値のある体験だった。それに、仮に法的に無価値と宣告されていたとしても、この残骸に多額の金を払う人はきっといるだろう。呆気にとられて黙り込んだ僕を見て、アリーナとピーターは笑いだした。アリーナが僕の手から小さめの破片を一つ取り、硬い床に投げつけると、それは粉々にくだけた。「これには何の価値もない」と彼女はあざけるように言った。その姿はまるで、地下世界に住む復讐の神のようだった。彼女は天才なのかもしれない、と僕は思った。そのときが初めてというわけではなかったけれども。

　僕は茫然としたまま、アトリエに入った。アリーナが作業台に使っていたアイランドキッチン、壁際、そして床の上には、一軒の画廊に置かれている以上の作品が積まれ、並べられていた。僕の知っている芸術家のものもあったが、大半は知らないものだった。一部の作品は見るからに傷んでいた——ひどく破れていたり、大きな染みがあったり。絵画の多くは水による損傷を受けていたので、僕はまるでニューヨークの大部分が水没した近未来にタイムスリップして、10番街を漂うこれらの絵画を荒れ果てた高架道《ハイライン》から見下ろしているような気分になった。どうぞ触ってみて、とアリーナが言った。もう、触っても構わないのよ。彼女は僕の手を取り、ジム・ダインの絵、あるいは絵だったものに押し付けた。「『世界はもうすぐ終わるのだ』」と僕たちの背後にいたピーターが詩の一節を引用した。「『それなら子供たちが絵を触っても構わないではないか？』」

しかし、僕の心をいちばん動かしたのは――そして、ゾンビみたいな形で存在している芸術作品を表に出すことでピーターとアリーナは何か深遠なことを試みているのだと僕に実感させたのは――破れた、あるいは焼け焦げた、あるいは染みの付いた芸術作品ではなかった。驚いたことに作品の多くは、少なくとも僕みたいな素人の目には、全く傷んでいるように見えなかったのだ。額を外されたカルティエ＝ブレッソンの写真が、アイランドキッチンの上に積まれた写真の山の下敷きになっていた。僕はそれを、アトリエの窓から差す弱い光にかざしてみたが、破れや傷、色あせや染みは見つからなかった。僕はピーターとアリーナに、この写真はどこが傷んでいるのか教えてくれと言ったが、二人とも全く分からない様子だった。それとは別に、有名な現代美術作家の描いた二枚組みの抽象画があって、それも僕たちの目には無傷に見えた。アリーナが書類――保険会社が作成した分厚い文書――で調べてみると、実はそれが元々三枚組みの絵だったことが分かった。しかし、アリーナが今持っている二枚のパネルは無傷だ。

アリーナがアトリエのために軽量コンクリートブロックと古いマットレスで作った仮のソファーベッド――トコジラミの赤褐色の染みが付いていないか、僕は一度ならずチェックした――に僕は座り、カルティエ＝ブレッソンを眺めた。途方もない資産価値を有していた写真は、僕の目に見える物理的な変化は全くなしに、無価値と宣告された。それは同じだが、全く違っていた。これはマルセル・デュシャン――不幸にも、いまだに芸術の世界の守護神みたいに言われる人物――と結び付いた再文脈化の逆バージョンだ。小便器やシャベルのような日用品が芸術家の認可、芸術家の署名によって芸術作品に変わるという〝レディメイド〟の正反対。そうした過程を逆転するこの展示は〝レディメイド〟の技法よりもはるかに強力に思えた。なぜなら僕は、他の人々と同じく、金になる署名を添えた結果として魔力を帯びるように見える品々を普段から知っているからだ。画廊のシステムでもそれ以外の世界においても、ダミアン・ハーストであれルイ・ヴィトンであれ、ブランドを記すというのはそういうこと。しかし、そのロジックから解き放たれたものに出会うことは非常にまれだ――僕は嵐の夜に買ったインスタントコーヒーの瓶を思い出した。そうしたオーラから解き放たれることを表す言葉は何だろう？〝破局〟？〝ユートピア〟？　交換価値が抜き取られた作品、他の点では何も変わらない物体を手に取ると、空虚によく似た充溢が感じられた。僕は自分の手に、微妙だけれどただならぬ重さの変化を感じたように思った。そこからは二十一グラムの市場の魂が抜け出していた〔「人間の魂の重さは二十一グラム」という俗説がある〕。それはもはや商品という呪物ではない。資本以前、あるいは資本以後の芸術だ。僕は、アリーナが気に入っている傷物《きずもの》作品、汚損作品でなく、違うけれども違わない品々の方に感動した。それらは二重の意味で救われていた――一つには、賠償金の支払いによって呪物的な部分が金に換えられたという意味で、そしてまた、何かから救い出され、何かのために取り置かれたという救世主的な意味でも。市場の呪術性を悪魔払いされた（そしてその儀式を生き延びた）美術品は僕の目に、ユートピア的なレディメイド作品に映った。価格の専制とは違う価値が支配する未来のための、あるいはそんな未来から来た物体。顔を上げるとピーターとアリーナが僕の感想を待っていたが、僕には「わあ」としか言えなかった。

　さすがにその状態はいつまでも続かないと分かっていたが、アリーナのアパートからの帰り道、マンハッタンブリッジを歩いているときには、目に入るもの全てがいい意味で全損物品に見えた。状態

私たちの世界

来たるべき世界

や程度については完全。絶対。十全。完璧。時刻はまだ午後の半ばだったが、あたりのものは、太陽に照らされているはずなのに内側から発光しているように見え、まるで魔法の時間《マジック・アワー》のようだった。マンハッタンブリッジを渡るときはいつも、ブルックリンブリッジを渡る自分の姿が頭に思い浮かんだ。前者からは後者が見え、後者の方が美しいからだ。僕はロウアーマンハッタンを振り返り、フランク・ゲーリーが設計した新しいビルを見た。きらきらと波打つ鋼鉄のビルは、垂直に立つ波のようだった。川面に視線を移すと、ゆっくりと通り過ぎる小さなボートが見えた。ひび割れ《クラクリユール》みたいな航跡が水面に映る雲と溶け合い、一瞬、ボートが飛行機に変わったような気がした。しかし、ブルックリンでアレックスに会ったときには既に、三人称で橋を渡ったという間違った記憶が――まるでブルックリンブリッジを吊っている風鳴琴の弦みたいなケーブルの下を歩く自分の姿を見たかのように――生まれ始めていた。

僕はヘンリー通りを歩いてブルックリンハイツを抜けた。アレックスと僕はアトランティック通りを渡った所にある店で飲む約束をしていた――アレックスは酒を飲まないけれども。彼女は新しい仕事を始めていたが、それはキャロルガーデンズ地区で放課後、児童に勉強を教える仕事で、彼女にはあまりにも役不足で、給料も安すぎた。しかし、現在無職でいるよりも何かをしていた方がきっと次の仕事を探すには有利だし、生活にもリズムができるし、少ない給料でもないよりはいいと彼女は考えていた。僕は自分にはバーボンとミントの入った何かを、アレックスには炭酸水を注文して、木の柱で仕切られたボックス席にそれを持っていった。壁には、南北戦争以前の時代のものから慎重に選び出されたビラやポスターが貼られていた。おしゃれなバーの間では、どの店がいちばん時代をさかのぼるかという競争が行われているようだった。僕たちは壁に取り付けられたエジソン電球の下でそれぞれの飲み物を飲んだ。

「まずは私を誘惑しようとしたあの無様な努力について話しましょうか?」。僕は精子分析の結果をEメールでアレックスに伝えていたが、「とにかく全部をやる」ことに関しては二人でちゃんと話し合っていなかった。二人で不妊治療の専門医に相談に行き、結果について詳しい話を聞くというのが彼女の希望だった。

「君が僕の魅力に屈しなかったっていうのは驚きだな。詩の暗唱までしたのに」

「真剣な話よ」

「僕が馬鹿だった。謝るよ。あのときは、その、すごく酔っ払ってたんだ」

「そこが問題なの。あなたが謝るべきはその点だわ」

「オーケー。でも、どういうこと？」

「もしも赤ん坊を作るつもりなら、方法はどうであれ、自分は望まなかったと後で言える状況とか、そんな出来事は記憶にないと後で否定できる状況は嫌なの」

「どういう意味？」

「『彼が女性と初めてデートするのはそういう形——事後にデートではなかったと否定できる形の出会い——しかありえなかった』」

「あれはフィクションだよ。それに今問題なのは、初めてのデートの話じゃない」

「じゃあ、タクシーの中で私の髪をなでた話は？　嵐の夜の出来事を下敷きにした話は？　アルコールというのは一種の責任逃れよ。起きた出来事はとにかく酒のせいになる」。僕はそのとき、酒に口を付けないよう自分にブレーキをかけた。

「オーケー、でも、君の計画にはとにかく僕がかかわることになる——提供者《ドナー》になるのか、父親になるのか、関わり方は未定だけど。君が僕に求めているのは、微妙に揺らめく存在になれってこと。僕は生殖細胞を提供する、その後のことはおいおい相談するっていうんだからね」

「ええ。でも、それって実際にあなた次第だもの。最初から言ってることだけど、もしもあなたが百パーセント親になりたいなら——この言葉の意味はさておき——私はあなたと一緒に親になるつもり。そうじゃなかったら、そもそもあなたに頼んでない。ていうか、一緒に親になるのは私の望みでもある。生殖戦略の一環としてあなたがセックスをしたいなら」——僕は〝生殖戦略〟という表現にぎょっとして、思わず眉を上げた——「あるいはその行為を何と呼んでもいいけど、私はその可能性も排除しない。でも、もっと話し合いが必要だわ。そうなったら、あなたはアリーナと寝るのをやめなきゃならない。少なくともその期間は。だって、こっちと別にそっちの関係も続くというのはおかしな話だもの」

僕はグラスを空にした。「え。結婚ってこと？　今のはプロポーズ？」

「違う。よくあるでしょう？　つまり私たちは……円満に離婚した夫婦みたいな感じになるわけ」。

僕たちは笑った。どんなふうになるのか、二人ともよく分かっていなかった。しかし経済的な面の展望なら、僕にはあった。僕は代理人に企画書――短編を長編に変える詳細な計画――を送ったと彼女に話した。

彼女は三十秒ほど黙った後に言った。「どうかしらね」。彼女はきっと〝素晴らしいアイデアだ〟と言ってくれると僕は期待していた。僕が文学的なアイデアについて話したとき、彼女はいつもそう言ってくれたからだ――文学とは関係のない僕のアイデアについて、彼女が〝素晴らしい〟という形容詞を使ったことは一度もないのだが。

「どうかしらって、何が？」

「私たちがやっていることが小説の題材になるのは嫌ってこと」

「詩を書いていたって、誰も六桁強の原稿料を払ってはくれないよ」

「インチキについての小説っていうのが特に嫌。何だか病的な感じがする。過去を偽造するという話にする必要はないと私は思う。現在《いま》を生きる方法を探るべきよ」。僕は企画書を送信したときに胸に感じた痛みのことを思い出した――まるで短編の拡大が大動脈の拡張と結び付いているみたいな感覚。「それにどっちみち、医学的な話は書かない方がいいと思う」

「どうして？」

「あなたはきっと否定するでしょうけど、文章を書くことには何か魔法みたいな力があるとあなたは信じているから。そして、あなたはかなり頭がおかしいから、きっと虚構《フィクション》を現実に変えようとする」

「僕はそんなふうには思ってない」

「自分の脳に腫瘍があるんじゃないかって思い悩んだことは？」

「一度もない」と、僕は笑いながら嘘をついた。

「嘘つき。あなたが書いた小説とお母さんとの間にあった出来事を思い出して」

僕の小説の中では、主人公が周囲の人間に「母は亡くなった」と言う――母親は実際には元気で生きているのに。小説の執筆が途中まで進んだ頃、僕の母は乳癌と診断され、おかしな話だが僕はそれが小説のせいだと感じた。作中人物と化した自分が親の健康状態に悪いカルマを生じさせたことが、何らかの形で現実世界での診断に影響しているのだ、と。僕は小説の執筆を中断し、途中まで書いていた原稿を捨てる決意を固めていたのだが、二か月ほどにわたって母――乳房切除の術後経過も良好で、ありがたいことに化学療法は必要なかった――に説得され、作品を完成させることにした。

「実はこの前、気付いたことがある」と僕は言った。「あの小説がオランダ語で出版されることになって、スカイプで向こうの人のインタビューを受けているときにふと思ったんだ。主人公が母親に関してついた嘘は、本当は僕の父の嘘なのさ」

「どういうこと？」

「ていうか、僕の父の母、つまりおばあちゃんに関する嘘。僕は会ったことがないんだけど。おばあちゃんは父が二十歳のときに亡くなった。けど、君は今、母親や癌の話なんか聞く気分じゃないよね」

「いいえ、聞かせて」

「僕が大学の一年生だった年、ダニエルの葬式のためにプロヴィデンスから実家に戻ったときに父さんから聞かされた話だ。父さんは僕を空港で拾って、僕らは車でトピーカに向かった。僕は動転しすぎて、口が利ける状態じゃなかった。雨が降っていたから車の速度が抑え気味だったのを覚えている。大した降りではなかったけど、冷たい雨だった。前半は僕の知っている話だった。父さんは母親が乳癌で――〝癌〟という言葉は一族の誰も口にしなかったけど、子供も含め皆がそれを知っていた――亡くなった日、恋人のレイチェルに電話をかけた。レイチェルというのは、その後間もなく父の最初の妻となり、一年ほどで別れた相手だ。父が最初の言葉を発する前に、電話の向こうの彼女が泣いていて、その背後でも誰かがすすり泣いている、いや、泣き叫んでいるのが分かった。母が死んだと彼が切り出す前、何があったのかと彼が尋ねる前に、レイチェルが言った。お父さんが死んだ、と。首都ワシントン――父はそこで大学に通っていたのだけど――で有名な実業家だったレイチェルの父親は、誰の目から見ても健康そうだった。でも、何年にもわたって厄介な病気と闘ってきた父の母親が亡くなったのと同じ朝に、レイチェルの父親は心臓発作のために職場で死んだ」

「そんな馬鹿な」

「ひょっとすると死因は大動脈の解離かもしれない。レイチェルは父さんに、葬儀は出身地のオールバニーで執り行われる、できれば明日、一緒に参列してもらいたいと話した。父は分かったと答えて、自分の母親の話はせずに電話を切った。一方で、父の母親はきちんと弔ってもらうことはなかった。祖父は妻の死を認めようとしなかったか、あるいは別の誰かと付き合っていたかで、どちらにしても、父とその弟たちは冷たい食事を出され、テレビで西部劇の『ガンスモーク』か何かを見ておけと言われて、葬式の予定は全く立てられなかった。だから父は、レイチェルの父親が亡くなったから葬式のためにオールバニーに行ってくるとだけ言った。祖父は何も訊かず、「ああ」と答えた。父はレイチェルと一緒に列車でオールバニーに向かった。彼女は道中ずっと泣いていた。父はやはり母親のことは言わなかった。実家に着くと、熱心なユダヤ教徒の親類が祈っていた。彼らは埋葬後の七日間も、喪《シヴァ》に服すことになっている。そこは大きな屋敷で、父はゲストルームを一つ与えられ、夜は一晩中寝ないで、別の部屋から時折響くすすり泣きの声を聞きながら天井を見詰めたまま、母親の遺体が安置されている場所のことを想像しようとした——話の細部は今、僕がでっち上げているのかもしれないけれど」。僕は手を挙げてバーの向こう側にいるウェイトレスの注意を惹き、空《から》のグラスを掲げた。

「翌日の葬式で、父はどんな仕事を任されたと思う？　彼は気付け薬を持たされて、失神した女性や泣きすぎて腰が抜けた人をしゃんとさせる役を務めるように言われたんだ。二十歳だった父は、葬儀をしてもらえない自分の母親のことを心の中で悼みながら、よその葬儀に参列した人の間を回った——自分では目に涙を浮かべることなく、でも、泣きすぎて気が遠くなりかけた人に嗅がせるある種の化学物質を手に持って。それは以前にも聞いた覚えのある話だったんだけど、みぞれの降る中、ダニエルの葬儀に向かう車中で聞かされると、いつになく強烈なインパクトがあった。でも父はそれに続けて、今まで僕に話したことのない話を始めた」。僕は届いたばかりの酒を味見した。今度の酒は先ほどのより甘かった。アレックスは水に口を付けないことで、集中して話を聞いていることを示した。彼女には全く身動きをしないという能力があって、その様子は一種の優雅さと化していた。

葬儀が終わり、オールバニーの大邸宅で引き続き喪に服する一族のもとを去った後、と父は僕に言った。私はペン駅まで列車で行き、そこからワシントンまで別の列車に乗らなければならなかった。雪の降りはますますひどくなっていたんだが、ペン駅には何事もなく着いた。ところが、駅で問題が起きた。間違いなく天候のせいだ。とても寒かったのを覚えている。そのとき着ていたのは、葬儀に着ていった一張羅のスーツ。でも、冬のコートはそれに似合わなかったので家に置いてきていた。ワシントン行きの列車には長い列ができていた。ペン駅であれほど長い行列は今までに見たことがない――駅のホームにたどり着くのに、永遠に近い時間がかかった。やっと着いたホームは混沌としていた。人混みと叫び声。線路上の氷か何かが原因で、前の二本の列車が運行取りやめになっていたから、その人たち全員が次の列車――その日の最終列車――に乗ろうと必死だったんだ。あふれる乗客を乗せるために車両は追加されていた。足された車両はまるでお蔵入りになっていた十九世紀の古道具みたいに時代がかって見えた。トピーカに向かう僕には、その光景がいつにも増して鮮やかに、手に取るように見えた、と僕はアレックスに言った。ひょっとすると、車のガラスがすっかり曇って、外の風景で気が散らなかったのがその原因かもしれない。そして、アレックスと向かい合っている今、その光景を鮮やかに思い浮かべられたのは、時代錯誤的なバーの内装のせいだったかもしれない。僕はペン駅の時計を想像し、家に向かおうとする父の目を通してそれを見た。これはおそらく、マークレーのビデオ作品から借りてきたイメージの挿入だ。でも、車両の増結にもかかわらず、と父は僕に言った。ある車両のドア――切符を集める係員と混乱を防ぐための警官が脇に立っていた――の前に私がたどり着いたときには、もう列車はいっぱいだと言われてしまった。既に満席だから、今夜はニューヨークで一泊して、明日の始発に乗るように、と。

最初はそう言われてホッとした、と父は僕に言った。彼の目はハイビームに照らされたハイウェイの先を見詰めた。ヘッドライトの中でみぞれが雪に変わっていた。私は母のいない家に帰りたくなかったし、現実を見ようとしない父と対面するのも、当惑した弟たちの前で〝万事いつもと変わりない〟という演技を続けるのも嫌だった。でもその後——われながら驚いたんだが——本気で腹が立ってきて、切符を集めている男に向かって怒鳴ったんだ。あまりの剣幕に男はこちらを振り向き、周囲にいた人も何人か私の顔を見た。私は絶対この列車に乗る。それはきっと狂人がわめいているように聞こえただろう。若いの《サン》、悪いがそれは無理だ、と切符係が私をじろじろ見てから言った、と父が僕に言った、と僕はアレックスに言った。ひょっとするとその口調が優しかったせいかもしれない、そして〝息子《サン》〟という呼び掛けのせいだったかもしれない。気が付いたら私はプラットホームで泣きだしていた。泣きだすどころか、完全に取り乱して、スーツ姿で寒さに凍え、その場に突っ立ったまま涙と鼻水にまみれていた。胸ポケットに入れていた気付け薬の臭いも周囲にまき散らしていたかもしれない。抑えつけていた感情、葬儀の間こらえていたもの、二人の親が亡くなった日に電話でレイチェルに伝えたかった感情の全て、その全てが一気にあふれ出した。そして私は車掌に言った。お願いです、と私は言った。お願いです、母が危篤なんです。家に帰らなくては。間に合わなくなってしまいます。お願いです、と私は繰り返した。母が危篤なんです。すると、まるでそれが本当みたいな気がしてきた。まるで母は死んではおらず、今危篤状態にある、そしてこの列車に乗ればまだ死に目に会えるかもしれないかのように。

　僕は酒を飲み、アレックスは水を飲み、一分間、沈黙が続いた。僕は彼女の手と触れるように自分の手をテーブルの上に置き、彼女の母親のことも考えているというメッセージを伝えた。父はその後、車の中で黙り込んだ。聞こえるのはワイパーの音だけ。まるで、もう話は終わったかのようだった。

だから、しばらくして僕は言った。それで？　それで、と父はまるで今思い付いたみたいに言った。私は列車に乗せてもらった。乗ったのはずっと使われていなかった車両。ホームでの騒ぎを見ていた年配の女性が私の隣に座った。その人が食堂車から紅茶とクッキーを買ってきてくれたのを覚えているよ。私はその夜ほとんどずっと、彼女の肩にもたれて寝ていた。時々こんなふうに声を掛けてくれたのも覚えている。お母さんはきっと大丈夫よって。

僕は酒を飲み干し、誤ってミント片まで飲み込んだ。「ところで、車はそのとき間違った方角へ向かっていたんだ」

「え？」

「父の運転する車はその一時間前からミズーリ州を走っていた。話をするのに夢中で、トピーカへの出口を見逃してしまったんだ」

「ひょっとするとワシントンに向かっていたのかも」

その後、僕はアルコールの勢いで、ヌールとミーチャム先生のことを話した。アレックスは僕に母親の話を聞かせてくれたが、同時に僕はそれをどんな文章にも決して書かないという約束をさせられた——いかなる偽装をし、いかに完璧に顔を描き損ない、どれほど名前を変えようとも。

□

博物館のいくつかの建物を巡るくねくねした順路に従うことで、来館者は脊椎動物の進化をたどることができる。順路自体が歩いて体感する系統図になっていて、その両側にくぼんだ小室《アルコーブ》があり、身体的特徴を共有する種《しゅ》——例えば〝筋肉に囲まれた動く関節があり、足が四本〟（四足獣）——の化石が展示されていた。僕は五十ドル近い料金を払ってアメリカ自然史博物館のチケットを二枚買い、ロベルトと一緒に骨の残骸を眺め、新しい形質の進化をたどっていた。それは何か月も前から彼と約束していた遠足で、ようやく最近、個人指導が終わった後の引き渡しのタイミングに、彼の母親に持ちかけた計画だった。彼女が僕の申し出を忘れていたのか、数週間をかけて検討したのかは分からないが、やっと先日アーロンを通じて、都合のつく土曜を知らせてきた——日曜は教会に行ったり、家族と過ごしたりということで無理らしい。僕は彼女に電話をかけて、具体的な段取りを詰めた。僕が二人の住むアパートに近い地下鉄駅まで迎えに行く。ブルックリンのサンセットパークにある、Dラインの36丁目駅だ。そこで僕が母親からロベルトを預かり、後は二人で行動。西4丁目でCラインに乗り換えて、アッパーウェストサイドの自然史博物館に行く。ロベルトの注意さえ続けばそのまま博物館で数時間を過ごし、彼のアレルギーに注意を払いながら昼食をとって、夕方には家族のいる家に送り届ける。最初は——おそらくその方が、母のアニータも安心できるということで——ロベルトの姉のジャスミンが同行する計画だったが、いざ36丁目駅で挨拶《オラ》を交わしたときには、ジャスミンはアップルビー〔アメリカ料理のレストランチェーン〕のフラットブッシュ店で急にシフトに入る必要が生じて、来られなくなったとアニータから説明を聞かされた。アニータは興奮気味のロベルトを僕に引き渡すとき、少し不安そうな顔をしていた。

二人でプラットホームに立っているとロベルトが、線路に落ちたゴミの間を煤《すす》色のネズミが二匹動き回っていると僕に教えるためにホームの縁まで近づいた。僕はそのとき初めて、他人に対してこれほどの責任を負ったことは今までにないと意識した。少なくとも、子供を任されたのは初めてだった。シアトルに行ったときはいつも甥たちの子守をするけれど、それは家の中でのことで、崩壊しかけた大都市の街中とはわけが違う。大学時代、パーティーで一緒に馬の鎮静剤《エンジェル・ダスト》を吸って気絶したアレックスを寮まで担いで帰ったこともあるし、酔っ払って無茶をしたり、自分やシャロンの名誉を守るために強くもない喧嘩を挑んでけがをしたジョンを救急病院に連れていったことも三度ある。でも、彼らの場合は、不意に逃げ出すリスクも、誘拐される危険性もなかった。僕は自分がアニータだったら子供を僕に任せるなんて断って当然だと思い、気分が落ち込んだ。でも、アーロンが請け合ってくれたのだった。あの人は本を出版している作家だから大丈夫、と。

僕は列車が近づいたタイミングに、線路から離れるようロベルトに言った。そして車内で席に着くとすぐに、博物館で気が付いたことをメモするために持ってきたノート——アレックスのアイデアだ——を彼に見せて、今から向かうのは重大な古生物学的任務なのだから僕の指示に従わないなど論外で、勝手な行動は許されないのだと暗示する口調で今日の予定を説明した。ロベルトが特に見たがっていたのは、アパトサウルスの死骸に食いつこうと身構えているアロサウルスの骨格標本だった。彼は席から跳び上がり、インターネットで見た二足性捕食恐竜の格好を真似し、僕は彼に、席に座りなさいと何度も言い続けた。

西4丁目で乗り換えたCラインの地下鉄は混み合っていた。14丁目では新たな乗客の一団が乗り込み、ロベルトと僕の間に人が割って入った。もしも僕とロベルトが人種的に似て見えていたら誰も間に割り込まなかったかもしれない、などと考えながら僕は人混みを押し分けて彼のそばまで進み、手をつないだ。彼と話すようになってから何か月も経つが、二人の体が意図的に触れ合ったのは今回が初めてだった。そのとき彼が僕を見上げたのは、好奇心からだったかもしれないし、僕の汗ばんだ手のひらに反応したのかもしれない。今日はずっとお互いから離れないようにしよう、と言う僕の声には悲壮感が漂っていた。僕はそれを振り払うために、笑顔を浮かべ、彼が着ている赤の『ジュラシック・パーク』Tシャツを褒めて、巨大竜脚類の主食は何だったっけと誘い水を向けた。そうして彼が有史以前の植物を列挙している間に、僕は考えた。身体的な接触として許されるのは手をつなぐことだけ。仮に彼が逃げようとしても、僕は体をつかむことも、他の方法で懲らしめることもできない。手をつなぐ以外のことをしてもしも彼がそれを誰かに言い付けたら、何が起きるか分からない。一家は不法滞在者だから、警察には通報しないだろう。でも、彼の父親が、いつもロベルトが自慢しているトラックを使って僕をひくことはありえる。一家は、正規の手続きを踏まずに僕を学校に出入りさせているアーロンを悪者にするかもしれない。「先生じゃないくせに」。僕が教科書に注意を向けさせようとしたとき、ロベルトは一度ならずこの台詞を口にしていた。彼がその言葉を博物館で叫んだきり発光生物展示の闇の中へ消え、二度と姿を見せないという展開を僕は想像した。

81丁目入り口にたどり着いたとき、僕は二つある戦術のどちらを選ぶべきか思案していた。一つは、博物館に入る時点で、あらゆるルール違反に対する厳格な対応をロベルトに意識させるというやり方。少しでも言うことを聞かなければ――当日までは考えたことがなかったが、このときの僕は、トラブルが起こることは間違いないと悟っていた――遠足はすぐに打ち切って、教えてもらった携帯電話の番号で母親を呼び出すと脅し、ひょっとしたらジョゼフ・コニーの名前もちらつかせ、でも他方で帰り際には、やっぱり優しい人だったという記憶が残るように、館内売店《ミュージアム・ショップ》で好きなものを気前よく買ってやる。もう一つの戦術は、小うるさい規律は全て省き、ことあるごとに彼を褒美で釣り、人工着色料たっぷりの食べ物を与え、プレゼントを山のように持たせて、今やはるか彼方にいるように感じられる家族のもとに送り届けるという方針。混み合ったロビーでチケットを買う列に並ぶ間、僕は脳の一部を使って博物館の目玉展示についてロベルトと会話をし、別の一部を使って高額な入館料に異議を唱えていたが、意識の主要部は、僕には年端も行かない子供を校外学習に連れていく能力がないという恐ろしい事実を実感しつつあった。僕は尿素と塩分が腋からにじみ出るのを感じながら、まだ会ったことのないジャスミンがここにいてくれたらいいのにと思った。あるいはアレックスでもいい。どこの子供も、彼女の言うことなら本能的に聞くように見えるから、と。

僕たちはチケットを買い、〝宇宙と地球〟を足早に通り抜けた。巨大な生態球《エコスフィア》の展示〔空気、水、エビ、藻、サンゴ、砂利などを封入した直径一メートル半ほどのガラス球〕も、全く彼の興味を惹かなかった。途中で、「走っちゃ駄目だ、ロベルト」と声を掛けたが無駄だった。僕たちは階段にたどり着き、四階に上がった。そこで警備員に、進化をたどる順路の起点となるオリエンテーション・センターの位置を教えてもらった。どうしてこんなことになったのだろう、と僕は階段を上って切れた息を整えながら考えた。社会的機能に関しては大半の基準を満たしている――（いかに軽いとはいえ一応）仕事はしており、（いかに無責任とはいえ）性的活動は旺盛で、（未婚で子供はいないが）社会の中で生活している――ように見える三十三歳の男が、一人のかわいい子供を博物館に連れてくるというだけで、理解を超えた恐怖に襲われるとは何事か？　しかし、入り組んだ順路をたどり始め、ロベルトに手を引っ張られながら〝脊椎動物の起源〟の部屋を進み、〝鳥脚類の恐竜〟の部屋に向かって無顎類と板皮《ばんぴ》類の古代魚の展示ケースの脇をできるだけ急ぎ足で通り過ぎたとき、僕は自分が正常かつ成熟した大人であるという見方自体に疑問を抱かざるをえなくなった。すると、僕のパニックの次元が一つ上がった。僕はロベルトに関して問題が起きるのを恐れているばかりでなく、恐怖に襲われていること自体が恐ろしかった。なぜならそれは、僕が今の任務にふさわしくないことを示す新たな証拠だったからだ。そして不妊治療専門医と最初に面談したとき、精神面に関する病歴を尋ねられたことを思い出した。僕は今までに長期的で深刻な鬱病に陥ったことが三度あり、頻繁に不安を感じるし、抗鬱剤《SSRI》や精神安定剤《ベンゾジアゼピン》との付き合いも断続的とはいえ長期にわたるけれども、家族に重い精神疾患を患った人間はいないから、自分にその気《け》はない。ただ内気で思索的なだけで、親になることや子供を作ることの意味を無視できず、あれこれと不平を言いがちなのだと思っていた。誰よりも僕を知るアレックスも、明らかに同意見だった。ところが今、博物館の解説パネルに書かれた進化の段階（「脳函の発達」「顎の進化」など）を一つ一つメモしなさいとロベルトに指示している自分の声を聞いていると、僕の子供の頃のダイジェスト映像が目の前に映し出された。

僕は八歳の頃、夜驚症〔小児に好発する睡眠障害〕に悩まされたのを思い出した。兄は当惑しながらも、そこそこ大事にしていた野球カードを僕に渡して、慰めてくれた。とはいえ、恐ろしい思いをしたのは一夏だけで、他は幸せな子供時代だった。もっと深刻な問題が生じたのは——ありがちな話だが——大学時代だった。あるとき、手が震え、力が入らなくなったのだ。それはまるで、自分の手が自分のものではなくなったみたいな、あるいは勝手に動きだしたみたいな感覚だった。一回一回の呼吸を意識し、手動操作で息をしなければ、完全に呼吸が止まってしまいそうな感覚。僕は原始的な脊椎動物に囲まれながら、記憶にある症状の一つ一つの残響を経験した。寮で何度も顔を洗い、それでも瞳孔が開いたまま、目の前の鏡に映っているのが自分だと分からなかったときのこと。夕方のセミナーでトマス・ホッブズについて話を聞きながら、ヒステリックな笑い声を上げているのは自分自身だと徐々に悟った瞬間のこと。金縛りの状態で夢魔の幻を見たせいで、何日か、アレックスと一緒でなければ目を閉じられなかったときのこと（「〝前眼窩窓〟とメモするんだぞ」〔鳥類や恐竜に共通する特徴として、頭骨の眼窩の前方にもう一つ穴がある〕と僕はロベルトに指示した。「それから〝手の指は三本〟というのも」)。僕はマドリードのおしゃれなレストランのトイレの個室で声を抑えて泣いたのを――実際には起こらなかった出来事だが――思い出した。あのとき、僕の血液の中には抗鬱剤《セルトラリン》と向精神薬《テトラヒドロカンナビノール》、抗痙攣薬《クロナゼパム》とワイン《リオハ》がたぎっていた。こうした涙や自我喪失感の行き着く先はきっと統合失調症の発症なのだ、と僕はそのとき確信を抱いた。実際、先日、心臓の病気を診断されたことによって、皮肉にも、感情的な動揺の理由が客観的な形で与えられ、おかげでその意味において、気分が安定していた。僕は存在しないものを相手にしているのではなく、目の前には特定の脅威が存在しているのだから。しかし博物館の中で、身体感覚を喪失した十余回の経験がよみがえるにつれ、図と地が反転した。僕は時々困難を経験しているものの、バランスの取れた人間だ、というのは間違いだ。僕は異常な人間で、自分の精神的不安定性がろくに見えていないのだ。冥王星がもはや惑星でないのと同じく、僕にはもう大人と名乗る資格がない。

　僕たちは脊椎動物の顎の発達について説明する展示の前で立ち止まった。そして、僕は翼竜《プテロサウルス》の化石をノートにスケッチするようロベルトに指示をしたとき、絶望が体の中に造影剤のように広がるのを感じた。八歳の子供が楽しく進化を学んでいる横で、その案内役が、見知らぬ人混みと刺激のせいで自制を失いかけている。家から遠く離れて不安になり、親を恋しがっている子供は、ロベルトでなく、僕の方だ。僕の方が彼の手にしがみつこうとしている。僕はそのとき、自分がデビュー作で使った信用できない語り手になっていた。興奮したロベルトは隣の小室《アルコーブ》に向かって駆けだそうとしたが、僕は本能的に腕をつかみ、少し引っ張るようにして制止した。「痛っ」。痛いというより、不意を突かれた感じで彼はそう言った。僕はごめんと謝り、ひざまずいて、目を合わせ――端《はた》から見たらきっと、顔面蒼白で汗まみれだっただろう――「僕らは絶対に離れちゃ駄目なんだ」とスペイン語で説明した。それから僕は、まるで決死の任務を命令しているような口調で「万一、互いを見失ったら、ティラノサウルスの骨格標本の前で落ち合うことにしよう」と言った。彼は笑顔を浮かべたが、何も言わなかった。彼は僕の必死な様子を見てきまりの悪い思いをしているのだろうか、と僕は考えた。

僕たちは〝竜盤目の恐竜〟の部屋――この博物館で最も印象的な化石が並ぶ部屋――に入り、アパトサウルスの骨格を見つけた。解説パネルによれば、恐竜の動きに関する最新の研究を受けて、最近、骨格が組み替えられたらしい。尾は今や、以前のように地面を引きずっておらず、宙に浮いていた。部屋にはアジア系――たぶん韓国人――の子供の大きな集団がいて揃いの青いTシャツを着て、骨格標本の周りに立ち、ガイドの説明を聞いていた。ロベルトは望みの位置まで骨に近づけずにいた。僕は尾をスケッチするように指示しようとしたが、その前に、興奮した彼は、死骸をついばむアロサウルスに向かって駆けだしていた。僕は努めて落ち着こうとしながら彼を追い、その横に立って、教育的な言葉をぼんやりと口にしたが、彼はまた隣の展示――化石化した組織――に駆け寄ったので、僕は後を追った。僕たちはそんな調子で部屋を巡った。ロベルトは時折、目玉展示をチェックするために走って戻り、進化の経路を逆行した。僕は少なくとも、巨大なティラノサウルス――獲物に忍び寄るような格好の骨格――の前で携帯を使って彼の写真を撮るだけの冷静さは持ち合わせていた。ロベルトはまた未来に駆け戻り、例えば、襟飾りの進化をなぞるように並べられたプロトケラトプスの頭蓋骨に見とれた。ロベルトが視界内にいる限りは万事オーケーだ、と僕は自分に言い聞かせた。絶滅した哺乳類どもの間に人さらいが潜んでいるわけではあるまい。頭のおかしな人たちは大半が、ここの法外な入館料を払えないだろう。

側頭窓〔哺乳類とその先祖と考えられる爬虫類に見られる特徴で、頭蓋骨側頭部下方にある穴〕が進化し始める頃、僕は小便をしにトイレに行く必要を感じた。そこで、ロベルトにトイレに行きたくないかと尋ねると、彼はノーと答えてまたダッシュした。そうなると僕も我慢するしかない。僕がトイレに行く間、監督なしに彼を放っておくわけにはいかないし、かといって、僕の小便に付き合わせるために無理やりトイレに引っ張っていくわけにもいかない。世界中の人が、どんな苦境に置かれようと、巧みに子供の世話をしている。津波に襲われようと、内戦のさなかであろうと子供をかばい、アメリカ軍の無人機《ドローン》から守る。かたや僕はこの博物館で、子供に責任を持ちつつ膀胱を空《から》にするというだけのことで途方に暮れている。僕はロベルトの後を追って哺乳類と絶滅したその親戚たちの部屋を抜け、おそらく柔らかい葉を主食としていたと考えられるブロントプスの前でもう一枚ロベルトの写真を撮った。僕は気付くと、携帯の疑似シャッター音に合わせて少し左右に体を揺らしていた。子供の頃、トイレを我慢するときにしたのと同じ仕草だ。そして心ならずも、四歳のときにトピーカ動物園でお漏らししたことを思い出した。屈辱的なぬくもりが脚を伝い、染みが広がっていくコーデュロイのズボン。あのときは、トイレに行く機会があったのに断ったのが原因だった。

脊椎動物の分岐図の末端に置かれた巨大なマンモスの骨格標本——その足元には毛がふさふさした赤ちゃんマンモスのミイラがケースに収められて展示されていた——の前にロベルトと一緒に立ったときには、僕はすっかり精神的に退行し、まるで自分が退化したみたいに感じていた。巨大な牙をぎこちないながらも静かにスケッチするロベルトとは対照的に、僕は必死に小便をこらえ、警備員を探していた。化石の周りを歩いている男性の半分は抱っこ紐で赤ん坊を抱えていた。遺伝的にも実際的にも父親になり、種《しゅ》を存続させる能力が僕には備わっていると、知人の中で最もまともな人物であるアレックスが信じてくれていることを僕は思い起こし、自分を安心させようとした。でも、正確にはどういう理由で、彼女は僕を選んだのだろう？　もちろん、いちばんの親友だからというのがその理由だ。僕らの関係はどんな結婚生活よりも耐久性があるし、僕は頭がよくて優しいと彼女が思っているからだ。彼女が挙げたそれらの理由を疑えるほど僕は本気で自分を疑ったことがなかった。でも今、一つの可能性が啓示のような強烈さで頭に思い浮かんだ。彼女が精子の提供を求めているのは、おまえがちゃんとした父親としてはやっていけないと思っているからこそだ。厄介な父親がいる状態で子供を育てるよりも、父親などいない方がずっと不安が少なくて済むと彼女は考えている。彼女の一族は、夫が姿を消しても自分一人でやっていける女の家系だ。親切で優しく、経済的にも頼りになるし、感情的な相談にも乗ってくれるというのが、おまえの魅力だ。でも、幼い子供の成育や日々の生活に積極的にかかわるには、おまえはあまりにも臆病で散漫だ。彼女は一人きりで子育てしようとは思っていないが、完全な責任を持ったパートナーと一緒にやろうとも考えていない。おまえは育ちも悪くない――アレックスは僕の両親を愛していた――し、決して勝手にどこかへ行ってしまうことはないだろうが、幼児的で自分勝手なところがあるので、子育てに主に関わるのはやはり彼女ということになる。彼女がおまえを選んだのは、欠点に目をつぶったからではなく、欠点があるからこそだ。二〇〇〇年世代の女性が取る、配偶者選びの新しい戦略において最優先されるのは、核家族を形作ることではなく、面倒な父親を遠ざけておくことだ。

「僕はトイレに行かなくちゃならない。ロベルト、君も一緒に行かないか？」

「僕はいい」

「一緒に来て、待っててくれよ」。僕はまた、体を揺らし始めていた。

「ここで待っとく」

「一緒に来なさい。ほら」

「でも——」

「売店で何か買ってもらいたくないのかい?」

僕はトイレに向かいながら、「出てきたときに正確に今と同じ場所にいたら好きなものを買ってあげる」とロベルトにもう一度言い聞かせた。僕はジョークで不安をごまかし、ゲームを使って彼に言うことを聞かせようとした。君が化石みたいにじっと立っていられるかどうか、試してみようじゃないか、と。僕は彼を噴水式水飲み器の横に恐竜の格好で立たせ、トイレに向かった。そして二分半後、身震いするほどの安堵とともにトイレから出てくると、彼はそこにいなかった。恐怖に襲われた僕は、展示室に駆け戻ろうとする自分を必死に抑えなければならなかった。僕が角を曲がった瞬間、彼がヴェロキラプトルみたいな叫び声を上げながら僕に飛びかかってきた。恐怖は、消散する前に憤りに変わった。床にひざまずき、彼の肩をつかむと、積もり積もった不安と自己嫌悪が、脅すような口調となって一気に噴き出した。君は僕の言うことを聞かなかったってお母さんに言い付けるからね。売店でも何も買わないぞ。

ロベルトはうつむき、ただの冗談なんだし、遠くには行かなかったし、別に問題も起きなかったのにと言った。僕の怒りが後悔に変わりだした頃、彼は僕に背を向けて歩き始めた。一瞬、彼がだんだん早足になって僕を巻こうとするのではないかと不安になった——名前を呼んでも返事をしなかった——が、彼はゆっくりした足取りのまま、気落ちした様子で階段まで進み、三階に降りた。僕は、太平洋岸に住む人々と大平原地帯に暮らす先住民を再現したジオラマの間を元気なく歩く彼の数フィート後ろに続いた。僕たちを取り囲む十九世紀の剝製と描かれた風景は、古めかしいと同時に未来的に感じられた。古めかしい感じがしたのは、作りが原始的《ローテク》で、方法論的にも無遠慮で無神経だったから。未来的に思えたのは、破局後の世界みたいに見えたからだ。それはまるで、人類とは違うよそ者《エイリアン》が、たまたま発見した荒野の遺跡を復元しようとしたかのようだった。僕はそれを見て、八〇年代の子供時代に見た、『猿の惑星』みたいな六〇年代、七〇年代の映画を思い出した。それらのＳＦ映画においては、そこに映し出される未来が風変わりであればあるほど、現在からの距離が痛切に感じられたのだった。過去に思い描かれた未来ほど古びて感じられるものはない、と僕は思った。

二階にある、妙に人気《ひとけ》のない〝アフリカの人々〟の部屋で、僕は彼を引き留め、心配のせいで過剰に反応してしまったと説明して謝り、お母さんにはとてもいい子にしていたと報告すると約束した。そして売店では何でも好きなものを選んでいいよと言って、手をつないで店内を歩いて回った。ロベルトは僕を許してくれたが、興奮はもう冷め切っていた。僕は、いずれ六桁強の原稿料を受け取るのだし、街はもうすぐ水に覆われるのだからと割り切って、彼に六十ドルするティラノサウルスのパズルを買った。そしてレジ係が値札をはがすのを間違いなく見届けてから、ロベルトが食べたことがないという宇宙食のアイスクリームも二つ買った。

僕たちは三色《ナポリタン》アイスをフリーズドライにしたその宇宙食——過去に思い描かれた未来から来た食べ物、一九六八年にアポロ七号で一度だけ宇宙に持って行かれた食べ物——を博物館前のベンチで食べた。それは季節外れに暖かい日で、その斬新で風変わりな食べ物のおかげでロベルトに笑顔と元気が戻った。僕は自分のチョコ味を割って、「安っぽい味」と彼が言うイチゴ味のかけらと交換した。僕は彼が見せてくれたさまざまなスケッチを褒め、僕たちのジオラマに新たに何を追加するかを相談し、君はきっと将来有名な古生物学者になるよと彼に言った。彼はすっかり立ち直り、まるで僕が何恐竜に関する新たな知識を詰め込んだ笑顔のロベルトを、四時前にはアニータに返した。

ードレストランだが、肉は仕入れ先が確かで、ごみは全て堆肥化可能だ——でおいしい昼食をとり、

も問題を起こさなかったみたいになった。僕たちは博物館近くのシェイク・シャック——ファストフ

口

タコの赤ん坊は毎朝ポルトガルから生きたまま運ばれ、生命の機能が停止するまで優しく、しかし容赦なく粗塩を揉み込まれる。メニューにある説明によれば、揉まれる回数は「五百回」だ。くちばしは取り除かれて、小さな目は後ろから押し出される。亡骸《なきがら》はゆっくりとゆでられ、ゆずの果汁と日本酒で作ったソースを添えて客に出される。それがレストランの看板メニューなので、世界で最も知能の高い無脊椎動物の子供を載せた皿が次々と厨房からテーブルへと、機敏でハンサムなスタッフの手で運ばれる。ようやく僕たちの前に置かれた皿には三匹が載っていて、代理人《エージェント》と僕は一瞬、感嘆と罪悪感でためらった後、ありえないほど軟らかな全体を同時にソースにつけ、口に運んだ。

法外に値の張る祝いの食事の席となるべき場所に着いたとき、僕はまだ、短編を膨らませるだけで出版社が払ってくれるという金額に疑念を抱いていたが、タコとクロマグロの刺身を注文した後、まだ料理が出されないうちに、二枚の契約書にいそいそと署名をし終わっていた。僕の本、ましてやまだ書かれてもいない本にこれほどの金額を支払ってくれるのはどうしてだろうと、僕は代理人にまたしても説明を求めた——驚くほど評判がよかった前作だって、売れたのはせいぜい一万部程度なのに、と。一作目を出したのは小さな会社だから、もっと大きな出版社ならもっとすごい販売力と宣伝力を生かして一冊目よりもずっと売れると彼らは踏んでいるのだ、と代理人は言った。それに出版社は名

声に対してもお金を出す、と彼女は言った。仮にあなたが書いた本が売れなくても、各種の賞を取る可能性を持った作家や批評家に受けのいい小説家を抱えていたいと出版社は考える。出版社の評判を維持するためにはそういう象徴的資本が必要だ——たとえ仮に大半の収入を稼ぎ出すのが、十代向けの吸血鬼物語だったり、実際に一トンもの本を売るごく少数の主流〝文芸作家〟の一人だったりしても。その話は、小説がまだ多少なりとも生きた商品だった八〇年代あるいは九〇年代だったら意味があるように思えたかもしれないが、どこの出版社も組織の再編や小規模化《ダウンサイジング》や紙媒体以後の世界を生き抜く競争に余念のない今、現実の資本を象徴的資本に喜んで変えようとするなんてどうにも信じがたい。「忘れちゃいけないのは、あなたの新作の企画書は……」と代理人が言って、そこで慎重な間《ま》を取り、今からの発言がデリケートであることを匂わせた。「あなたの新作の企画書は、実際の本よりも、出版社の興味を惹くかもしれないということ」

「どういう意味かな?」

「うん。あなたの一作目は風変わりな作品だったけれども、評判は本当によかった。出版社が本の企画を買うとき、実際には、次の作品が前作よりもっと……主流寄りのものになるという可能性を買っている部分もあるわけ。あなたが出した原稿を向こうがきっと却下するという意味ではないわよ、もちろんその可能性は常にあるけど。私が言っているのは、実際にあなたが書く原稿よりも、次作のアイデアの方が競売にかけやすかったかもしれないってこと」

僕はその考え方——仮想的な小説の方が現実の本よりも価値を持つという考え——が気に入った。しかし、仮に原稿が却下されたら、前払いされていた原稿料は返さなくてはならない。でも、僕はそれを前もって使う計画を立てていた。

「それからもう一つ。競売にはそれ自体が持つ慣性があるということも忘れては駄目」

その意味は僕にも分かった。あるいは少なくとも、経験から分かる気がした。欲望の大半は他を模倣する欲望だ。もしも一つの大学があなたの書類を買い取りたいと言ったら、別の大学も買い取りたいと言い出す――そうして、あなたの価値に関する合意が生まれる。競争が欲望の対象を生む。だからこそ、創造の神たる〝競争心〟というものを語ることに意味があるのだ。

僕は箸を使って三匹目の、最後の赤ちゃんタコをつまんでソースに付け、噛みながら、〝軟らかい〟の同義語を考えようとした。僕の仮想的小説に対する模倣的欲望から得られるお金が人工授精とそれに関連する費用に回される。僕が実際に書く小説は、誰もがゴミ箱に放り込むだろう。代理人の手数料と税金（ニューヨーク市の税金もそこには含まれる、と彼女は僕に念を押した）を差し引いたら、僕の手取りは二十七万ドルくらいになりそうだ。子宮内人工授精に換算すると五十四回分。あるいはハマーの多目的スポーツ車H2なら約四台。あるいはホイットマンの詩集『草の葉』初版なら古書市場で二冊。あるいはメキシコ系移民の約二十五年分の労働賃金。あるいはアレックスの今の仕事の七年分。あるいは僕の今のアパートなら、値上げがなければ十一年分の家賃。あるいはクロマグロの刺身なら三千六百皿――仮にそれまでにマグロが絶滅しなければの話だが。僕がタコをのみ込むと、その行為に伴う殺人的な愚かさと壮麗さが体の中を駆け巡った。ポルトガルのタコ漁師が見せる職人技のリズムが労働者の移住のリズムと響き合い、レストランの外の暗い画廊に並べられた芸術作品や先物商品《フューチャー》のはやり廃り、刺身に含まれる水銀と放射性物質の増減、レストランにいる立派な客たちの胸の上がり下がりと共振した。その全てを結び付けているのは金《かね》だ。あるいは少なくともそう見えた。ジョークの大きな流行周期。一つの大きな全損した韻律。

「もちろん、さっき話したように、高額の前払い金を受け取ることにはリスクもある——だって、もしも本がちっとも売れなかったら、二度とあなたと仕事したいと思う人はいないから」

隣のテーブルにいた静かな二組のカップルが席を立ち、代わりにやかましい二組のカップルが席に着いた。僕くらいの年齢で黒っぽいスーツを身に着けた上機嫌の男二人は、共通の友人か同僚が酒に酔って高価なソファーかラグの上に赤ワインをこぼした話をしていた。アイシャドーで目元を強調した女二人は携帯を見せ合い、何かの写真に感心していた。僕の本はきっと売れない、と僕は確信した。

「忘れちゃいけないのは、これは今までよりはるかに幅広い読者に本を読んでもらうチャンスだということ。誰に読んでもらいたいか、誰を読者として考えるか、あなたは決めなくちゃならない」と代理人は言ったが、僕に聞こえた言葉はこうだった。「明確で、幾何学的な物語を考えなさい。顔を描写すること。たとえそれが隣のテーブルの人であっても。そして主人公は必ず、劇的な変身を遂げなければならない」と。もしも主人公の大動脈しか変化しなかったらどうなるのだろう、と僕は考えた。あるいは腫瘍か。もしも本の結末で全てが同じだったら——ただほんの少し違うだけだったら——どうなるのか?

日本酒ベースのカクテルのせいで隣の四人組はますます賑やかになっていた。二十代の投資銀行の行員かマーケットアナリストだろう。彼らのそばにいるのは僕にとって特に居心地が悪かった。というのも、このときの僕は自分の未来を売りに出し、今まで以上に明確に芸術を金に換えようとしていたからだ。第一稿の締め切りは一年後。

「僕の頭にある読者は、永遠に存在の崖っぷちに立ち尽くす二人称複数の人々だ」と僕は言いたかった。ウェイターが瓶を振って沈殿物を混ぜ、酒を白く濁らせた。

「そのところはすごく融通を利かせることが必要になる」と隣のテーブルの誰かが言った。ギンダラの西京焼を載せた小さな皿が僕らの前に置かれた。

「もしも企画書と全然違う原稿を出版社に渡したらどうなる？」と僕は訊いた。

「それは場合によるわ。向こうが気に入れば問題はない。でも、『ニューヨーカー』誌に書いた短編はちゃんと組み込む必要があると思う」

誰かが僕のグラスにお代わりを注いだ。

「タングステン照明のせいで、僕にはお客さんの顔がよく見えない」。僕はグラスを空けた。

「他にアイデアがあるの？」

「あいつら、フィジーのタートル島で結婚したんだ。ビーチで、ラッパーのジェイ・Zを見かけたってカレンが言ってた」

「若くて美人、しかもセクシーな体育会系の女がいる。父親がレバノン系で、コンセプチュアル・アートの作家である彼女自身もアラブの過激な政治運動に関わっている。その女が、乳癌で死にかけている母親から、今まで知らなかった本当の父親のことを聞かされる話。本当の父親はハーバード大学でユダヤ研究をしている保守的な教授だった。勤め先はニューヨーク州立大学ニューパルツ校でもいい。その後、自分の子供が欲しくなった彼女は、存在しなかった過去を未来に投影するため、レバノン人の精子提供者を選ぶ」。僕は首を横に振った。ヒスパニック系の手際のよい労働者が空いた皿を片付けた。「あるいは、もっとSF的な話がいいかもしれない。作家がタコに変身するとか。彼は時間の中を行ったり来たりする。使われなくなった列車に乗って」

彼女はちょっと失礼と言ってトイレに立った。次の青い瓶はあまりにも素早くテーブルに置かれたので、まるで僕がウェイトレスに合図する前、注文する前に出てきたように感じられた。僕はしばらくの間、目を閉じた。「香気と若さが僕の中を通り抜ける、そして僕はその航跡にすぎない」〔ホイットマンの詩「眠る人びと」からの引用〕。周囲は今や耳を聾《ろう》するほど騒がしくなり、僕はもはや特定の誰かに語り掛けることも、特定の誰かに耳を傾けることもなかった。口の中では少し梨の味がして、その後、桃の味がした。一瞬、絶望の声しか聞こえなくなった。運命付けられた客船に乗る乗客たちのヒステリックなエネルギー。上昇と下降。ミーチャム先生のクラスの笑い声。僕の両親はもう亡くなっているが、時間の中で彼らのもとに戻ることはできる。離陸から七十三秒後、僕の大動脈は解離し、はるか上空に巻雲を生んだ。熱帯性低気圧が接近している兆候だ。

「あの市場はもう完全に水没状態。たぶん、永遠にそのままだな」

僕は携帯の画面を見た。「全損美術品協会にぜひお越しください」。それはアリーナからのメッセージだった。

デザートはゆずのフローズンスフレ、プラムの甘煮添え。金は一種の詩だ。グラスで出されたスイートワインは店のサービス。僕は酔っ払いすぎていたせいで、残っていた日本酒を脇へよけておく代わりに飲み干してしまった。タコの墨には嗅覚を鈍磨させる成分が含まれているため、その意味でも、墨を吐かれた後にタコを追うのは難しくなる。

「具体的にはどんなふうに話を膨らませるつもり?」彼女はチップを計算しながら、遠くを見るような目でそう訊いた。

「『サン・ソレイユ』〔クリス・マルケル監督の映画（一九八二年）〕に出てきた清少納言みたいに、僕は、胸をときめかせるものを長大なリストにしたい」。僕らはレストランを出て、動く空気の中を歩いた。「君をリストに入れてもいい」。道路は濡れていたが、もう雨は止んでいた。僕たちは26丁目の高架道《ハイライン》入り口まで歩き、階段を上がった。冬咲きの、あるいは春に咲くはずが狂い咲きしたガマズミの匂いが車の排気ガスと混じっていた。

「僕は溶解して詩に変わる小説を書く。性愛的なものの小規模な変成には政治的なものが必要だという物語を」。使われなくなったレールの間に注意深く配置されたウルシノキの一本一本に手を触れたとき、僕の神経細胞の五分の三は腕にあった。僕は二度とタコは食べない。

「他にもいくつか企画を売り込んできた私から一つだけアドバイスをするなら、あまり時間をかけない方がいいわ」。僕たちは10番街を見下ろす木の階段に腰を下ろし、下を流れるルビー色とサファイア色の光を見ていた。「つまり、さっさと執筆を始めた方がいいということ。もたもたしていると、あっという間に締め切りが迫ってくる。それで頭がおかしくなっちゃう人もいる」。彼女はたばこに火を点けた。「今回のアーティスト・イン・レジデンス〔芸術家を一定期間ある土地に招き、そこに滞在しながら作品を制作させる事業〕の話はちょうどいいタイミングだったわね。五週間では大したことはできないなんて思っちゃ駄目よ」

出発は二日後だった。テキサス州マーファにある財団が住居と助成金と車を提供してくれる。向こうからの申し出を受けたのは約一年前のことで、当時から大学での仕事を休む予定は立っていたが、まさか大動脈基部が拡張していようとは想像しなかったし、僕の異常な精子をやたらに欲しがる人が出てくるとは思ってもいなかった。レジデンスの身分も、テキサス州に行くのもこれが初めてだった。テキサス州マーファといえば、詩人ロバート・クリーリーが二〇〇五年に亡くなった場所だ——彼は車で三時間かかるオデッサの病院まで運ばれた。僕が滞在することになっている小さな家は、道路を挟んで彼の住まいの向かい側にある。「また近いうちにお目にかかることができるのを楽しみにしております」と、僕はもう一人の自分宛てに彼の声で書いていた。

4

暗闇の中、緑色のハイブリッドカーでマーファの周辺をゆっくりと車で走っていると、まるで自分が幽霊になったような気がした。レジデンス滞在者の住宅を管理しているマイケル――自身も画家だ――は、その日の午後、僕をエルパソ空港で拾い、ノースプラトー通り三〇八にある小さな家にたどり着くまで、三時間に及ぶ友好的な沈黙の中で高地砂漠を走った。僕がその住所(グーグルマップで"ペグマン"をドラッグして、その辺りをストリートビュー上で歩くことができるのだが、そうしていると自分が幽霊になって少し高いところを漂っているように感じられる――ちなみに僕は今、別のウィンドウでその操作をしている)を覚えているのは、滞在中に二度、β《ベータ》遮断薬を郵便で送ってもらわなければならなかったからだ。心臓収縮の勢いを抑えるためのその薬には、手が少し震えるという奇妙な副作用があった。僕は住宅――寝室が二つある平屋で、一つの部屋が執筆作業用に改装され、部屋を仕切る扉はなかった――に着いて鞄を床に置くと、まだ時刻は夕方だったがすぐにベッドに入り、真夜中少し前まで目を覚まさなかった。僕はいつもと違うシーツの中で横になったまま、自分が今いる場所をゆっくりと思い出した。飛行機と車に乗っている間はほとんどずっと眠っていたし、まだ日が暮れないうちにベッドに入ったのでまるでブルックリンからチワワ砂漠まで一瞬で移動したように感じられた。その日の朝にニューヨークで降っていた小雪、そして飛行機が離陸するときに楕円の窓を伝って流れるビーズのような水滴の様子を僕は思い出そうとした。今日は木曜。もしも自宅にいたら、貧しい人たちが金曜の朝に回収される資源ごみの中からガラスを拾い集める音が聞こえていただろう。ここはとても静かで、自分の心臓の鼓動さえ聞こえそうなほどだった。それが聞こえないのはきっとβ遮断薬のせいだ、と僕は想像した。

僕は辺りを散歩してみるだけのつもりで、車に乗ろうとは考えていなかった。ところが外は真っ暗だった。僕はパノラマのように広がる夜空に息をのんだ。ありえない数の星々。いくらか残っていた時差ぼけもその光景で一気に吹き飛んだ。冬の薄い空気はひんやりしていたが、気温は季節外れの暖かさだった。おそらく五度から十度の間。ガレージの扉の音が夜に穴を開けると、物音に驚いた小さな動物たちが――実際にそこにいたにせよ、いなかったにせよ――周囲を逃げ惑うのが感じられた。僕はガレージから車をバックで出し、リモコンで扉を閉じて、ささやくような音を立てながら通りを走りだした。親の車をこっそり持ちだした若者のように生き生きと、そして神経を張り詰めて。まずは町の中心に向かい、十九世紀に建てられた郡庁舎の周囲を回り、町いちばんの商業地区に入った。そこには誰もいなかった。僕は街灯の下に車を停め、明かりのない店の前を歩いた。町の役所、空き店舗、富裕層向けのブティックが入り混じる通りだ。一九八〇年代にドナルド・ジャッドがチナティ財団を設立して以来、マーファは〝芸術観光《アート・ツーリズム》〟の一大拠点となっている。町からすぐの場所にある美術館にはジャッドが制作した大規模な作品が、他の現代作家の作品とともに恒久的に展示されている。ニューヨークの芸術家がここに巡礼に訪れるという話や、収集家がプライベートジェットでやって来るという話は耳にしたことがあったが、そんな連中にこの場所で出会うというのは想像しにくかった。通りの反対側にある面白そうな建物に興味を惹かれて、僕はもっと近くで見るために通りを渡った。後で知ったのだが、それは昔のマーファ・ウール＆モヘア・ビルディングだった。僕は建物の横に回り込み、線路沿いに進んで、砂漠の灌木をまたぐようにして建物側面の窓に近づいた。

最初は、ガラスの向こうに何も見えなかった。それから徐々に、大きくて不格好なものが見えてきた。それらはさらに形が明確になると、金属でできた巨大な花をつぶしたような、あるいは爆発がそのまま凍り付いたようなものが見えた。周囲の明かりが視界に入らないよう目の周りを両手でぴたっと囲い、冷たい窓ガラスに額を押し付けると、そこにあるものが、ジョン・チェンバレンの彫刻連作だということが徐々に分かってきた。作品は大半が、クロームメッキとペンキ塗装を施された鋼板──その多くはつぶれた車体──から切り取られたものだった。これもまた全損の芸術だ。僕はニューヨークで彼の彫刻をいくつか見たことがあったが、そのときは特に何とも思わなかった。ところが今それは、強烈な力を発していた。一種の警備用照明のかすかな明かりの中で、色彩がより鮮やかに見えた。ひょっとすると作品が魅力的に見えたのは、彫刻に直接近づけず、ガラス越しに、決められた体勢で眺めることしかできなかったからかもしれない。つまり、作品の三次元性を味わうために、自分を屋内に投影せざるをえなかったせいなのかも。僕は少し後ろに下がり、窓にかすかに映った自分の姿を通して彼の作品を見た。あるいはひょっとすると、ブルックリンでの生活から十八時間離れ、周りを砂漠のクレオソートブッシュに囲まれた闇の中に身を潜め、神経が鼻歌を歌っているときには、彼の彫刻が素敵に見えるということなのかもしれない。

近づいてくるトラックのヘッドライトが見える前から、アコーディオンと六弦バンジョーが奏でる陽気な音楽《ノルテーニョ》が聞こえた。僕は暗い建物の横でしていたこと──何をしていたにせよ──を見られないよう、本能的に、そして愚かにも体をかがめ、砂利混じりの地面に片膝をついた。助手席側にいた女性はおそらくほろ酔い加減で、車の窓を開け、ラジオに合わせて歌を歌っていた。「あなたにあげる《ロー・ディエラ・ポル・ティ》、あなたにあげる《ロー・ディエラ・ポル・ティ》、あなたにあげる《ロー・ディエラ・ポル・ティ》」〔ロス・パンチョスの歌「トーダ・ウナ・ビダ」の一節〕。トラックが通り過ぎると、僕は立ち上がり、ズボンに付いた土埃を払い、車に戻った。そして車で線路を越え、右に曲がって大通りに入った。一軒のガソリンスタンドがまだ開いていた。僕は車を停め、四個組みのバター、トルティーヤ、卵、大きな缶に入ったバステロのエスプレッソコーヒーを買い、静かにノースプラトー通りの家に帰った。ガレージに車を入れる直前、ヘッドライトが反射して、小さな動物の目が緑色に見えた。おそらく近所にすむ犬か猫だ。でも、アライグマかもしれない。アライグマがマーファにもいるなら。目の奥にある〝輝板〟――ラテン語でタペタム・ルシーダム――が、網膜を通過した可視光線を反射して、瞳を光らせる。僕は子供の頃の写真の赤目効果を思い出した。あれはカメラ自身が発したフラッシュの光を記録したものだ。とらえた画像の中に自らを刻み込むカメラ。僕は家に入ると、トルティーヤをいくつか温めて食べながら、錆びた直火式のエスプレッソメーカーをコンロにかけてコーヒーができるのを待った。それから真っ黒なコーヒーを作業部屋の机に運び、コンピュータを立ち上げ、執筆を始めた。

　こうして僕のレジデンス生活は、朝六時に起き出して早朝の闇の中を数マイル散歩し、昼まで仕事をした後で再び散歩して、また夕食までの間仕事を続け、その後で三度目の散歩に出掛ける――僕がニューヨークを出る前にこの厳格なスケジュールをアレックスに説明したとき、彼女はうやうやしくうなずいてくれた――代わりに、キッチンに最初の日の光が差すのと同時にトルティーヤを食べ終わり、日の出とともに眠るということで始まった。目が覚めたのは午後五時だった。そして前の日に一度ベッドで目覚めていたので、まるでその日が、現地で丸々過ごす一日目の夕方ではなく、二日目の朝のように感じた。僕は既に時間からずり落ちそうになっていた。バスルームに入り、剃刀を取り出し、鏡を覗くと、顔のあちこちに乾いて黒ずんだ血が付いていた。僕は一瞬、恐怖と混乱でめまいを覚え、その後、鼻血だと気付いた。最初に思い浮かんだのは脳腫瘍。しかし落ち着いてググルで調べてみると、標高によるものに違いないことが分かった。子供の頃、家族旅行でコロラドを訪れたときもよく鼻血を出したものだった。僕は布切れを使って顔の血を洗い流したが、あのショックの後では、首に剃刀を当てることはできなかった。

一日の仕事に取り掛かろうと机に向かったときには、日が暮れかけていた。午前一時頃、スクランブルエッグの昼食をポーチでとった。そのとき初めてじっくりと、クリーリーの死が始まった家を眺めた。こちらのポーチの明かりは消していた。その家は僕の家と同じ作りに見え、人が住んでいた。空港からの車中でマイケルから聞いた話によると住人は、僕の知らないポーランドの詩人兼翻訳家らしい（翌日には滞在者が顔合わせをするためのランチが計画されていたが、僕は既にマイケルに「残念ですが、現在仕事に打ち込んでいて、不規則な時間に寝起きしているので失礼します」と断りのメールを書いていた）。向かいの家はどこかの部屋に明かりが点いていた。おそらく仕事部屋だ。通りに面した他の窓は全て真っ暗だった。

僕が部屋に入ろうとして立ち上がり、網扉を開けたとき、向かいの家のポーチに出る網戸がきしみながら開き、勢いよく閉まるのが聞こえた。その音をきっかけにして、連鎖反応を起こしたように近所の犬たちが吠えた。僕はためらった。そして、暗がりの中とはいえ、ためらう姿を見られたことは分かっていたので、少なくともそこで振り向いて、もう一人の夜の住人――向こうのポーチにも明かりは点いていなかった――に挨拶の仕草くらいは見せておかなければならないというプレッシャーを感じた。そして思い切って、片方の手に皿とフォークを持ったまま振り向いた。男はちょうど、炎を両手で囲うようにしながらたばこに火を点けるところだった。髭と眼鏡が見えたような気がした。僕が気まずい思いでそこに立ち尽くしていると、男が片腕を挙げたので僕も片腕を挙げた。そして、クリーリーに手を振ったみたいな気分を抱きながら、同時にそんな印象を抱いたことを馬鹿らしく思いつつ、部屋に戻った。

レジデンスに本がたくさん置かれていることは事前に知っていたので、僕が持参したのはライブラリー・オヴ・アメリカ版の『ホイットマン作品集』だけだった。紙は、たばこを巻くのに使えそうなくらい薄い。その本を持ってきたのは、次の秋学期にホイットマンに関する授業を担当する予定――健康上の理由で休暇を取っていなければ、の話だが――になっていて、ここ何年もじっくり読んだことがなかったからだ。そもそもホイットマンの書いた散文はほとんど読んだことがなかった。レジデンス生活最初の数日、というか数夜、僕は何時間も机に向かって、ホイットマンの奇妙な回想録『見本の日々』を読んだ。それが〝奇妙〟な理由の一つは、ホイットマンが人生の具体的な細部を盛り込んだ回想録をうまく書けていないことにある。それは彼が万人を代表したい、歴史的な一個人としてでなく民主的人間の指標となりたいと望んだからだ。もしも彼が特定の起源や人間としての肌触りを暴露したり、他に還元しがたい個別性を描いたりしたら、〝一つの宇宙としてのウォルト・ホイットマン〟になる能力が失われてしまう。そして、彼の詩における「僕」が、未来の読者が参加できる代名詞でなく、生身の人間を指すだけのものになる。その結果、彼は普段の生活に関して二、三の基本的な事実を語ってはいるものの、本の大半は自然と国家の歴史に関する記述から成り立っている――まるでそれが彼の人生に密着した伝記の細部であるかのように。そして回想の多くは誰の記憶であってもおかしくないほど一般的な内容だ。例えば、花咲く樹木の下でくつろぐ話とか（ホイットマンは、まるでのんびりすることが詩的感受性の条件であるかのように、文章の中で常に〝ぶらつき〟、常にくつろいでいる）。『見本の日々』は、回想録としては興味深い失敗例だ。彼は詩の中と同様に、民主的な万人《エブリマン》になるために、特定の人間であることをやめる。詩を未来の共有テキストにして、そこに自分を投影するためには、自分を空っぽにしなければならない。ホイットマンは常に自分を投影している。「僕はあなたたちとともにある、一世代の男と女、あるいは何世代も後の男と女／僕は自分を投影する――そしてまた戻る――僕はあなたたちとともにある、そして事の次第を知っている」（ホイットマン「日暮れの詩」より）

『見本の日々』の文章の中で最も魅惑的かつ不穏なのは南北戦争にかかわる部分だ。僕の感じ方が正しいのか的外れなのかは分からないが、読んでいて当惑したのは、若者たちが合衆国――ホイットマンは自分がそれを代表する詩人となる運命を感じていた――のために喜んで命を捧げていること、そして周囲を取り囲む死体の物質的な豊かさについて、詩人がほとんど官能的と呼べそうなほどの喜びを覚えていることだ。ひょっとすると、それは僕が自分を投影していただけかもしれない。しかし、ホイットマンが仮設病院を回りながら、けが人に配るように金持ちに依頼されたお金を手渡しているとき、そして肺や顔に損傷を負っていない患者にたばこを配って回っているとき、彼はある種の恍惚《エクスタシー》を覚えていたのではないかと僕は思った。ドローンの帝国において深夜のレジデンスで過ごしている立場から見ると、自由の木に新たな生気を吹き込むために血を流している両軍の若者たちに対する彼の愛情は受け入れがたかった。僕は本の内容に集中できなくなると、硬材の床に横になり、クリーリーが詩を朗読する音声を聞いた。ネット上ではたくさんの録音が手に入る。僕は、彼が六〇年代初めに「扉」を朗読するのを何度も再生した。背後には、雨音みたいなノイズに混じってニューヨークの往来の音も聞こえた。その後、現存する唯一のホイットマンの自作朗読（エジソンによる録音）を、間隔を置きながら聞いた。ホイットマンは「アメリカ」から四行を読み上げている。蠟管《ろうかん》に録音された声をデジタル変換したものだ。

この調子で何日もが過ぎた。日の出の頃にベッドに入り、日の入りの二時間ほど前に起きる。他の人との触れ合いといえば、その後も食料品を買い続けたガソリンスタンド——町には有機食品店もあったのだが——の店員と交わす二言、三言の会話だけ。あるいは、マイケルの勧めで通うようになった、自宅でブリトーを売るメキシコ系の年配女性、リタと交わす挨拶だけだ（僕は目を覚ますとすぐに、ブリトーを買いにその家まで車で行き、真夜中の昼食にそれを温めて食べた。間もなく、僕が毎日欠かさずとるのはその食事だけになった）。通りの向かいにある僕の住宅の鏡像に住む人については、あれからもう一度だけたばこを吸いにポーチに出てきたクリーリーと手を振り合ったのを除いて、姿を見ることはなかったし、他の人とも出会わなかった。携帯電話は電波の調子が悪くてほとんどいつも電源を切りっぱなし。アレックスにはたまにメールを書き、アリーナには何も書かず、実家に電話することもなかった。日の出前の時間——ベッドに入る前——に、僕はよく町の周囲を散歩した。町の外に広がる放牧地では、砂利を踏む僕の足音に驚いたタカやハゲタカが木から飛び立った。日が昇ると、遠方に白い飛行船が見えた。一種のレーダーを搭載した、監視用の係留気球だ。探しているのはメキシコ北部から侵入する麻薬運び人《ナルコトラフィカンテス》、あるいはひょっとすると不法移民。その後、地平線に浮かぶヘリウム満載の奇妙な物体は、もっと前からロベルトの夢に出てきている悪者のように僕の夢に登場するようになった。

僕はその後、地元の人から何通かの手紙を受け取った。マーファで冬を過ごす友達の友達からは、今度一緒に飲まないかという誘い。以前一度会ったことのある小説家で、僕と同様にレジデンスで滞在している男からは、一緒にジャッドの美術館に行かないかという誘い。マイケルからは、ある芸術家がマーファに立ち寄るのでパーティーに来ないかという誘い。僕は今、不規則な時間に寝起きしています。現在、猛烈な勢いで仕事に取り組んでいる最中です。まだ高地に適応できず、体調が芳しくありません。近いうちにぜひ、改めてお目にかかりたく存じます。断りの文句としてどんな言い訳を使うかは、ほとんど気に留めなかった。僕は日没の頃、再び剃刀を手に鏡の前に立ち、隣人と同じくらい――知り合いが見ても僕だと分からないほど――髭を伸ばすにはどれだけの時間がかかるだろうかと考えながら、再び髭を剃らないという決断をした。そして再び、夜を締めくくる散歩をしているときに、砂漠の寒さにもかかわらず庭でオコティーヨに水やりをしている女性を見かけたが、またしても手を振る姿に気付いてもらえなかった。

実際、僕は仕事に取り組んでいた。でも、方向が違った。次の企画として前払い金を受け取っていた、作家の手紙の記録資料《アーカイブ》を偽造する物語ではなく、詩を書いていたのだ。異様に思索的な詩。レジデンス生活自体の奇妙さをテーマとする詩の中で、僕は時にホイットマンになった。未来の小説《フィクション》を既にお金に換えた僕は、それに背を向け、百万長者が作った財団の支援を受けながら、韻文を創作していた。その詩は、僕が書く多くの詩と同様、そして内容を膨らませると約束した短編と同様に、事実と虚構《フィクション》を融合させていた。そしてこのとき、初めてではなかったものの、改めて強く感じたのは、僕が詩を愛する理由の一つは、虚構と非虚構との区別にあまり意味がないということだった。詩自体の強度に比べればテキストと世界との対応はさほど重要ではない。詩を読んでいる現在の時制において、いかなる感情の可能性が開かれるかが問題なのだ。詩の舞台はマーファ。しかし季節は夏の暑い盛りという設定だ。「レジデンスでここにいる僕はよそ者《エイリアン》／光も僕にはよそよそしい。砂利を踏む僕の足音に／本物のタカが木々から飛び立つ。もう一人の詩人が亡くなった／あるいはその死が始まった家と向かい合う／ポーチで『見本の日々』を読んでいると／太陽の光が肌を焦がす……」

……ホイットマンもクリーリーも死んだ。
死に方は違う。しかし僕は二人を訪《おとな》う。
レジデンスでその時間を与えられたから。
金《かね》の出所は知らない。そもそも金というものの正体も。
兵士の枕元に金を置き
月明かりに照らされたホワイトハウスの前を歩く
北軍を愛する男が、気持ちも新たに目を覚まし
肺や顔にけがをしていない者たちにたばこを手渡す。
今晩僕は二つのウィンドウを別々に開き、二人の声を同時に聞く。
「アメリカ」の四行を読み上げる声はまるで俳優のよう
しかし蠟管の雑音は本物。
昔のボートの音として僕が想像するのと同じ音。
「扉」を読む声には心痛がこもる。
それは部屋自体に漂っているものなのかも。

ホイットマンは、行く先で僕を待っていると言う
しかし僕がそこにたどり着けるかは疑わしい……

ある朝——僕にとっては深夜——ホイットマンを膝に置いて眠り込んでいた僕は不意に、屋根を叩くハンマーの音で起こされた。幽霊のような僕の一日のリズムが乱されたのはそのときが初めてだった。それから、携帯ラジオから流れる音楽の金属的な音とスペイン語のしゃべり声が聞こえた。男たちは屋根の上で作業をしていた。その物音の中で眠るのは無理だったので、コーヒーを淹れて少し散歩——到着以来初めての、昼日中の外出——に出掛けることに決めた。裏口から外に出て、ちらっと振り返って屋根の上に目をやると、そこで作業している若いメキシコ人の一人と目が合った。僕は向き直って手を振り、「おはよう」と言った。ずっと使っていなかったせいで自分の声が変に聞こえた。男は別のメキシコ人に声を掛けた。呼び掛けられた方の男は僕に英語で、「今日と明日、家の修理をさせてもらいます。音がご迷惑でないといいのですが」と言った。僕は大丈夫だと答え、コーヒーとか水とか、何か必要なものがあったら知らせてくださいと言って、シャワーを浴びないまま、髭も剃らないままの格好で、まばゆい光の中を夢遊病者のように歩きだした。彼らは自分たちが手入れしている家に暮らす僕や他の住人のことをどう思っているのだろう、と僕は想像しようとした。余暇と区別しがたい労働しかしていない——ぶらぶらしているようにしか見えない——レジデンス滞在者たち。妙な時間、あるいは不規則な時間に寝起きしている人々。あの作業員たちはこの場所——彼らにとっては北の国、僕にとっては南の果て——で、法的な滞在許可を持っているのだろうか？
二時間ほど後に帰宅すると男たちはまだ作業中だったので、僕は頭上でハンマーを振るう作業員の

姿を、ただし時間は夜という設定に変えて、虚構の夏を描く詩の中に取り込んだ。

昼間は暑くてできない散歩から僕が戻ると
屋根の上では男たちが作業をしている。
手を振り、目が合う。
そしてスペイン語でぎこちないやりとりをする。
条件法を線過去と混同した僕の言葉は彼らの耳にどう聞こえただろうか。
彼らのラジオから流れる陽気な《ノルテーニョ》音楽が室内に響く。
ここが僕の家でないことを彼らは知っているのか。僕はここで文章を書くだけだと。
間もなく男たちは、〝クリーリーの家〟に移動するだろう。
僕が向かいの家をそう呼ぶのは
一帯の住宅を管理するマイケルがミッドランドかオデッサの病院まで
彼を搬送したのは、そこからだったからだ……

作業員がクリーリーの家に移り、読書ができる状態になると――僕は執筆はうるさくてもできるが、読書は静かでないとできない――南北戦争を取り上げた文章に戻り、ほとんど毎日それを読んだ。

……ホイットマンは死に行く北軍兵士の体が持つ物質的な豊かさに対する
愛情を決して隠そうとしない。手足のない体。血をたたえたベッド脇のバケツ。

黒人の兵士がたくさんいるという事実以外、めったに人種には言及しない。
こぎれいな黒人女性が看護師として活躍する。
そして臓器に穴の開いた男たちに、何度も金を配る。
〝連邦主義〟。きれいに髪を整えて死んでいく者の枕元に置かれたわずかな紙幣。
それが偉大な詩の一部となる。
それともユートピア的な瞬間というものは
糞尿と血の臭いを愛するのか？
純粋な感覚の政治学
傷口から滴るブランデーを。
もしもあなたが特許局で死に
特許が失効《エクスパイア》するように、あなたが臨終《エクスパイア》したら
まず、巨大なガラスケースに収められた縮小模型の中に入らなければならない。
中にはいろいろな機械、器具、珍品がある。
ほら、あなたの大統領は劇場で撃たれるだろう。
そして俳優が大統領になる。
わずかの金額があっという間に怪物のようにまで膨れ上がる。
私はあなたに警告を与えるため、未来から来たのだ。

この土地に来て以来初めて、昼間に目を覚ましていた僕は、そのまま眠らずに、少し普通のリズム

みたいなものを取り戻そうという気になった。疲れが溜まりすぎて書けないと感じたときには、コンピュータでカール・ドライヤー監督の『裁かるるジャンヌ』を観た。アリーナのお気に入りの映画だ。するとまるで、ルネ・ファルコネッティとスカイプしているような気がしてきた。ドライヤー監督は撮影のとき、苦痛の表情がリアルになるようにジャンヌ役の彼女を石の床にひざまずかせたのだった。僕は翌日の計画を立てようと思い立ち、チナティ財団を訪れることに決めた。そして、家にある、ジャッド関連のさまざまな本に目を通した。僕は髭を剃り、詩の熱波を脱出し、再び時の流れに入るのだ。明日には、例の小説に取り掛かろう。

僕は明日、古い格納庫に恒久展示されたドナルド・ジャッドの作品《インスタレーション》を見る。
でも今はもう明日。僕は行かなかった。
午後早くに帽子をかぶらずに出掛けたけれど
道に迷い、目の前に点や線が漂いだしたので家に戻った。
目が慣れるまで屋内は緑の海のようだった。
僕はしばらく横になり、海を夢に見た。
今晩、僕は髭を剃り、友達の友達と酒を二杯飲む。
しかしそれは先週の話。僕は約束をキャンセルし
高度のせいで少し体調が悪いので
体が慣れたらまた会いましょうと伝えた。
僕は昨日、家にある本で

ドナルド・ジャッドを調べ
詩が完成するまでは美術館に行くのはやめにしようと決めた。
でも、詩はそのまま放り出したきり。いつかはまた再開するけれど。
僕に必要なのはレジデンスの中のレジデンス。
それがあれば新たな気分でこれに取りかかれる。
友達の友達とジャッドの作品を眺め
首に血がにじむのを見て、ひどくなる前に髭を剃ったことを確認できる。
ところが今は、詩人にはとても及ばないものの、髭らしい髭を初めて伸ばしている。
髭を剃るのは一日の仕事を始める儀式だ。
喉を掻き切る機会に目をつぶり、代わりに髭を剃る。
「洗顔だとか、髭剃りだとかは愚か者のすること
僕はそばかすと無精髭でいい」。〔ホイットマン「僕自身の歌」の引用〕
ホイットマンを読んでいると僕は大体気まずい思いをさせられる。
今日は目が覚める前
ファルコネッティに似た看護師が髭を剃ってくれる夢を見た。
ベッドの周りには巨大なアルミニウム製の箱が並んでいた。
それは見に行く予定がいまだに果たせずにいる光景。
だからその後、実際に髭を剃り、今日の仕事はこれで完了したと感じた。
僕は未来へ《バック・トゥ・ザ・フューチャー》と逆戻り。

財団の施設は日曜と夜は閉まっている。
レジデンス生活はもっぱら日曜と夜から成っている。
だから、訪問の際は充分早めに予定を立てること。
さもないと、チェンバレンの彫刻を展示した施設の周囲をぐるぐると回る羽目になる。
クロームメッキとペンキ塗装を施された鋼板。
窓に映った自分の姿を通して見るのが最高の鑑賞法。
バスティアン・ルパージュ作の『ジャンヌ・ダルク』（一八七九）では
ジャンヌは天使に呼ばれた興奮の中で
体を支えようと左腕を伸ばしている。
しかしその手は枝や葉をつかむことなく、僕に言わせれば決定的な瞬間に
まるで部分的に溶解しつつあるみたいだ。
宙に浮かぶ透明な三人の天使のうちの一人が斜めに見下ろす先に
その手は念入りに配置されている。
未来の聖女の身体が備える現実性と天使の持つ霊妙性
その二つを調和させることに画家は失敗していると批判された。
その〝失敗〟を空間の崩壊として表しているのがジャンヌの手。
背景がその指を飲み込むという表現。
それを見て僕が思い出すのは、人の姿が消えていく写真。
未来のために残された時間を計るために〝マーティー〟が使う写真。

その未来の中で僕たちは映画を観る。
ただし絵の中で彼女の手を侵食しているのは
未来の不在でなく、未来の存在。
機《はた》に向かっていた彼女が
慌てて椅子をひっくり返しながら画面の位置まで飛び出してきたなら
画家はもっと驚くはず
それに、絵には描けない声が聞こえたなら
体のどこかにその印が現れるはず。
でも私たちの視点から見ると
手が手でなくなり絵の具と化す地点
温かみと機能を失うように思われる地点で
それは物質的な現在に達し、不確かであるがゆえに彫刻よりリアルなものに変わる。
彼女は出現を急ぎすぎているのだ。

今考えると、僕自身も出現を急ぎすぎたのかもしれない。その時点で、誰とも話をしない状態が既に二週間以上続いていた。それほど長い期間の沈黙は、人生初だった。アレックスと二週間以上話をしなかったのも、そのときが初めてだったかもしれない。彼女は、実際メールにも書いていたが、僕が保とうとしている距離を尊重してくれていた。僕はようやく髭を剃り、シャワーを浴び、洗濯をし(ガレージに洗濯機があった)、少なくとも半分は人間に戻った気分で昼間から行動を始め、マーファ書店に出掛けた。町の中心部にある、評判のいい本屋だ。途中で、以前は目に入らなかったコーヒーショップを見つけ、いちばん大きなサイズのアイスコーヒーを注文した。味はとてもおいしかった。店には若い客が数人いて、ノートパソコンのキーボードを叩いていた。僕の中でそのうちの一人の女性を求める基本的かつ身体的な欲求が湧き上がり、すぐに消えた。それはまるで、欲求が誰かのところへ行く途中に僕の体を通り抜けたかのようだった。

僕がコーヒーを飲みながら、驚くほど品揃えのいい詩集のコーナー——小規模出版社の刊行するものがたくさん並んでいた——を眺めていると一人の男が近づいてきて、気安く僕の名を呼んだ。

「この町に来ているという噂は聞いてました——ダイアンと私は、いつか偶然に出会えるのではないかと期待していたんです」。ダイアンって誰だ？　男の顔にはどことなく見覚えがある気がした。スキンヘッドに、透明な眼鏡フレーム。年齢は四十代半ば。ニューヨークで、何かの展覧会のオープニングのときに見かけたことがある。アリーナの友人だったかもしれない。名前を改めて尋ねるのが失礼なレベルの知り合いだったかどうかが思い出せないうちに、尋ねるタイミングを失ってしまった。

「あなたはこちらで何を？」

「チナティ財団ですよ。この土地には、ダイアンの昔からの友人もいるので」。彼がその友人の名前を言ったときの口調は、まるでその女性が有名人であるかのようだった。「今から二時間後に、ジャッドの箱の展示を特別に見せてもらう予定なんです。その後は夕食とお酒。もしよろしかったら、ご一緒にいかがです？」

「僕はジャッドの熱烈なファンというわけではないので」

それを聞いて彼は笑った。マーファの町で、本気でそんなことを言う人間はいない。

「今、とても疲れていて」と僕は嘘をついた。アイスコーヒーのおかげで疲れはすっかり吹き飛んでいた。「昨夜は寝ていないので、夜までは体が持ちそうにありません」

「別に、明日は午前中から仕事をしなくちゃならないというわけではないでしょう?」と彼は冗談めかして言った。

誰とも話をしない期間が長く続いていたために、僕は人間関係の距離の取り方を見失っていた。何の前触れもなくいきなり、ニューヨークから来た知り合いと久しぶりに出会ったせいで、余計に混乱していた。彼の誘いを丁重に断る姿勢を堅持するには、もはや僕の記憶にはない一連の儀礼的行動が必要とされていた。いわば、高校の数学のテストで文章題を解こうとしているときみたいな状態。

「行けると思います」。行ける気はしなかったが、僕はそう答えていた。

僕がその場で住所を教えると、日没の一時間前に二人が迎えに来てくれた。ダイアンのことは顔を見た途端に思い出した(以前紹介されたときは、〝ダイ〟というニックネームだった)。画家の彼女は画廊も経営していて、僕はそこで開かれた展覧会についてレビューを書いたことがあった。年齢はおそらく五十代半ば。でも、男の名前はまだ思い出せなかった。ダイアンが彼の名前を呼ぶことを僕は期待した。

チナティ財団は、もともと軍の駐屯地があった数百エーカーに及ぶ土地に置かれていた。若い女とさらに若い男がオフィスの前で僕たちを出迎えた。その日は日曜で、施設は一般客には開放されていなかった。ダイアンは僕をそのモニカという女性に紹介した。彼女はベルリン出身の彫刻家で、チナティ財団のアーティスト・イン・レジデンスとして数か月の間、この土地に滞在することになっていた。身長は高く、体重は僕と同じくらいだが、力は僕よりも強そうで、年齢は二十五歳くらい。ブロンドの髪は短く刈り上げていて、デニムの上着の首元から炎か花びらのタトゥーが覗いていた。二十歳そこそこに見える男の方はチナティ財団の研修生《インターン》。穿いているのはスキニー・ジーンズで、黒い髪は何かの製品でおしゃれな乱れ方に固められていた。ジャッドのアルミニウム製の箱を収蔵した建物への鍵は彼が持っていた。

　僕は美術の専門家ではないが、ジャッドの作品に強い感銘を受けたことは一度もなかった。むしろ、ジャッドが捨て去ろうとしていたもの――絵画の内部にある構成要素同士の関係とか、形態《フォルム》のニュアンスとか――を僕は信じていた。ジャッドは規格化や工業的製作法に対して興味を抱き、芸術と日常との区別を克服しようと試み、現実空間における文字通りの物体《オブジェクト》に対するこだわりを見せたが、そんなものはコストコやホーム・デポやイケアの店内で手に入るのではないかというのが僕の考えだった。ジャッドが論じる〝特殊な客体《スペシフィック・オブジェクト》〟という概念についても、この世界で見かける他の物体、単にリアルな物体と何が違うか分からなかった。僕がそれまでに見ていた彼の作品――今まではずっとどこかの美術館か、小さな画廊の展示としてだったが――は、特に何の印象も残すことがなく、彼の作品がクールだと言う愛好家がいくらたくさんいても、僕は自分の第一印象を疑ってみる気にはならなかった。

　しかし、レジデンスの身分で高地砂漠に滞在するよそ者《エイリアン》として、かつてドイツ軍の捕虜を収容していた武器庫を改装した空間に入ってみると、事情は違った。壁の煉瓦にはまだ、ドイツ語のメッセージが残っていた。その一つには、デン・コプフ・ベヌツェン・イスト・ベッセル・アルス・イーン・フェアリーレンと書かれていた。僕はモニカに翻訳を頼んだ。「狂う前に頭を使え」と彼女は言った。ジャッドが買い取ったとき、倉庫は廃墟同然だった。彼は倉庫の扉があった場所に十字格子の全面窓をずらりと並べ、元の平らな屋根の上を、亜鉛メッキした鉄のアーチで覆って建物の高さを二倍にした。内部には光があふれ、研磨されたアルミは光をよく反射したので——倉庫の外にある草や空の色までそこに映っていた——目の前に何があるのか理解するのに丸一分かかった。縦三列に同じ間隔で並ぶ、銀色の光る箱。窓のリズムに合わせた念入りな配置だ。箱は全て外寸は同じ（41インチ×51インチ×72インチ）だが、内側は一つずつ異なっていた。いろいろなパターンで内部が仕切られたものもあれば、上や横が開いているものもある。だから、箱の間を歩いていると、光に満たされた物体の間に黒い塊や黒い帯があったり、見る角度によっては、そこに何もないように見えたりする。鏡のような箱もあれば、深淵のような箱もある。ある瞬間に表面が見えたかと思えば、次の瞬間には深みが見える。この作品の物質的な事実は容易に言葉で説明できる——実際、研修生が少し知ったかぶりに説明する声が倉庫に響いていた——けれども、作品が生む効果がそんなものを吹き飛ばしていた。作品は時間の中に置かれ、光の変化に合わせて刻一刻と変化していた。その中で乾いた草が金色に変わり、間もなく空がオレンジ色に変わり始め、アルミニウムを染めた。外に雄大な大地が広がる窓、反射する表面、一つ一つ違う形で仕切られた内部。内部にぼやけた風景を閉じこめているように見える箱もある。その全てが組み合わさって、僕の中にある内部と外部という感覚を狂わせた。ニューヨークにあるような白い立方体《ホワイト・キューブ》の画廊では感じたことのない力。しばらくして僕は、箱の表面を動く染みのような模様を見つけた。窓の方を振り返ると、二頭のプロングホーン〔北米西部産のレイヨウ〕が砂漠の平原を走っているのが見えた。

　僕は以前、人がこの箱を賞賛する文章を読んだか、そんな話をいい加減な気持ちで聞いたかしたことがあったが、ステンシルでドイツ語が壁に記されているとは誰も言っていなかったし、改装された武器庫に作品が並べられていることが鑑賞に影響するというのも聞いたことがなかった。沈黙とホイットマンの世界——軍隊が配備された国境地域におけるレジデンスという特権的世界——から浮上したばかりの僕にとって、その作品はまず第一に記念碑だと感じられた。ロンメル率いるドイツ・アフリカ軍団の捕虜をかつて収容していた軍事施設に置かれた箱は、整然と並べられた棺桶を思い起こさせた（仮設病院を訪れたホイットマンのことを僕は考えていた）。箱の内側の変化するリズムは、文字通り中に収めきれない悲劇、あるいは——一部の〝棺桶〟の内側には倉庫の外の風景が映し出されていたことを考えると——世界そのものを内包するまでに拡大した悲劇を暗示しているように思えた。しかし、〝記念碑〟というのもあまりぴったりの言葉ではなかった。作品は僕の記憶を惹きつけるよう意図されているとは考えられなかった。僕に向かって語り掛けているようにも、他の誰かに呼び掛けているようにも見えなかった。どちらかというと、ストーンヘンジを訪れたみたいな感じ——僕は行ったことがないけれども。そして、明らかに人間が作ったものだが、人間の言葉では理解できない建造物を見ているような雰囲気。要するに、まるでそのインスタレーションは、異星人《エイリアン》か神が訪れるのを待っているかのようだった。作品は、眼前の物理的な現在に置かれていて、そこに存在する物と光の波を映し出し、〝デン・コプフ・ベヌツェン・イスト・ベッセル・アルス・イーン・フェアリーレン〟という現代の並外れた惨劇の中に展示されているけれども、同時にそれは、溶岩流や岩床のような、人間とは無関係の地質学的時間の方も向いていた。地球の温暖化とともに膨張するアルミニウム。日没とともに箱が紅に変わり、黒くなっていくにつれ、さまざまな規模の時間的広がり——生物学的時間、歴史的時間、地質学的時間——が結び付き、絡み合い、溶解するのが感じられた。僕はブロンクの詩に出てくる〝ありえない鏡〟のことを考えていた。

チナティ財団の建物を出ると、僕たちは車でコチニールに行った。町の中心部にある、ダイアンのお気に入りのレストランだ。彼女はモニカと研修生も誘ったが、彼らは僕たちとは別に自転車で店に向かった。着いた時間は一、二分しか違わなかった。僕はチナティではほとんど口をきいていなかった。だから最初の飲み物を待つ間、普通の会話をしようとしたのだが、まるで元の役に必死に戻ろうとする性格俳優になったみたいな気がした。しかしそんな気分も、ジンを一口飲んだだけで吹き飛んだ。おしゃべりと酒を断っていた数週間は、十代前半の頃から考えても、最長の禁欲期間だった。二杯目のマティーニは、溜まりに溜まった生活リズムの乱れを躁病的なエネルギーに変えた。僕は注文した特大ステーキを無造作に口に運び、のみ込み、骨の周りに付いた脂肪まできれいに取り、食べ終わったが、その時点で他の皆はまだ一口か二口しか白身魚《バラマンディ》に手を付けていなかったので、そこからは好きなだけワインに専念することができた。店にはスペイン語を話すスタッフが一人もいないことに僕は気付いた。

　モニカも僕と同じ酔い方をしているようだった。僕たちはジャッドの作品について少しちゃかすような話をしたが、僕は気恥ずかしく思いながらも、自分が深く感動したことを認めた。会話はなぜか、ドイツ語の壁書きと第二次世界大戦の話題に向かった。彼女の英語はとても上手だったが、まるで規格化された箱を並べ替えるみたいに、限定された語彙を使い回しているように感じられた。彼女は何でも〝つまらない《トリビアル》〟（「フレイヴィンはつまらない芸術家ね」という、マーファでは大胆な主張）、あるいは〝つまらなくない《ノントリビアル》〟（「彫刻にどんなつまらなくないことができるか、私は見極めようとしているの」）と言った。しまいには、繰り返しが多い自分のしゃべり方までパロディーにして、今日のきれいな夕日は〝つまらなくなかった〟と表現した。僕はそれを、面白いと同時に美しい言い回しだと思った。研修生が僕たちの会話に加わろうとするたびに、誰もその名前を口にしない男が話を引き戻し、研修生を話の輪に入れなかった。

僕の気前の良さのどれだけが酒のせいなのか、あるいはジャッドの作品の魔力のせいなのか、あるいは急に人間の世界へと連れ戻されたせいなのかは分からない。しかし僕は、皆が食べた料理の代金を僕の〝助成金〟で支払うと言い張った——ダイアンと名無し夫はほぼ間違いなく大金持ちだったのだが。僕たちは研修生にさよならを言い、彼は自転車で去った。ダイアンは残りのみんなで友達の家に行ってパーティーに加わろうと言った。僕は、そろそろ家に戻って、(実際にはそのつもりもないのに)小説に取り掛かろうと思うと言った。しばらくすると、僕ら四人は暗闇の中を車でパーティーに向かっていた。ハイビームにしたヘッドライトの光の中に雪の結晶がちらほらと舞い、フロントガラスで溶けた。しかし、僕にはそれが蛾に見えた。あるいは、雪が蛾に見えた後に、蛾が雪に見えた。まるで、外の冬の世界が僕の詩の中で真夏に変わったみたいに。

僕たちは研修生と同じタイミングに到着した。彼はどうやら自分が僕たちを誘うような立場ではないと思っていたようで、玄関前で顔を合わせたときには、気まずそうな笑みを浮かべた。彼が事情を説明しようとする前に、僕がまるで昔なじみの友達と数年ぶりに会って興奮しているみたいに——僕のキャラとは全く違う反応だが——彼をハグすると、皆が笑って緊張がほぐれた。周囲で世界が組み変わるまでに、いったい何回、キャラと違うことをしなければならないのだろう、と僕は考えた。

家は低めの二階建てだったので、ダイアンがノックもせずに扉を開けて僕たちを中に通したとき、まさかあそこまで広い屋敷だとは思ってもいなかった。僕らが入った巨大なリビングルームは一エーカーほどの広さがありそうだった。床はオレンジ色のスペイン風タイルで、あちこちにカーペットや毛皮のラグが敷かれていた。部屋の至る所に置かれた家具は、大半が黒と赤の革張りで、いくつもある小さなテーブルを囲むように配置されていた。アールデコ調のものもあれば、南西部風――他に表現がないので仮にそう呼ぶが――のものもあった。集まっている人はほとんどが僕より若く、さまざまなグループに分かれて座り、たばこを吸い、笑っていた。どこにあるのか分からないステレオからは、一種のカントリーミュージックが流れていた――カントリーには違いないが、歌詞はフランス語だった。部屋は、矛盾をはらんだ豊かさに満ちていた。教会風の巨大な祭壇画《レタブロ》の横には、リキテンスタインの絵画か石版画《リトグラフ》の掛かったベージュ色の壁があった。そして、どことなく見覚えのある抽象画のそばには、半裸で性別不明の子供が死んだ鳥を手にカメラの方を向いて写っている大きな銀白色の写真。

研修生は僕たちから離れてある集団に加わり、僕たちはダイアンに導かれるままに部屋を出て、隣のキッチンに入った。そこもまた巨大で、銅でできた無数の鍋やフライパンが、僕のアパートほどもあるアイランド型作業台の上の棚からぶら下がっていた。僕はダイアンの友達に紹介された。その女性は美人で瞳は緑、髪は銀色でシルバーのアクセサリーを身に着けていた。そして今度はその人が、昔の扉で作ったテーブルの周りでワインとビールを飲んでいる他の人々に僕を紹介した。モニカは全員と顔見知りだった。キッチンにいる人はリビングにいる人よりもかなり年齢層が高かった――まるで、子供たちがパーティーで盛り上がっているので親たちは奥に引っ込んだかのように。ただし、そのイメージに反する長髪で大柄な男が一人、銀のトレーの上で剃刀を使ってコカインを小さな山に分けていた。そのTシャツには「イエス様はおまえのことが嫌い」と書かれていた。ダイアンの友達が僕たちに酒のありかを教えてくれた。

男が礼儀正しく、一緒にやる人はいないかと皆に声を掛けると、テーブルを囲んでいた女の一人がイギリス訛りの英語で「昔を思い出してちょっとだけやってみる」と応じた。すると男は少量のコカインを二筋に分け、新札を丸めてストロー代わりにし、女に渡した。彼女はトレーから一筋分のコカインを、必要以上に力を込めて鼻で吸い込み、笑いながら天を仰いで、「練習不足だわ」と言った。次いで男が紙幣を手に取り、芝居がかった仕草で細い筋の上でためらってから、小分けしていないコカインの残りの方を全部、鼻から吸った。僕は目を丸くして彼を見つめ、彼が死ぬか解離するのを待ったが、テーブルの周りにいた他のメンバーは全員が笑っていた。そのとき、カウボーイハットをかぶった若い女が背中に伸びた長いブロンドの三つ編みを揺らしながらリビングから入ってきて、何を笑っているのかと尋ねた。「ジミーがすごい量を吸ったのよ」とダイアンの友達が言った。若い女は、それがいつものことだと分かっている顔でほほ笑んだ。ジミーは、残りの一筋を吸いたい人はいないかと言って紙幣を差し出した。モニカがそれを受け取った。

僕は自分のビールを持ってリビングに戻り、壁を眺めながら辺りをうろついた。部屋はすごいことになっていた。暗紅色の革製ソファーの上で絡み合った若い男女が、庭で鶏を育てることの是非を論じていた。その横の床の上では、水着姿の若い女がタオルを肩に掛け、特に誰にともなく「だから私はオースティンの町を出たのよ」と言いながら、携帯電話でメッセージを書いていた。瓶に入った白ワインとグラスを仲間のところに運んでいた研修生が、うろつき回っている僕の姿を目に留めて、僕をレジデンス滞在者の小説家だと皆に紹介した。どちらかというと詩人、と僕は言った。今から外に出てマリファナを吸うけど――屋内で吸っても構わないように見えたが――一緒に来ますか、と訊かれた僕は、柄《がら》にもない口調で「付き合うぜ」と答えた。

僕たちは一段高いところにプールがある庭に出て、テーブルを囲む喫煙者の集団に加わった。その隣には、観光客向けのレストランで見かけるような、背の高い屋外用ポータブルヒーターが置かれていた。パーティー――とはいっても、それはパーティーというより、日常的な溜まり場みたいだったが――の参加者には、チナティ財団の関係者、町の住人、よそからの訪問者、ダイアンの友達の友達などが混じっていた。全体を取り仕切っているのはおそらくダイアンの友達の夫だろう、と僕は推測し始めていた。庭にいる人は全員が僕より若かった。暗がりの中で僕の目にはかろうじて赤に見える巻き毛の女性が僕にマリファナを手渡し、「ここは北アメリカで最も空が暗い土地の一つだって知ってた?」と言った。

僕は煙を吐くまでにもう、少しハイになりすぎているようだった。息は苦しく、周囲の会話の速度やリズムにはついていけなかった。僕は不意に立ち上がったが、年かさの連中が集まる明るい部屋に戻るのは気が進まなかったので、何も言わずにまた腰を下ろした。周りの若者が僕を笑っているような気がした。モニカが現れ、椅子を持ってきて僕たちの横に座った。僕は彼女が差し出したたばこを受け取ったが、吸うことはせず、指の先でくるくると回した。間もなく、誰かが新しいコカインをビニール袋からテーブルの上に出し、タオルを肩に掛けていた水着姿の女が魔法みたいな手つきで取り出したクレジットカードで粉を小分けにした。彼女が寒くないのはヒーターのおかげというよりドラッグのせいだろう、と僕は思った。僕の中の一つの声が言った。「少しだけコカインを吸ったら、頭が冴えて集中力が増し、やる気が戻って少しハッピーにもなれるぞ」と。僕の中のもっと善良な部分が言った。「おまえの心臓は調子が悪い。馬鹿な真似はするな。落ち着け。家に戻れ」と。善良な声の方が容易に論争に勝った。僕は吸わないことに決めた。でも、そう決断したのは、テーブルのガラス天板に置かれていた一筋の粉を吸引し終わって顔を上げた後だった。

僕はストローを研修生に手渡し、結晶性アルカロイドが効果を発揮するのを——酔いが覚め、注意力が超自然的なレベルにまで高まり、コカインを吸ったことに対する後悔さえ感じなくなるのを——待った。そしてそれを待つ間、僕が今日の夕食をご馳走してやった研修生が矢継ぎ早に三筋の太い線を吸引するのを見ていた。漠然と、彼は僕をびっくりさせようとしているのではないかという気がした。モニカが彼に言った。「どうどう」。彼女が言いたかったのは、「頑張りすぎないで」ということのようだった。馬を相手に使う言葉を場面ぴったりに誤用したことに皆が笑った。

僕も笑っていた——というか、僕は三人称となって別のウィンドウの中で、自分がスローモーションで笑う姿を外側から見ていた。でも興奮剤を吸ったばかりなのに、どうして自分の外側にいるのだろう？　どうして時間がスローになっているのか？　気が付くと僕は、その疑問に必死にしがみつこうとしていた。それが自分と自分の体をつなぐ最後の糸だと感じたからだ。しかし間もなく、疑問は僕のものではなくなり、庭に置かれた他の品々と同様に僕の意識から遠ざかっていった。次に僕は、ヒーターと夜空と青く光るプールとを結ぶ存在に変わった。そして消えた。何ものでもなくなった。北アメリカで最も暗い空。僕の人格の最後の名残は、人格の溶解に対する恐怖だった。だから僕は必死にそれにしがみつき、まるでその先に自分の体があるかのように縄ばしごを上った。体に戻ると、たばこを口まで持ってくるように腕に命じ、その動きを見届けた。でも、腕も唇も自分のものという気がしなかった。身体感覚が全くなかった。しかし煙を吸うと——どうやってたばこに火が点いたのかは不明だ——それが肺に入っていくのが分かった。錨を下ろすような、ホッとする感覚。たばこを吸うのは、血管の拡張が見つかって以来、初めてだった。水着姿の若い女が「主成分はK、ケタミンよ、あなた知らなかったの？」と言った後で、初めて僕には自分が「いったい何だ、さっきのは？」と言っているのが聞こえた。

　僕はほとんど何もしていなかった。そしてしばらくすると、基本的には、自分の体と時間の流れの中に戻った。ただし視覚だけは、頭を素早く動かすと、コマ送りのように見えた。モニカと研修生以外、全員が室内に戻っていた。しかし、僕と同じく何のドラッグを吸ったのかよく分かっていない様子の研修生は、かなり具合が悪そうだった。僕が見ていると、彼はベンチプレスをしているみたいに胸の前に両腕を突き出した。目は開いていたが、何も見えておらず、瞼《まぶた》が痙攣《けいれん》し、口の端からは涎が垂れていた。モニカが名前を呼ぶと、かろうじてうなり声を上げた。驚いたことに、彼女はそれを聞いてただ笑い、大丈夫だと言って僕たち二人をテーブルに残して中に入った。僕はゴムのような感触の口を何とか動かして言った。「大丈夫。すぐによくなる」。しかし僕の言葉は彼には聞こえていないようだった。

　僕たちがどのくらいの間、そこに座っていたかは分からない。僕は研修生を一人きりにさせないように、誰かが外に出てくるのを待っていた。誰かが来たら暇《いとま》を告げて、家まで歩くつもりだった――その調子でどこまで歩けるかは怪しかったが。僕は頭の中で台詞を練習していた――「そろそろ帰ります。明日は朝早く起きなければならないので」。とそのとき、研修生が自分の体の上にゲロを吐いた。きっと大量に酒を飲んでいたのだろう。でも、本人は吐いたことに気付いていないようだった。僕はどうしていいか分からず、大丈夫かと訊くと、彼はぶつぶつと何かを言った。聞き取れたのは、〝サクラメント〟〔カリフォルニア州の州都、または臨終の際などに行われるキリスト教の儀式〕、そして〝死《デス》〟あるいは〝借金《デット》〟という単語だった。僕は何とか立ち上がり、彼の友達の誰かに手を貸してもらおうと思って、おぼつかない足取りで――手足の自由はまだ完全には戻っていなかった——家に入った。

広さが二倍になった気がするリビングには誰もおらず、音楽も消されていた。僕たちが外に出てからどれくらいの時間が経ったのだろう？　きっとキッチンに皆が集まっているのだろうと僕は思ったが、そこまでの道のりははるか遠かった。ようやくキッチンにたどり着くと、そこにいたのはダイアンの名無し夫とモニカだけだった。二人はテーブルの前に座っていた。何となく、二人の親密な場面を僕が突然邪魔したような雰囲気があった。

「みんなはどこ？」と僕は訊いた。

「何人かは月夜のサイクリングに出掛けた」と男が言った。「他のみんなは寝た」

「研修生の具合がよくないんです。僕は家に帰らなきゃならない。誰か彼の世話を手伝ってくれませんか？」

「放っておいても大丈夫さ」と男が言った。

「さっき吐いたんです」と僕は言った。

「かえってよかったんじゃないの」とモニカが言った。「吐いた方が楽になる」。このサディストめ。

「僕は帰らなきゃならない」と僕は繰り返した。

「オーケー」と男が言った。明らかに、さっさとキッチンから出て行ってくれという口調だ。

「研修生をどこかのベッドに寝かせるのを手伝ってもらえませんか？　ついでに僕を家まで送ってほしいんですけど」。僕はまるで自分が水中でしゃべっているように感じた。

「すぐそこじゃないか」。僕はついに彼が憎らしくなった。

「あなたの名前は何？」

「え？」

「あなたの名前は何？　僕はあなたの名前を知らない。元から知らなかった」。モニカはぎこちなく笑った。きっと彼女には、僕の頭がどうかしたように聞こえたのだろう。

「ポール」と彼は言った。困惑のせいで質問みたいな口調になっていた。

「ポール」と僕はまるで確認をしているかのように、まるで彼というつまらない存在をピンで留めようとしているかのように繰り返した。

「知ってるはずだ」と彼は言った。

「誓って言います」と僕は胸に手を当てた。「本当に知らない」。僕は銀色の巨大な冷蔵庫の前まで行って扉を開け、ライムソーダの缶を二つ見つけた。そして、取っ手に掛かっていた布巾《ふきん》を取り、蛇口の水で湿らせた。その後、部屋を出る前に一度立ち止まった。「ポール」と僕は再び吐き捨てるように言った。まるでそれがくだらない名前であることは誰の目にも明らかであるかのように。

研修生は、僕が近づくと、頭を動かしてこちらを見た。いい兆候だ。しかし彼は今にも泣きだしそうだった。「頭がどうにかなりそうだ。すごいものが見えた。最悪だよ」

「大丈夫だ」と僕は言って、ソーダの缶の蓋を開けてテーブルの上に置き、研修生の顔とシャツを拭いた。「『峠は越えた。僕はあなたとともにある』」と僕はホイットマンを引用した。「『そして事の次第を知っている』」。彼は泣きだした。おそらくこの二十二歳の若者は、故郷を遠く離れて今この場所にいるのだろう。その光景は、端《はた》から見ればどう考えても間抜けだ。しかし彼の恐怖、そして僕の共感は本物だった。

「家の中まで自分で歩けそうか？」。僕はソーダ――おいしかった――を少し飲んだ後にそう訊いた。

研修生はまだ自分の分を飲む気にはなれないようだった。彼は首を横に振ったが、努力する気はあるように見えた。彼のボタンダウンのシャツは強烈な悪臭がした。僕は彼に手を貸してシャツを脱がせて、汚れ物をプールに放り込んだ。彼は僕の肩に腕を回し、僕は彼の腰に腕を回して、二人でゆっくり歩いて部屋に入った——詩人兼看護師のホイットマンが負傷兵に肩を貸す姿のパロディーだ。

ジミーが椅子に座ってアートブックをぱらぱらと眺めていた。「どうしたんだ、その坊や?」と彼は訊いた。明るい中では、研修生はひどく顔色が悪く見えた。

「ドラッグを吸いすぎたんです」と僕は言った。「彼を寝かせられる寝室はありますか?」

「そこのドアを出て、階段を下りた先」

僕たちはどうにかそのドアを見つけ、白いカーペット敷きの階段を下りた。部屋の明かりを点けると、四隅に支柱の付いた大きなベッドがあった。支柱にカーテンは掛かっていなかったので、ベッドは立方体の現代美術作品に見えた。僕は彼をそこまで連れていき、そっと横にならせて、布団を掛けてやった。「さあ、寝ていいよ」と僕は言った。

「一人にしないでください」

「すぐに眠れるよ。僕は帰らなきゃならない」

「いろんなものが見えた。もう駄目だ。目を閉じたら、きっと死んじゃう」

「大丈夫さ。保証する」

「お願いです」。もう泣きだしそうな声だ。彼は必死だった。僕は柔らかなカーペットの上で横になり、何が見えたのかを訊いた。僕たちは二人とも白い天井を見つめていた。

「最初は椅子に座っていたんです。椅子の感触もあった。けれども、背中の方じゃなくて、胸の方に圧力を感じた。すごい圧力でした。でも、背もたれが後ろにあることは頭では分かっていました。うまく説明できない。背中と胸とが一緒だったんです。前も後ろもなかった。どっちも同じ。息を吸うこともできませんでした。空間がなかったから。吸った空気の入る場所がなかったんです。続いて、あなたも他の人たちもぺしゃんこになりだした。シリーパティーみたいな感じで」

「〝シリーパティー〟って？」

「ええ、新聞なんかにぎゅっと押し付けて、ぺろっとはがすと文字や絵が写る粘土みたいなものです。僕はあれを思いだした。あなたもそうなった。外にいた人はみんな、ぺったんこの粘土に写し取られた本人そっくりのものに変わった。あなたも粘土。いや、もっとひどい。ただの肉でした。肉にあなたの似姿が貼り付いて、口をきいてました。しかも、ゆがんで見えた。次に僕は、自分がそんなことを考えたせいでそうなったんだと思いました。シリーパティーみたいだなと思ったから、シリーパティーになった。もしも別のものを思い浮かべたら、その別のものに変わるはずだと思ったんです。僕は動こうとした。動いているみたいに感じたのに、視界は変わらなかった。視界が固まっていたんです。〝口が開かなくなる病気みたいだ〟と思ったのを覚えています。開口障害。すると口が開かなくなった。次には、狂犬病みたいだと思った。病気にかかった犬みたいだって。僕が子供の頃、近所にすんでいたグーゼックさんの家の犬がそれで処分されたことがあるのを思い出しました。すると僕は、自分が口から泡を吹いているのを感じた。いや、感触はなくて、その様子が目に見えた。口から泡があふれてました。犬みたいに。なぜかピンク色だった。じゃあ、僕はいったいどの場所からその光景を見ているんだろう？　で、気が付いたときにはこう考えていました。僕は死んだみたいだって。幽霊になって自分の死体を見下ろしているみたいだ。だから必死にその思考を断ち切ろうとしました。

だって、そう考えたらその通りになると思ったから。でもその後、何かを考えないように努力するのはそれを考えるのと変わらない気がしたんです。意味、分かります？　思考の形が同じ。何かを考えると頭の中にそれの形が出来上がりますよね、そして考えないように努力すると、頭の中からその形がすっぽりと切り取られる。でも、どちらにしても形は一緒なんです。そう考えたとき、全ては同じなんだと感じました。すると、あらゆる違いがなくなった。だって、無は無に似ているから。そして空間もなくなった」

「あのドラッグは僕たちの体には合わなかった」。僕は何かを言うだけのためにそう言った。

「僕はまだこの場所にいる気がしません」。またすすり泣き。「何でもいいから話を聞かせてもらえませんか？」

「君はここにいるよ」と僕は言って床から手を伸ばし、彼の肩に手を触れ、額を押さえ、自分でも少し驚いたことに体を起こして彼の髪をなでつけた。そうしていると、子供の頃に熱を出したとき、父がいつもそうしてくれたことを思い出した。ホイットマンなら彼にキスをしただろう。ホイットマンなら、アイデンティティーを失うのではないかという研修生の恐れを、瀕死の兵士の恐怖と同様に深刻に受け止めただろう。

「話を続けてください」と彼が言ったので、僕はまた横になって話をした。最初に話したのは、ジャッドの作品に対する僕の感想。しかし彼が嫌そうな声を出したので、僕は話題を変えて、ブルックリンブリッジの建設の話をすることにした。数日前の夜にパソコンでドキュメンタリーを観たばかりだったからだ。詩人のハート・クレインはブルックリンハイツのアパートで『ザ・ブリッジ』を書いたのだが、後になって彼は同じ部屋に以前、橋の建設にかかわった技師のワシントン・ローブリングが減圧症で体を悪くした後に暮らしていたことを知った、という話を僕は彼に聞かせた（ろくに明かりのないケーソンの中で危険な――慌てて浮上すると、血管の中で窒素が気泡を作る可能性がある――作業をした男たちの話も僕はしたかったが、今の研修生には刺激が強すぎると思った）。橋が完成したとき、街は南北戦争が終結したときをしのぐお祝いムードだったと、群衆と花火の静止画像に重ねて番組のナレーションが語るのを僕は覚えていた。完成は一八八三年。マルクスが机に向かったまま死んだ年。カフカが生まれた年。僕はしばらくカフカの話をした。カフカは保険会社――未来に賭ける仕事――の弁護士としてかなりの成功を収めていたという、つい最近知った話だ。僕は〝共有《プール》されたリスク〟という言い回しを繰り返し使った。素敵な表現だ、と。それから一九八六年に移動した。

研修生が眠りに就き、規則的な寝息を立て始めると、僕はその額にキスをし、階段を上がった。リビングにはまた、さまざまな若者が集まっていた。どうやら皆、サイクリングから戻ってきたらしい。モニカとポールの姿はなかった。僕は赤毛の女にノースプラトー通り三〇八に帰る道順を聞いた。彼女の目は今見るとダイアンの友達と同じ緑色で、正直言ってそそるタイプだ。家の前の道を右に進んで、突き当たったら左に曲がる、というのが彼女の説明だった。

ひんやりした空気の中に出て、酔いが覚めてくると僕はホッとした。屋敷であった出来事もドラッグのことも馬鹿みたいに思えたが、研修生の介抱をしたのは気分がよかった。彼に対してはいとおしさを感じだ。歩いていると列車の警笛が聞こえ、僕は父の乗った古い車両のことを思い出した。そして武器庫の中で暗く光る箱のことを考えた。ぴかぴか光るアルミニウムの箱の一つ一つが車両となって長い列を作り、月明かりに照らされた周囲の砂漠を映しながら進む光景を僕は想像した。

僕が角を曲がってノースプラトー通りだと思う道――案内標識はなかった――を歩きだしたとき、逆方向に向かう電気自動車が静かに脇を通り過ぎた。車は曲がり角でUターンし、そのヘッドライトが歩いている僕の前を照らしたかと思うと、僕の横でスピードを落とした。運転していたのはクリリーだった。シートを前に寄せすぎているせいで、姿勢が窮屈そうに見えた。彼は車を停め、窓ガラスを下ろして挨拶をした。そして訛りのある英語で、「今ちょうど、マーファの光を見に行くところで、もしもご一緒してもらえたら光栄です」とやや堅苦しいがいじらしい誘い方をした。

こうして、獣医学領域で用いられてきた解離性麻酔薬の名残でまだ少し体が重い作家は、気が付くと、かの有名な〝怪光〟を見物するために67号線を車で九マイル走っていた。一緒にいるのは、頭の中で幻の姿とオーバーラップさせていた男。僕たちは暗闇の中を二十分ほど走った後、観測ポイントに着いた。そこには、赤い光でぼんやりと照らされたステージのような観測台がしつらえられ、横に付属する小さな建物にはトイレがあった。僕たちは観測台の上で震えながら、西の彼方を見つめた。

話によると――少なくとも百年前から噂されているのだが――明るく光る球体がこの場所から見えるらしい。大きさはバスケットボールくらい。それが地面よりも高い場所、時には空中高くに浮かぶという。色は普通、白か黄色かオレンジか赤。でも、緑や青を目撃した人もいる。光は肩の高さで静止するか、ゆっくりしたスピードで水平に動き、あるいは時に思いもよらない方向へ動きだす。マーファの光の原因については、幽霊、UFO、怪火など諸説ある。しかし、研究者たちの調査結果によると、車のヘッドライトや焚き火が大気の中で反射している可能性が高いようだ。冷たい空気と暖かい空気の層の境界がくっきりしているときにそうした効果が生じるらしい。

ようやく、僕の目にも何かが見えた――でも、方角が逆だったし、見えたのも球体ではなかった。

東の彼方に見えたのは、地平線に広がるオレンジ色の輝き——所々は赤——だった。最初は、町の明かりかと思った。しかしすぐにそれが山火事か、山火事予防の人工的な野焼きだと分かった。僕が詩人に声を掛けて、それを見せると、彼はうなずいた。

詩人は吸い終わりのたばこから次の一本に火を移した。彼は僕をどう見ているのだろう、と僕は思った。彼の方も僕を幽霊——故郷ポーランドを離れた詩人——だと思ってくれているとうれしい。僕には球体は見えなかった。でも、そのイメージは気に入った。普通の世俗的な光が何かに反射されて、超自然的に見えるというイメージ。僕は、謎の光をわざと生み出すためにアルミニウム製の箱を二つ遠くに置いたらどうなるだろうと想像した。

人は言う。67号線の近くで見える光の玉は超自然現象だと。
それを大気のいたずらだと切り捨てる人もいる。
静電気、沼地ガス
ヘッドライトや焚き火の反射。
でもどうして切り捨てるのか？
勘違いがはらむ可能性を
日常の光が異様《エイリアン》なものとして、何かの印として跳ね返ってくる可能性を。
コンクリートの観測台は
ぼんやりと赤い光に照らされて
向こうから見れば神秘的に映るに違いない。

恒久展示

今夜の僕には光の玉が見えない。でも僕は自分を遠くに投影し、今いる場所を見つめ返す。それは重要なトリック。なぜなら目的は詩の両側に存在することだから。あなたと私の間を往還するのが目的だから。

橋が建設される前、街に電気が通る前、夜遅くにイーストリバーの向こうのマンハッタンを眺めるホイットマンのことを僕は考えた。未来の読者を体の中に受け入れるため自分を空っぽにした詩人の視線は、川を越えると同時に、きっと時間も超えていた。僕は何度も彼の呼び掛けに応えた——僕などつまらない応答者の一人にすぎないけれども。僕はその夜見えなかった光を、砂漠の空気に反射する焚き火やヘッドライトであるばかりでなく、他のさまざまな光として思い浮かべた。10番街のヘッドライト、ボアラムヒルの公園で子供たちが振り回す花火の白くまばゆいマグネシウムの炎色、イーストビレッジの非常階段に降る小さなシャワーのような火の粉、あるいは一九一二年か一八八三年のブルックリンハイツのガス灯、あるいは暗闇の中で近づいてくる動物の目の光、スペインを舞台にした小説の中で山道のカーブに消える赤いテールランプ〔ベン・ラーナーの第一作の舞台はスペイン〕。レジデンス生活の間、僕はホイットマンと彼が思い描いた不可能な夢に入れ込んでいたが、長い一日と馬鹿げた一夜の締めくくりにクリーリーと肩を並べて立ち、怪光の幽霊を見ていると、僕たち二人の間に、一体感とまでは行かないものの、一種の了解のようなものが生まれた。そうしてその場所に立っていたとき、僕は予定していた本の内容を、あなたが今読んでいるものに変えることに決めたのかもしれない。詩のように、虚構《フィクション》でも非虚構《ノンフィクション》でもなく、両者の間で微妙に揺らめく作品。僕は短編を膨らませるが、過去をでっち上げるような文学的詐欺行為を扱う長編に変えるのではなく、複数の未来をはらんだ本物の現在へと変えることにした。数週間後、この本を書き始める直前に、詩は完成することになった。

僕はずるかった。いや、それよりもひどい。

しかし彼も自業自得。今でもそうだ。

存在しない人々に僕が無意識に語り掛けるとき

あるいは、書類のない労働者たちが建設し、修理する家の中で

余暇でもあり仕事でもある芸術に取り組むとき

僕も彼と同じく、自ら報いを招いている。

それは偉大な詩や失敗作の中にある。
なぜならそれは現実になろうとしているから。
そして散文にしかなれないから。
僕たちはあの本の世界から追放された。
全てはあの間違いから始まった。
しかしだ。観測台から見るがいい。
僕がまた戻るかもしれないし、戻らないかもしれないブルックリンで
謎の赤い光が橋を渡るのを見よ。
科学では説明できない現象。
暗闇の中を走る車輪の付いた乗り物と
その開いた窓から漏れる音楽。

5

「写真の質はすごく高い」と僕は言った。「それなのに星は一つも写っていない」

「『アングルと影の向きに整合性がないのは、人工的な照明が使われたことを示している』」と彼女は僕の口癖を引用した。その目はきらきらと輝き始めていた。

アレックスが大学時代に付き合っていた相手に、天体物理学を専攻するつまらない男がいた（今ではマサチューセッツ工科大学で最も若い正教授の座に就いている）。二人が付き合いだして数か月が経った頃、彼女はその男を僕に紹介しなければならないと思ったようだった。僕たち三人はキャンパスに近いカンボジア料理レストランで一緒に夕食をとった。僕はカンボジア産のビール〝アンコール〟を次々に飲んでは缶をつぶしながら、アポロの月面着陸はインチキだと主張した。あまりに僕がしつこいので、彼も僕が少なくとも半分は本気で言っていると信じて、おかげであやうく発狂しそうになっていた。もう笑っていられる段階はとうに過ぎて、アレックスが何度も話題を変えようと努力していたにもかかわらず、僕はまだ、画像や宇宙飛行士の証言に見られる矛盾を熱く語り続けていた（心理学の授業で陰謀論についてレポートを書いたことがあったので、月面着陸を疑う人々の主張は熟知していた）。科学者は僕の言い分に耐えらず、アレックスが僕のような人間を親友にしていることに明らかに面食らっていた。アレックスは腹を立て、僕からの電話を何日も避け続けた。

僕たちは今、ニューパルツにある彼女の実家の裏の、草の伸びた広い庭の真ん中で、並んでブランコに乗っていた。そして僕は、頭上の昼空に浮かぶ凸月を指さしながら、月面着陸をインチキだと信じる理由を再びリストアップしていた。それは、長年にわたる付き合いの中で、他の形の交際とは一次元違う僕たちの関係を確かめ合う儀式に変わっていた。仲間内でしか通じないジョークと教理問答を足して二で割ったようなものだ。僕は彼女に腕を回していた。そして彼女の母親の癌は背骨にまで転移していた。

「いくつかの写真には、大きなスポットライトが使われたことを示す〝露出過度部分《ホットスポット》〟が見られる」

「オルドリンが着陸船から出てくるときにスポットライトが使われたのが分かる」

「じゃあ、何のためにそれを捏造したというわけ?」。やせ細った彼女の母が笑いながらそう尋ねた。もう夜になっていた。僕たちは網戸で囲ったポーチに座っていた。アレックスの継父がキッチンで、味は薄いがビオフラボノイドたっぷりの食事を調理する間、僕たち三人は彼女の母のリクエストで僕が持参したマリファナ——医師がオフレコで勧めたらしい——を吸っていた。僕はセントマークス通りのマリファナ用品店に行き、一応原稿料の前払い金であるはずのお金をはたいて、ジョンが〝ロールスロイス級の気化吸引器《ヴェポライザー》〟と呼ぶ器具を買っていた。それを使えば、喉を刺激するような発癌性のある粒子を吸い込むことはない。僕たちは蒸気で満たされた風船みたいな袋をそれぞれの籐椅子の間で回した。彼女が頭に巻いているヘッドスカーフは金色だった。蒸気はほんの少しミントの風味があるだけで、ほとんど無味だった。

「からかってるんですか、エマ?」。僕はわざとらしく〝信じられない〟〝あきれた〟という顔をして、そう訊いた。「冷戦時代の宇宙開発競争の話ですよ? ケネディだって、〝最後のフロンティア〟

って言ってたじゃないですか？」

「〝最後のフロンティア〟は『スター・トレック』の台詞よ」とアレックスが訂正した。

「まあ、とにかく」と僕は言った。「月面着陸は一九七二年に突然終わります。ソビエト連邦が大気圏外の宇宙船を追跡する能力を手に入れた年です。逆に言えば、大気圏外に宇宙船が送られていないことを暴く能力を手に入れた年ですね」

「ちょうど、アメリカ軍がベトナム戦争から手を引こうとしていた頃だ」とアレックスの継父が言った。彼はスライスした野菜とフムス〔ヒヨコマメをペースト状にした中東料理〕をトレーに載せてポーチに運んできた。「テレビで月面着陸を中継したのは、アメリカ人の目を戦争から逸らそうとする策略だったのかもしれない」

「素晴らしい指摘ですね、リック」。教授もどきの僕の口調に、エマとアレックスは吹きだした。リックは腰を下ろし、ビールを開け、パプリカを一切れ食べ、また立ち上がって、ビールを置き忘れたままキッチンに戻った。どうやら三十秒とじっとしていられないようだった。しばらくすると、アレックスがその後を追って中に入った。

「ＮＡＳＡが資金確保に興味を抱いていたことは言うまでもありません」と僕は言ったが、おふざけの時間が終わったことは分かっていた。エマは、変わってしまった空気の中で上品に含み笑いをした。僕は沈黙が続いたらそれを埋めたくなるいつもの衝動と必死に戦った。そして一分かそこらが経った後——

「というわけで、いつになったら終わるのか、私たちには分からないの」と彼女は言った。〝終わる〟というのは死ぬという意味だ。自分があとどれだけ生きられるのかは誰も知らないという決まり文句を口にしそうになった僕は、ぎりぎりで言葉をのみ込み、代わりにこう言った。

「僕たちはあなたとともにいます。どこまでもずっと」。彼女は僕をじっと見た。僕は礼を言われているみたいに感じた。

「余計なお世話なのだけれど」と、しばらくすると彼女が言った。「あなたたち二人には――どう言ったらいいのかしら。少し心配なの――このことのせいで、あなたとアレックスが焦ってそういうことをしようとしているんじゃないかって」。〝そういうこと〟というのは生殖という意味だ。

「彼女は昔から子供を欲しがっていました」。僕がそう言いながら頭に思い浮かべていたのは、短命に終わった父とレイチェルとの不幸な結婚のことだった。

「あの子はずっと子供を望んでいたと同時に、望んでいなかった。機会ならたくさんあった。あの子と結婚して落ち着きそうな男の人たちがいた。少なくとも、子供を望む恋人がいた。ジョゼフもそうだし――」

僕はジョゼフなんか目じゃないという、声にならない声を上げた。

「二人はいろいろな点でお似合いだったわ。本人にも言ったんだけど、あの子が気にしているのは自分の父親のことだと思う。あの子は自分の子供に父親が必要かどうか、決めかねているの」。僕は自分の存在が微妙に揺らめくのを感じた。「私はただ、あなたたちが自分のしていることを自覚してほしいと思うだけ」。僕たちは自覚を持っていなかった。しかし、子宮内人工授精の予約は既に済ませていた。次回は数日後だ。医者の話によると、僕の精子を効果的に洗浄し、浄化することが可能らしい。月に人類を送ることができるのなら、と僕は頭の中で冗談を言って、実際にはこう言った。

「これって」――少しの間《ま》――「理由としては充分かもしれない」。理由についてはいろいろなことを考えていたが、それ以上は説明しなかった。彼女はしばらくの間考えていた。

「そうかもね」

そうかもしれない。バスタブは、痛みを緩和する温水療法の一環として、僕たちが寝室に使っていた地下室に設置されていた。しかし、彼女の母は一度も使っていなかった。ひょっとすると僕たちは、水で摩擦が少なくなると勘違いしていたのかもしれない。あるいはひょっとして、バスタブが僕たちを待ち受ける未来を象徴していると思ったのか、または、風呂の中なら二人の体の境界が曖昧になってさほど変に感じられなくなると考えたのか。でも水は、よく考えたら当たり前だが、自然の潤滑剤を洗い流してしまう。そしてシリコンを含有する人工潤滑剤は、仮に手元にあったとしても、妊娠を目的にしているカップルにはお薦めではない。

撮影が行われたのはおそらく、ロサンジェルスの防音スタジオだ。あるいは砂漠。無重力をシミュレーションするスローモーション撮影だ。

とはいえ結局、その体勢にはなれなかった。僕たちはバスタブを出て、隣の部屋に移動した。そこには、リックが昼間のうちに折り畳み式のソファーベッドを広げてくれていた。しかしそこにたどり着くまでに、僕の方の生理的な準備がなえてしまった。僕は込み入った理由から、口で刺激を与えようとする彼女を遮り、感じてもいない情熱を込めて彼女にキスをしたが、その偽装が本物の情熱を呼び起こした。間もなく——ありがたいことに、そして正直言って驚いたことに——僕は先を続けられる状態になった。

しかし、滑りの問題は残っていた。クンニリングスをすると唾液が精子の移動を邪魔して受胎の確率を下げるので望ましくないという印象——間違っているかもしれないが——を僕たちは持っていたので、問題はさらに複雑だった。そういうわけで、僕は彼女に助けてもらいながら、手による刺激に頼った。そして、彼女が閉じた瞼の下で想像していたものの力も借りて、どうにか先に進んだ。僕が上に乗ると、彼女は目を開けた。色の濃い上皮と透き通った虹彩ストロマ。そして、自分と僕の両方を励ますように「来て」と言った。しかし、僕の知る中で最も気取らない人の声が明らかに演技をしていることに、僕はほほ笑まずにいられなかった。それから二人とも笑いだした。僕は一気に力が抜けて、彼女から下りた。そして二人で仰向けに横たわっていた。何マイルも離れた場所で撮影されたとキャプションに記されている二枚の写真に、全く同じ地形が写っている。

僕たちは壁のコンセントに差したままになっていた気化吸引器《ヴェポライザー》から再び蒸気を吸った――精子にどんな影響があるのかは不明だが。それからまた、彼女は事を始めようとした。僕は今回は、それを遮らなかった。そして天井を見つめながら、二つ上の階にいる彼女の母のことを考えないように努めた。これも、受胎の妨げになりはしないだろうか？　マーファのパーティーにいた赤毛女性のイメージの力を借りて、間もなく僕たちは再開する用意が調った。彼女は僕の上に乗った。僕がその引き締まった体形を存分に目で味わう前に、彼女は手のひらで僕の顎を押し上げ――たぶん僕の顔や視線から逃れたくて――僕の目が背後の壁を向くようにさせた。僕は舌を噛んだ。蒸気のミントの後味が鉄っぽい血の味と混じった。

しかし専門家によると、精子が重力に逆らわなければならないタイプの体位はよくないようなので、今度は二人で横を向く体勢に変えた。僕は彼女の背後に寄り添いながら、少ししびれてきた手はどうしたものかと考えあぐねていた。既につながってはいたものの、乳房や生殖器に手を伸ばすのはなぜか気恥ずかしかった。僕は結局、手はどこにやったらいいかと彼女に尋ねた。その丁寧な口調があまりにも状況とそぐわなかったので、またしても僕たちは吹きだした。しかし、二度までも笑いで気を逸らされるのはごめんだった。彼女は後ろを振り向き、素の顔で僕と向き合い、脚を絡めた。僕は彼女の髪を後ろに流して首をあらわにさせ、その喉元に顔を埋め、数か月の努力の末、ようやくいった。

彼女の母の細胞は、僕たちの頭上で手に負えない分裂を続けていた。海は、地球の温暖化に合わせてジャッドの箱が膨張するように、拡大していた。こうして関係を持ったことのいちばんのポイントは、それによって何も変わらなかったことだと言ったら、それがどういう意味かお分かりいただけるだろうか？　風で旗が揺れているように見えるが、月面に空気はない。子供時代のアレックスは母の寝室の隣にある部屋——天井ではプラスチック製の星が緑色に光る——で眠り、その寝息は僕の隣にいる三十六歳の彼女の寝息とシンクロする。その出来事によって少しも関係が深まらなかったことは、二人の関係の深さを強力に証明していた。ただし、少しだけ何かが変わった。

それからどれだけの時間が経ったのかは分からない。僕はしばらくしてからカーペット敷きの階段を上がって冷蔵庫の炭酸水を取りにいった。誰かを起こす可能性はなかったが、忍び足で歩いた。緑色のガラス瓶を持って地下室に戻ろうとしたとき、網戸で囲ったポーチに人の気配を感じてそちらを振り返ると、パソコンのモニター画面の光が見えた。リックだ。彼は間違いなく僕の方を見た。僕は声を掛けるべきだと感じて、そばに近づいた。

「何を見ているんですか」僕は籐椅子に座って尋ねた。

「特に何も。私はこういうネット掲示板を読むのがやめられなくてね。ジョンズ・ホプキンズ大学病院とか、メイヨー・クリニックとか」。彼が電源を切ると、部屋は真っ暗になった。「無駄なことさ。配偶者の病気に絶望した人たちの共同体」

「最近はどうしてらっしゃいます?」と僕は訊いた。「いろいろあるでしょうけど」

「差し迫った用事がある間はまずまずだ」と彼は言った。「しかし夜は恐ろしい」

暗すぎて僕がうなずくのは彼に見えなかったかもしれないが、僕はうなずいた。

「私がどうしても考えてしまうのは——馬鹿げたことだとは分かっているんだが——例のアシュリーのことだ」と彼は言った。

「それは筋が通っていますよ」と僕は言った。「馬鹿げてなんかいません」

「とにかく私はエマがこう切り出すのを待っている。『話したいことがあるの。でもその前に、怒らないと約束して』ってね」

「そして、実は仮病だったと告白する」

「そうだ。そして——時々眠れないとき、朝の四時とかに私はそんなことを考える。エマは仮病を使っているのかもしれないと疑う気持ちが生まれる。説明するのは難しい。馬鹿げていることは分かってる。ありえないことだ。本気でそう信じているわけじゃない。でも、アシュリーの生々しい記憶がよみがえる。本当のことが分かったときのあの感覚が」

「仮病であってほしいと願うのは当然です。お気持ちは分かります」

「ところが、話はもっと複雑なんだ。私は妻が告白し、全てがインチキだったことを知る場面を想像する。でも、その空想の中で私はホッとしないのさ。空想の中の私は家で暴れ回り、妻を捨てて家を出て、二度と戻らない。仮病だと分かったら、その瞬間、私にとって彼女は死んだも同然だ」

もしもリックが話してくれたアシュリーの話を僕が小説の中に取り込んだら彼は裏切られたと思うだろうか、と僕は考えた。

「ところで私は、これまた荒唐無稽な話だが、さらにこんなことも考える。もしもアシュリーが仮病でなかったらどうなのだろうってね。もしも私を解放するために、〝嘘をついていた〟という嘘をついたのだったとしたらどうか？」

二日後、僕は別の女性の腕の中にいた。女性は片腕で僕を抱え、他方の腕で魔法の杖のような超音波診断装置を操作していた。ひんやりする無色のジェルを塗った杖の先が僕の胸の上を動き回りながら、鮮明な画像を探った。僕は目を閉じていた。彼女の目が見つめる画面の上では、僕の白黒の心臓が鼓動するふりをしていた。彼女は数分ごとに、姿勢を変えるように、あるいは息を止めるようにと指示をした。僕が姿勢を変えると紙製のガウンが紙製のシーツに擦れてかさかさと音を立て、息を止めると画像が鮮明になった。検査士の女性は僕と同じくらいの年齢だった。おそらくドミニカ人。前回の担当者よりも優しく、ずっと親近感が持てる。僕は目を閉じたまま、彼女をアレックスとして思い浮かべた。今、ニューパルツの改装済み地下室でマリファナの蒸気を吸いながら、いちばんの親友を妊娠させようと不器用な努力をしていたかと思うと、次の瞬間には、潤滑剤を塗った器具が胸に向かって超音波を発していた。僕は自分が妊娠しているような気分になった。今やっている心臓エコー検査と胎児エコー検査は、器具を当てる場所以外には違いがない。僕は自分の心臓を胎児として思い浮かべた——ただし、洞動脈が太くなることは死を意味する可能性がある。

マーファから戻った後、ひと月かそこらの間に、僕はさまざまな症状を呈した。アンドリューズ医師の診断によればほぼ間違いなく、来たるべき検査に対する心因性の反応らしい。頭痛、言語障害、脱力感、視覚の乱れ、吐き気、顔と手の感覚鈍麻。僕は解離よりも検査を恐れた。死よりも手術の方が怖かったからだ。心臓病医が部屋に入ってきて、「拡張のスピードが速いので、直ちに手術が必要です」と告げる姿があまりにありありと思い描けたので、まるで既にその場面を本当に見たかのようだった。それを予測するのは、心的外傷《トラウマ》的な出来事を思い出す感覚に似ていた。

彼女が杖をあばら骨に強く押し当てたので、僕は思わずびくっとした。「ごめんなさい、スイートハート、もうすぐ終わりますからね」。彼女は僕の中の子供にそう呼び掛けた〔親しい呼び掛けの〝スイートハート〟と〝心臓〟の両方の意味がかかっている〕。そして数分後、「オーケー、次は先生《ドクター》に確認してもらいますね」と言って、部屋を出て行った。どうしてあんなに慌てて医者を呼びに行ったのだろう？

臓器からあなたの未来を読み取ってくれる医者——法外な医療保険が負担《カバー》してくれない現代の腸卜《ちょうぼく》〔生贄の動物の内臓を調べて未来を占う古代の技法〕だ——が部屋に現れるまでに、さっさと服を着て、病院を出ることは可能だ。全部インチキだと言って、季節外れに暖かい外に出て、偶然に発見された無症候性の突発性異常については考えないことにして、後は運に任せる。臆病でするにせよ、勇気があってするにせよ、それは一つの選択だ。僕はプラスチック製寝台の上で誘惑を感じた。数ミリの拡張が確認されれば、僕の体は切り裂かれる。イメージの中では、彼らが使う道具は西洋剃刀だ。モニターに目をやると、僕の心臓と動脈の静止画像が写っていて、右上で数字が点滅しているのが見えた。四・七七センチメートル。五・二センチメートル。背筋に冷たいものが走った。もしもそのいずれかが大動脈の直径なら、数日中に手術だ。

僕は部屋を出た。しかしその目的は、待合室にいるアレックスを呼ぶことだった。僕は彼女を連れて検査室に戻り、悪い知らせになりそうだと話した。数値を見てしまった、と。彼女は僕を黙らせた。そして僕たちは待った。モニターの画面がスクリーンセーバーに切り替わった。手洗いで助かる命があるという言葉が、黒い画面に赤い文字で流れた。生中継の月面とのやりとりには、あるはずの時間的なずれがなかった。地球を出た人で、戻ってこなかった人は一人もいない。

男は笑顔で入ってきた。銀色の髪、縁なしの眼鏡、白衣の下に紫色のネクタイ。彼は僕たち二人と握手をしてから言った。「では、見てみましょう」。それから果てしない一分が経った後、「万事、大丈夫そうですね。今の数値は四・三です」。

「でも、前回のMRIでは四・二でした」。僕より先にアレックスがそう言った。彼女の膝の上にノートが開かれていた。これだけの期間で一ミリ拡張したなら直ちに手術が必要になるはずだ。

「超音波検査は誤差が大きいんです。どちらの数字も同じです」

「四・二と四・三が同じって、どういうことですか？」と僕は訊いた。変化はなかったと聞いて安心した一方で、数字には違いが表れていたのでおびえていた。

「今言えるのは、心臓エコー検査装置の誤差の範囲を超える変化は認められなかったということ。ですから、慎重に変化を見守ることにしましょう。もしも変化があればの話ですが」。〝もしも〟というのを彼が付け足しのように言ったことが僕は気に入らなかった。「普通はそれほど急に変化したりするものではないということをご理解ください」

「でも、もしも既に一ミリ変化しているのだとしたらどうです？」

「そうだとしたら、変化は続くでしょう。次の検査でそれが分かる」

「じゃあ、四・三は実際は、四・三以上かもしれないし、四・三かもしれないし、四・二かもしれないわけですね」とアレックスが念を押した。

「そうです」

「じゃあ、急に大きくなってはいないということ以外、今回の検査では分からなかったということですか？」。僕の口調は怒っていたが、怒りを感じてはいなかった。

「最小限の安定性は確認したということです」と彼は言った。それから、僕たち二人がしばらく黙っていると、こう付け足した。「これはいい知らせですよ」

「いい知らせ」とアレックスが念を押した。医者は僕たちと握手を交わし、僕よりも差し迫った病気を抱えている患者たちの診察に向かった。

二日後、僕はニューヨーク・プレスビティリアン病院で、『素人オールスター第三巻』を観ながら検体カップに向かってマスターベーションをしていた。そして洗浄された〝異常が疑われる〟精子がアレックスの中に入れられた後、僕たち二人は彼女の誕生日を祝うディナーのために、セントラルパークを横切った先にあるレストラン、テレパンに行った。彼女は三十七。作家は四・二または四・三。彼女の母はあと数か月らしい。レストランでは、原稿料の前払い金を使ってナンタケット湾で採れたホタテ貝を時価で食べた。僕たちは、排卵日には性交によって子宮内人工授精を補完して、あるいは人工授精によって性交を補完して、妊娠確率を最大化することにした。そうすれば――二人ともこの理由を口に出しはしなかったものの――仮に妊娠した場合でも、病院の手を借りてはいないと説明する潜在的な可能性を保持することができるからだ。

二日後、僕はアリーナとの性的関係を終わらせようと、あるいは少なくとも中断しようとしていた。というのもアレックスは、いろいろな込み入った理由から、別のパートナーと関係が続いている人間と時々関係を持つという事態に納得できなかったからだ。僕たちはチャイナタウンにある地下のバーにいた。店の中は、紙製のシェードのせいで、実際には違うのにろうそくの明かりに照らされているように感じられた。僕は、非恋愛的な性的友情を優先するために、この関係をいったん絶たなければならないと説明した。ただし二つの関係は、短く済ませたいと考えている妊娠努力期間を除いては、相互排他的ではないのだけれど、と。アリーナは腹を立てるだろうと僕は思っていた。

しかし、彼女が腹を立てることはなかった。「本当に怒ってない？」

「全然」

「傷ついたとか？」

「別に」

「嫉妬は？」

「嫉妬？　あなたが人工授精のために病院に行く前に、お友達と計画的にセックスをすることに対して？」

「切ないとか？」

「正直言って、切ないって言葉の意味、昔からよく分からない」

「つまり、恋い焦がれるとか。ノスタルジックとか」

「今から既にノスタルジック？」

「将来ノスタルジックな気分になるのを予感することなら、今でもできる」

「ノスタルジックな気分になるのにあこがれることならできる。過去を恋しがる未来を恋しがることなら」

「君が落ち込んでいないようで安心したよ」。僕は落ち込んだ。

「そして未来になったら、過去を恋しがる未来を恋しがった過去を恋しがることができる」

「オーケー、理解してくれてうれしい」

「完璧に理解した。ところで、私たちが会うのは八週間か九週間ぶりよね。関係は既に中断してたと思うんだけど」。こんな話はそもそもする必要がなかったという可能性は、なぜか一度も思い浮かんだことがなかった。僕は突然、自分は実は彼女と手を切ろうとしているのではなく、よりを戻そうとしているのだと感じた。

「彼女が妊娠するか、僕がその手伝いをやめるかしたら、その時点でまたお互いに――連絡を取ってみるっていうのはどうかな」

「じゃあ、そうすることにしましょう」。彼女は笑った。「いずれにしても、例のカタログに載せるエッセイは必ず書いてね」。近いうちにチェルシーにある画廊で、彼女の作品の大規模な展示が行われることになっていた。

それからさらにカクテル《サイドカー》を何杯か飲んだ後、僕たちは本当の別れみたいなものを告げていた。場所はDラインのグランドストリート駅のそば。周りには、ネズミ以外、誰もいなかった。彼女はそこからアップタウンに行って誰かと会い、僕は家に向かう。彼女の爪は僕のうなじの皮膚に突き刺さりそうだった。独立系《インディーズ》映画の歴史の中で、これほどセクシーなキスはかつてなかった。ダウンタウン方面行きのプラットホームに向かって階段を下りる僕の気分は最悪だった。おそらく二度と彼女に会うことはないと分かっていたから。

しかし、プラットホームに出ると、そこに彼女がいた。線路を挟んだホームで、アップタウン方面行きの電車を待つ彼女。ホームのずっと先には別の客が一人か二人いた。木製のベンチの上では、スウェットパーカーを着た男が気を――あるいは命を――失っていた。だがそれ以外で、ホームにいるのは僕たちだけ。ついさっき情熱的な別れを告げたばかりの二人が静かなトンネルの中で互いの幽霊をじっと見ていた。誰かにさよならを言った後、同じ方向に歩きだして気まずい思いをした経験はあなたにもあるだろう。形式上は終わったはずの社交的やりとりを続けなければならないのだけれど、そのための慣習が確立されていないような微妙な状況。僕は地上で終わらせた物語を、また地下で再開しなければならなかった。電気の通《かよ》ったレールが二人の間の距離に電荷を帯びさせていた。彼女は静かに僕を見つめ、僕は——心ならずも、馬鹿みたいに、ぎこちない仕草で——手を振って、ホームの先へと歩いた。

しかし、よく考えてみよう。僕は今、あの別れのキスの記憶を書き換えてしまった。キスの代わりに、中途半端にぎこちなく手を振る僕の姿が、彼女の記憶の中で反響し、何度も映し出されることになる。それはまずい。僕は元の位置まで戻ったが、彼女はもうタイル貼りの壁の方を向いて、映画のポスターを眺めていた。僕はその後何を言うかも考えずに彼女の名前を呼んだ。すると驚いたことに、そして困ったことに、彼女は振り返らなかった。僕の声が聞こえなかったことはありえない——僕の目に見えないイヤホンをしていたのでない限りは。ひょっとして彼女は今泣いていて、僕にそれを知られたくないのか？　それとも怒っているのか？　無関心なのか、あるいはたぎる感情を抑えているのか？　左のトンネルの奥に黄色い明かりが見え、電車が近づくにつれてレールが光り始めた。僕は階段を駆け上がり、アップタウン方面行きの階段を駆け下りた。電車が駅に入ってきたとき、僕は彼女のもとにたどり着いた。つまり、その出来事は起こらなかったということ。そして僕は翌朝、全損美術品協会で目を覚ました。

〇

親愛なるベンへを僕は削除した。あなたが作った雑誌の創刊号への寄稿のお誘い、そして自作の詩を同封してくださったことに感謝します。ブロンクはEメールを使っていただろうか？　たぶん、ノーだ。亡くなったのは一九九九年だから。評価されざる作家でいることには利点もありますが、満足してその身分を享受しているというわけでもありません。これは六〇年代の初めにチャールズ・オルソン宛てに書いた手紙の表現をアレンジしたものだ。ですから、お便りを書いてくださったことはありがたく存じます。残念ながら、お送りできる詩はありません。お便りをいただいてから、手元のメモを見直してみました。そうして最近の下書きを読んでいるうちに、自分の詩を読むには、相当な寛容さと偏愛が必要とされていることに気付きました。私の詩に対するあなたの感想——特に「真夏」に対する評価、そしてバーナードがあの詩集をあなたに贈ったという事実——をどれだけ私がありがたく感じているかが伝われば、あなたにも喜んでいただけるでしょうか？　バーナードにもぜひ、あなたからよろしくお伝えください。暗黒の時代にあって、どこに友人がいるかを知るのはうれしいことです。最後の一文は、彼の口調とは全く違って聞こえた。

ナタリは、バーナードがプロヴィデンスにあるリハビリ施設に移されたとき、僕が病院に持参したブロンクの詩集を郵便で送り返してくれた。詩集は今、一種のオーラをまとっていた。余白には、僕が大学生時代に鉛筆で書き込んだ判読不能な註釈と模倣。それに加えてコーヒーの染み。そして存在しない娘——僕は結局、この本を貢ぎ物としてその両親に捧げた——に恋した昔の自分の小さな痕跡。現実のものであれ虚構であれ、過去とのそうした隔たりの全てがまるでありえない鏡に映し出されたかのように、ブロンクの詩に反映していた。僕は削除した――

あなたが同封してくださった詩をどう読むべきか、私には分かっていない気がします。私が単純な人間であることをご理解ください。シッド・コーマンが『オリジン』誌（あなたが詩のひらめきを得たと書いていた雑誌です）に私の作品を掲載していたときのことが思い出されます。私は雑誌を目にするたびに、こういう詩を書いているのはいったいどんな人なんだろう、彼らはいったい何が言いたいのだろう、と思ったものです。ただし、クリーリーは例外かもしれません。同じ雑誌に寄稿する他の詩人が丁寧な手紙を添えて本を送ってくることもよくありましたが、それを読んでも何とも思いませんでしたし、礼状にもそのように書きました。当時は、非礼ながら、それが義務だと思っていたのです。あの頃の私は、内輪褒めやなれ合いみたいなものに反発を覚えた。それをやったら、詩が他の業界と同じことになってしまう。一人の詩人が別の詩人の作品を純粋に好きになることは期待すべきでない――いや、実際、そんな期待はできないのです。特に同時代の詩人の場合は。私たちがある人に向けて書いていると考えているときでさえ、その人になりかわって書いているわけではないのだから、理解できないのはおそらく必然なのです。われわれ詩人は互いと同じ時代には属していない、とジョージ・オッペンなら言うでしょう。ましてや、読者の属する時代は違う。その意味においては、「詩人なんて時代錯誤の存在だ」という〝世間〟の意見は正しい。これもまた、私が雑誌の編集に向いていない理由の一つなのです。

僕はアパートの中を見回しながら、もしも手紙の偽造を続けるのなら、部屋の細部描写をそこに取り入れてもいいかもしれないと考えた。例えば、僕の好きなキーツの手紙では、書いているときの姿勢や部屋の様子が必ず記される。「火は間もなく消えそうだ。私は今、暖炉に背を向け、敷物の上で一方の脚を斜めに投げ出し、絨毯の上で他方の足の踵《かかと》を少し浮かせている」といった具合に。しかし今、僕の目に映るもの――天窓を打つ雨、動いていないエアコン室外機の横で鳴いている鳩、階下から漂ってくるコリアンダーの匂い、窓際のサボテンに咲いた淡い黄色の花、水を入れたグラスの脇にあるβ《ベータ》遮断薬――を、ハドソンフォールズの大きな屋敷に暮らしていたブロンクの口から語らせることは不可能だった。

僕はこの一段落を選択して、削除《デリート》のキーを押した。偽造した手紙を破棄するとなぜか、逆にそれがリアルに感じられた。今までに何人の作家が手紙を燃やしてきただろう？　記録資料《アーカイブ》の偽造に関する本というアイデアを捨てた瞬間、僕はまるでそんな資料を実際に持っていたような気分になった。まるで自分の過去を世間の目から守っているような気分。アルジャジーラの映像が別ウィンドウで流れていた。「国家の組織は壊滅的な状態なので」と誰かが言った。「本当の移行が終わるにはまだ数年がかかりそうです」。遠くで響くサイレン。僕は大型の燕雀――街のどこで出会っても、いつも同じ一羽を相手にしているような気がした――を追い払うために、本物の窓《ウインドウ》を叩いた。最初は軽く、徐々に強く。しかし鳥は、ただ羽根づくろいをして、少し体勢を変えただけだった（僕は今、〝鳩〟をググって、彼らが実は燕雀目ではないことを知った。イエバトとノバトはハト目として独立した存在だ）。「続いては、カリブ海周辺のハリケーン情報です」。しばらくすると僕は、学生との面談のため大学に向かった。

温かな目を伴った異常に巨大なハリケーンがニューヨークに近づいていた。それはまだニカラグアの沖にあって、上陸までに二、三日かかりそうだった。もうすぐニューヨーク市長が市の全体をいくつものゾーンに区切り、海抜の低い地域からの避難を命じ、地下鉄の全路線を止めるだろう。僕たちが数十年に一度の嵐に襲われるのは、二年連続だ。外にはまだ、季節外れの暖かさが残っていたが、辺りには、人為的な興奮状態が迫ってくる気配があった。「またですね」。通りですれ違ったとき、隣人が笑顔でそう言った。世界が終わりかけたときにだけ、彼には僕の存在が見えるみたいだった。

僕はまだ休暇中だった。非公式に僕が論文を指導していた数人の大学院生や、ナイーブなテーマで本格的な卒業論文を書こうとしている二、三人の学部生とは連絡を取り合っていたが、それ以外の人にはできるだけ姿を見せないようにしていた。しかしいずれにしても、税金控除のための書類を人事課に提出しなければならなかったので、珍しくキャンパスに顔を出し、大学院生で詩人のカルヴィンと研究室で会うことにした。

この数か月、カルヴィンから届くメッセージは徐々に頻度が増し、理解困難になっていた。とりとめのない彼のEメールには、僕が薦めた本の感想や書き直した詩が綴られているわけではなく、「文明崩壊の詩学」や「革命的実践の急進的・終末論的地平」に関する長々とした文章が混じるようになっていた。かと思うと突然、言葉遣いがもっと日常的なものに変わって、授業料について愚痴を言ったり、大学院で勉強しても作家としての力が付いている気がしないという真っ当な不平をこぼしていた。彼はまた、僕の健康についても――大丈夫だと繰り返し伝えていたのだが――かなり心配してくれていた。その原因は、『ニューヨーカー』誌に掲載されたあの短編を彼が読んだことだった。

僕は2番ラインでフラットブッシュまで行って、駅を出るときに、年配のエホバの証人信者から、光沢のある黙示的パンフレットを受け取った。正門の前にはいつもよりたくさんの警備員がいて、芝生広場を歩いているとき、ウォール街占拠みたいな抗議活動が行なわれているのが分かった。僕の研究室がある建物の前に、大きな人の輪ができていた。しかし実際に輪に加わってみると、それは抗議活動ではなく、ハリケーン被害に備える団体の集会だった。指導者のいない集会が円滑に進められている様子に、僕は感銘を受けた。僕はカルヴィンと研究室で会うために集団を離れたが、その前に、大学と生協の連絡役——フード・ドライブ〔缶詰の寄付を集めて回る作業〕の手配——を買って出ていた。とりあえずは、Eメールの連絡先を教え合うだけのことだ。輪の中でよくしゃべっていた学生の一人、マケイダは前の年に僕のゼミにいた学部生だ。彼女の洞察力と堂々たる態度を僕は誇りに思い——僕が誇りに思ういわれは何もないのだが——同時に、自分が慈愛のある年寄りになったような気がした。

鍵のかかった暗い研究室の前で床に座っている姿を見たと同時に、僕はカルヴィンが深刻な問題を抱えていると感じた。彼は扉にもたれ、膝の上に本を広げていたが、目は反対の壁をぼんやりと見ていた。イヤホンでは大音量の何かが鳴っていた。しかし、そんな感じの学生に会うのは珍しいことではない。僕が声を掛け、扉の鍵を開けようとすると、彼は不思議な反応を見せた。慌てているようでもあり、のんびりしているようでもある動きだ。それはまるで、外部からの刺激に反応することを自分に言い聞かせなければ反応できず、反応するときには猛烈にそうしてしまうような様子だった。

ようやく正しい鍵を見つけて扉を開けた僕は、突然吹いてきた風に驚いた。紙が何枚か宙を舞った。芝生広場に面した大きな窓が十インチほど開きっぱなしになっていた。おそらく何か月も前からその状態だ——とはいえ、結局、コンピュータと机は乾いていて無傷だったのだが。入り口から研究室を眺めていると、死んだ人の部屋を覗いているような気がした。窓が開いているにもかかわらず、少し埃っぽい匂い。散らかった書類。元々アイスコーヒーの入っていたスターバックスのプラスチック製カップ。アーモンドの入った小さなビニール袋。ページを開いたまま机の上に伏せられているエズラ・パウンドの『詩篇《キャントーズ》』。まるですぐ部屋に戻るつもりでいた誰かが、血管の解離を起こし、二度と戻らなかったみたいだ。僕は書類を拾い、急いで机の上を整理して、パソコンのスイッチを入れた。すると、商標登録されたマッキントッシュの起動音がFシャープ・メジャーで心強く響いた。

机は壁に向かって置かれていた。僕は回転椅子に座ったまま体を回し、同じく椅子に座ったカルヴィンの方を向いた。僕たちは以前に何度も同じ形で向き合ったことがあったが、この日の彼はパソコンの画面か、僕の後ろにある窓をじっと見ていたので、思わず何かがあるのではないかと（何もなかったが）振り返らずにいられなかった。僕は彼に元気かと訊いた。

「元気です、元気です」と彼は言った。

最近はどうしているのか、研究の方はどんな具合か、と僕は訊いた。

「絶好調です、絶好調です」。彼の右脚はすごい速さで上下に貧乏揺すりをしていた。僕にも同じ癖がある。しかし、同じことでも彼がするのを見ると、僕は不安になった。彼のエネルギーの源は処方薬のアンフェタミンではないかと僕は疑った。僕も大動脈の拡張が診断される前に、半娯楽的に服用したことがある。

「オブライエンの詩は読んだ？」

「ええ、あらゆるものを読んでます。ずっと読んでて、寝てません」。アデロール〔アンフェタミンの商品名。注意欠陥多動性障害などに処方されるが、集中力を高める薬として用いる学生もいる〕。あるいは逆説的な話だが、アデロールの禁断症状。彼はガムを口に放り込み、僕にも一つ差し出した。僕はそれを受け取った。

「『メトロポール』についてはどう思った？」。僕たちが議論する約束をしていたオブライエンの本のことだ。

「ああいう詩っていうのは、ぶわっと広がっていくんですよね。ページ上でぶわっと広がると思いません？」

「どういうことだろう」と僕は言った。〝ぶわっと広がる〟という耳慣れない表現が僕を不安にさせた。

「あらゆる方向に動くじゃないですか。一つの行を千通りに解釈できる。読み進めるにつれて文の構造《シンタクス》が変化していく」。確かにそうだ。それは詩についてはしばしば言えることだが、特に、オブライエンの長編散文詩『メトロポール』に当てはまる指摘だ。僕はその適切なコメントを聞いて安心した。カルヴィンと僕は違う宇宙にいるのではないかと恐れていたからだ。僕が『メトロポール』の形式について、彼の役に立ちそうなポイントをいくつか話すと、彼はレポート用紙に向かってメモを取った。しかし、僕が話を終えても、彼はメモを取り続けた。

「じゃあ、『メトロポール』を読んだことで、君の論文のテーマとなっている散文詩の問題について考えが深まった？　例えば、計算尽くで文を中断する技法とか？」

彼はまだ書いている。

「カルヴィン？」。ようやく彼は紙から顔を上げ、僕と視線を合わせた。彼の目ははしばみ色に輝いていた。ただし、おそらくその輝きは僕の想像が付け加えたものだ。僕は自分の中に躁病的なエネルギーが満ちるのを感じた——まるで僕がコーヒーを飲みすぎたときのように。

「見えます、これ？」と彼は言って、レポート用紙を僕に見せた。そのページは極小文字のようなもので一面覆われていた。

「読みにくい字だね」と僕は言った。

「これは、文字の物質性によって意味が破壊されてしまう例です。授業でもやりましたよね。最初は言葉を書いているんだけど、いつの間にか絵を描いている。あるいは、最初は読んでいるんだけど、途中からは眺めている。様態的不安定性の詩学。崩壊地点を越えてしまった結果です」

僕はカルヴィンのぞっとするほどのエネルギーを学術的な方向に向けさせるため、創作における視覚的要素に関する有名な論文を薦めた。そしてコンピュータの方へ向き直って、書誌情報を得るために学術データベースを検索した。僕が再び振り向いたとき、彼は、絵の中からこちらを見ているジャンヌ・ダルクと同じ目で窓の外を見ていた。何かが彼に呼び掛けているのだろうか？

「このガム、何味？」

少し間があってから、彼は僕を見て、ほほ笑んだ。「ニコチンガムです」。道理で少し吐き気がするはずだ。強烈な味。僕はガムを吐き出さなかった。僕たち二人を結び付けている数少ないものの一つだったからだ。

「禁煙中？」

「いいえ。でも、母がクリスマスに、大量にこのガムを買ってくれたんです」

「詩以外のことは、最近どう？」。家族の話が出たついでに、それくらいは尋ねてもいい気がした。

「ああ、文学上のキャリアなんて心配しなくていい、水面下に沈む未来の方を心配するべきだって、先生は以前おっしゃってましたよね」。きっと僕は教室で冗談を言っていたのだろう――半分は冗談を。「そして新たな文明においては、使用可能な歴史の感覚を備えた人間と、少なくとも科学の基本的な概念を再構築できる人間が求められるって。加えて今、空が落ちてきそうになっているのだから、あらゆる文学が文字通りのものに変わりつつある――もはや単なる比喩じゃないんです。多くの人はそれに全く対処できない。全てが象形文字になっていますから。おかげで僕は恋人を失いました。例えば、器官なき身体。鵜呑みにすることはできます。でも、それには犠牲が伴う。喉が変わってしまうんです。これは比喩です。でも、比喩が及ぼす効果はリアルだ。彼女にはそれが理解できなかった。問題は試してみたくなるという点です。毒なら飲んでみるとか、自分がそれを吸収できるかどうか試したくなる。でも、あの詩の場合は、ただの象徴なのか、ぶわっと広がっているのかが分からないんです」

大学付属の診療所には、いい精神科はなかった。彼は二十六歳。他人が強制的に彼に治療を受けさせることも、合法的に両親――それがどんな人であれ――と連絡を取ることもできない。

「福島について真実が報道されているとは誰も思っていません。食料雑貨店《ボデガ》で買う牛乳のことを考えてください。そこに含まれている放射性粒子《ホット・パーティクル》。もちろんそれ以外にも、ホルモンが含まれているし、その影響もある。向こうでは耳が三つあるウサギが生まれているそうです。海も汚染された。見てください、これ」――と彼が髪を掻き上げると額が見えたが、何を見せたかったのかは分からなかった――「コロラドで暮らしていたときには、こんなのはありませんでした。それに、顎の骨密度も減っています。噛んだときの音で分かる。でも、医療保険に入るだけの経済的余裕はありません。挙げ句の果てにこのハリケーンです。誰が名前をつけるかご存じですか？　五人くらいの委員が緊急対策室みたいな部屋に集まって、ハリケーンが発生する前に名前を用意するんです。世界気象機関第Ⅳ地区協会ハリケーン委員会――ちゃんと調べました。ところが、それを調べたときから、電話の調子がおかしくなった。誰としゃべっていても、必ず途中で切れるんです」

「確かに狂気じみた時代だ」と僕は言った。「でも、こういう時代には、人とのつながりを大切にしなければならない。混沌に満ちた世界の中で、楽しく生きるように努めることが必要だ。今の自分でいること、この肌の内側にいることが心地良いと思えるように努力して、同時に、それに手を貸してくれる人に心を開かなければならない」。僕は必死に、両親と霊的交信《チャネリング》をしようとしていた。

「その通りです。そして今、大量の情報は肌を通して入ってきます。毛穴。毛穴《ポア》は肌の詩人《ポエット》だ。これって誰の台詞でしたっけ？　なのに人は肌を封じ込めようと、黙らせようとしています。たぶん、僕もそう。僕の彼女は卵の白身や何かで毛穴をふさいでました。卵の出所は知らないのにです。一応、自然卵とか有機卵とかうたってますけどね。空港で化粧品をたくさん売っているのはなぜだと思います？　化粧品には動物実験は必要ありません。化粧品会社が持っているスーパーコンピュータには、現時点で既に、痛みを感じる性能がある。化粧というのは分子で隙間をふさぐようなものですけれど、それでは微細な粒子は防げない。自分を社会的な場から――来たるべき世界から――切り離しているだけです」

「カルヴィン」――僕はゆっくりとしゃべった――「君の話は、僕にはよく分からない部分が多い」。それは本当だろうか？「君はここのところ、かなりストレスがかかる状態が続いていたんじゃないかという気がする。ここはストレスが多い。今の時代もストレスが多い。精神的に参っているんじゃないかな。僕自身も、何かを書こうと集中しているときはしばしばすごく疲れる」。彼は傷ついたと言いたげに、驚いた顔を見せた。「仲のいい友達はいるのかな。いないなら、そういう友達を作るのはどうだろう。いろいろな話をするために」

「オーケー、うわ。そうですか。先生も僕を病人扱いするんですか。まあ、それがお仕事ってことでしょう。体制側の人間なわけですからね。体制は先生の口を通じて語る。でも、一つ訊かせてもらっていいですか」。僕はカルヴィンの体格を確認した。身長は僕より高い。例のデモ参加者に近い身長。しかしやせている。がりがりと言ってもいい。僕は不本意ながら、彼が殴りかかってきたら喉をめがけてパンチを繰り出すイメージを思い描いた。「僕の目を見て、こんなことがいつまでも続くと断言できますか？」。〝こんなこと〟というのは何か非常に大きなものを指しているらしく、彼は大きく腕を振った。「いろいろな場面で僕たちに毒が降りかかっていることを認めないんですか？　こういう異常気象は人間が引き起こしている——今の政府はそれを制御できていませんけれど——のではないとおっしゃるんですか？　ＦＢＩが僕らの電話を盗聴しているとは思わない？　言語は今、記号に変わりつつある。もはや言葉ではなく、言葉を紙に綴ったスケッチに変化しています。誰よりも先生にはその事実が分かっているはずです。それとも薬物《ドラッグ》をやってらっしゃるんですか？　薬物で頭が飼い慣らされてしまっているんじゃありませんか？」。彼がいきなり立ち上がったので僕はひるんだ。そしてひるんだことを申し訳なく思った。「無駄にお時間を取らせてすみませんでした」。ひょっとすると涙をこらえながら彼はそう言って、レポート用紙を忘れたまま、激しい剣幕で研究室から出て行った。

ホイットマンならこうした病気にどう対処しただろう？　どのような贈り物を手渡しただろう？　苦しみからは何も生まれない。敵も味方も、軍隊も、国家も。僕は——僕の口を通じて語る体制は——決まり切ったことをした。親しい同僚と上司にＥメールを書いて懸念を伝え、助言を求めた。カルヴィンの友達だと僕が考えていた二人の学生にＥメールを書き、理由には触れずに、最近彼と連絡を取っているかと尋ねた。その後、カルヴィンにＥメールを書いて、僕のせいで腹を立てたのなら申し訳ないと謝った。しかし、君のことが心配なので、どんなことでも力になるつもりだと書き添えた。僕たちの社会が今の形で続いていくことはありえない、とは書かなかった。異常気象の原因の一部は人間にあると思う、とも、いろいろな場面で僕たちに毒が降りかかっていると思う、とも、ＦＢＩは一般人の電話を盗聴していると思う、とも書かなかった――そのどれも明らかな事実だと僕は考えていたけれども。僕の気分が薬物で飼い慣らされていたのも事実。言語が時に記号の寄せ集めだというのも事実だ。

僕はレポート用紙を詳しく見た。上の方には、オブライエンの文章について僕が用いた表現が引用符付きで書かれていた。次に、その表現に対するカルヴィンのコメント。例えば、星印付きで、「キース・ウォルドロップの三部作にも当てはまるかも」。しかし、メモの大半は本人にしか分からない暗号のようで、縮小して簡略化した文字、垂直の線、そして所々は地震計のグラフみたいに見えた。まさに僕たちの言語が表現することのできないものを表す速記法、詩だった。

□

ハリケーンがキューバに上陸し、サンティアゴを破壊していた頃、僕のアパートに本を詰めた箱が届いた。僕は自費出版のウェブサイトを利用して、費用を惜しまず、フルカラー写真を使ったハードカバーを五十冊注文していた――一冊あたり約四十ドル。アニータはエルサルバドルの親戚に何冊か送りたがっていた。アーロンは各教室の学級文庫に一冊ずつ置くと言っていた。ロベルトはきっと友達に配りたがるだろう。まだ書かれていない僕の小説の原稿料が、売ることのできないこの本の出版費用に回っていると思うと愉快だった。ロベルトに秘密で使った高額の費用が誇らしかった。僕は中身を早く見たくて、その驚くほど重い箱を抱えたまま階段を上がり――胸郭内の圧力は間違いなく劇的に上昇したはず――茶色い荷造りテープを鍵で切って、急いで箱を開けた。

僕は気付くと、今までに出版された自分のどの本を受け取ったときよりも喜んでいた。テープをはがしていると、突然、原稿料の前払いを受け取ったあの本が詰まった箱を開けているような錯覚に襲われた。僕は興奮が急に冷め、躊躇《ちゅうちょ》した。それから蓋を開けると、美しく製本された『未来へ』が見えた。文章そのものはわずか四ページの長さだが、その四ページには、数か月間インターネットを使って調査し、整理し、手で下書きし、パソコンに入力し、推敲し、書式を整えた成果が詰まっていた。その段階の一つ一つが、文法やコンピュータ・リテラシーなどに関する講義へと膨らんでいた。プロの手で仕上げられたその本には、ずっしりとした重みが感じられた。虚栄心を満たすための自費出版物ではなく、本物の児童書という感じだ。僕はロベルトの興奮する顔を思い浮かべて興奮した。

そのとき持っていたのはそのうちの十五冊だったが、サンセットパークに向かって4番通りを歩いているとどんどん重くなってきて、季節外れの湿気の中で汗がいくらでも噴き出してきた。ダグラス通りのBPガソリンスタンドにはハリケーンが来る前に燃料を確保しておこうとする車の列ができて、それが交差点を曲がった先まで続いており、車だけでなくプラスチック製の赤い容器にまでガソリンを満たしている客もいた。しかしそれ以外は、災害が迫っている兆候はなかった。4番通りは新しいマンション――〝都会生活の最新形〟――の建設ラッシュでフェンスや仮設歩道が多くて歩きにくかったので、僕は5番通りを歩くことにした。グリーンウッド墓地にたどり着いた頃には、小さな本の重みで――まるで物理的な重量以上のものがそこにあるかのように――腕と肩が痛くなっていた。墓地の前を通るとき、門の上でオキナインコがさえずっているのが聞こえた。ジョン・F・ケネディ国際空港に届いた壊れた木箱から最初の数羽が逃げ出して以来、そこでは何世代にもわたって、鮮やかな緑色の鳥が巣を作っていた。学校に着く頃、僕の頭には、ロベルトの家族ならあの二千ドルにはもっと別の使い道があったのではないかという考えが浮かんでいた――そう思ったのはこのときが初めてではなかったけれども。とはいえアニータは、仮に必要だったとしても、僕からお金を受け取ることはしなかっただろう。ひょっとするとアーロンなら、本の共同制作が終わった後に、ロベルトに対する匿名の奨学金が手に入ったという芝居を打つのを手伝ってくれたかもしれない。僕の前払い金があれば、こっそりと、同時にいくつもの気前のいいプレゼントができるかもしれない。あるいはひょっとして、カルヴィンの治療費を払うべきなのかも。あるいは――と、そこで僕は自分を遮った。向こう見ずな散財をしてしまった今、後知恵でそれにけちをつけるよりも、とりあえずは祝うべきだ。同じお金を別の用途に使っていたらどうなったかみたいな機会費用を計算したり、それを抽象的な交換のネットワークに組み込んだりすべきではない。

しかしロベルトは、全くお祝い気分ではなかった。彼は本を見て丁重に笑みを浮かべ、一冊取り上げてぱらぱらとめくったものの、誇らしげにも、特に感銘を受けたようにも見えなかった。僕はそれを作るのにどれだけの大金がかかったかを言いたい衝動と戦わなければならなかった。出版おめでとうという言葉を躍起になって繰り返したが、無駄だった。彼は僕の言葉に反応する代わりに、ハリケーン――彼はそれを〝スーパーハリケーン〟と呼んだ――の話をしたがった。ピッツバーグにいる従兄弟《いとこ》たちのところに避難しなくちゃならないかもしれない、と。サンセットパークは海抜が高いから洪水の心配はないと僕は彼に説明した――アーロンからもきっと同じ説明を聞かされていたはずだけれども。アパートや学校は一時的に停電するかもしれないが、心配する必要は全くない。でも、飲み水がなくなったらどうするの？と彼は訊いた。〝水戦争〟が起きたらどうする？　どうやら彼はまたディスカバリーチャンネルで新しい特番を観たようだ。

二〇三〇年までに人類の約半数は水不足に直面する。でも僕は彼に心配は要らないと言って、もう一度、ある絶滅に関する僕たちの研究の出来映えに彼の注意を向けさせようとした。

「次は何をする?」と彼は訊いた。「次のプロジェクトは?」

「はてさて」。僕はがっかりしてそう答えた。休暇が終われば、いつまでロベルトの個人指導が続けられるか分からない。本の方も本当の締め切りが近づいてくるし、遠からず一種の父親という立場にもなる。僕は『未来へ』のプロジェクトで一つの区切りがつくと考えていたのだ。

「もう一冊、本を作る?」。彼は気が進まない様子でそう言った。

「まだろくにこの本の中を見てないじゃないか」と、失望したことを感じさせないよう、できるだけ軽い口調で僕は言った。「これは二人で一生懸命に勉強した成果だよ。一つ一つの文章に苦労がにじんでいる」

「ていうか、次は映画が作りたいんだよね」と、少し申し訳なさそうな笑みを浮かべてロベルトが言った。前歯の永久歯が一本、厄介な角度で出てきていた。僕がマーファに行く前と比べて、彼が成長した点の一つだ。「先生の iPhone には動画カメラが付いてるでしょ。映像にいろいろな特殊効果を加えて、ユーチューブに投稿できるよ」

「iPhone で映画を作ることなら誰でもできる」と僕は言った。「こんな本の出版は、誰にでもできることじゃない」。僕はハードカバーを手の甲で叩いた。まるで中古車のセールスマンになったような気分だった。

「津波の映画だって作れるよ」。彼が言っているのはハリケーンのことだ。「それに、いろんな人を映すカメラがあるのはいいことなんだ。カメラに見られていると、強盗がしにくくなるから。暴行も。

観察カメラがあれば」。彼が言っているのは監視カメラのことだ。

「ロベルト」と僕は言った。そして努力して笑みを作りながら、霊媒《チャネラー》であったペギー・ヌーナンと霊的交信《チャネリング》をした。「この本が扱っている問題は何だ？ これこそまさに、科学が常に過去の誤りを正し、進歩していることの証明じゃないか？」。僕は砂漠の美術館に展示されたジャッドの箱——その恐ろしいまでの辛抱強さ——を思い出した。「君みたいな若き未来の科学者は、物事を修正するわれわれの能力を信じるべきだ」。月を植民地に変えるわれわれの能力を。未来は弱い人間のものではない。勇敢な人間のものだ——書類《パペレス》を持った勇敢な人々、とまでは言わなかった。「君が心配しているようなあらゆる問題に対する新たな解決策を考えようと人々は努力をしている。例えば」と僕は言った。「彼らは」——それが誰であれ——「海水の侵入を防ぐ新たな防潮堤を開発している。特殊な水門も」。僕は個人指導を続ける決意を固めた。「次はそれを扱う本を書いたらどうかな？ ついでに、もしも本当にやりたかったら、本の内容の予告編みたいな映画を作ったらいい。iPhoneで短い映画を撮るんだ」。僕は本を一冊開いて、机の上に立てた。「でも、まずはしばらく、この本の刊行を喜ぼうじゃないか？」

僕たちは引きつった笑顔で互いに見つめ合ったまま、二人で作った傑作を間に挟んで座っていた。ロベルトはうなずいたが、何も言わなかった。部屋には、うるさい連中が立ち去った直後みたいな独特の静寂が漂っていた。親戚や保護者に引き渡される子供たちの笑い声や金切り声が外の通りから聞こえた。子供たちはまるで急激な気圧の変化を感じ取っているかのように、いつも以上にいら立っているみたいに感じられた。クラスで飼っているハムスターのチャンチョが、僕の背後の壁際に置かれた籠《ケージ》の中で走り回っているのが聞こえた。僕はダニエルが籠のボトルに水を補充している姿を思い浮かべ、後ろを振り向きたい誘惑に耐えた。削岩機、飛行機の音、ベルを鳴らして手押し車でアイスクリームを売る行商人。大音量でクンビア〔サルサに似たコロンビア起源のダンス音楽〕を流す車が交差点に停まった。信号が青に変わると、音楽は遠ざかっていった。

未来へ

ロベルト・オルティス著

目次

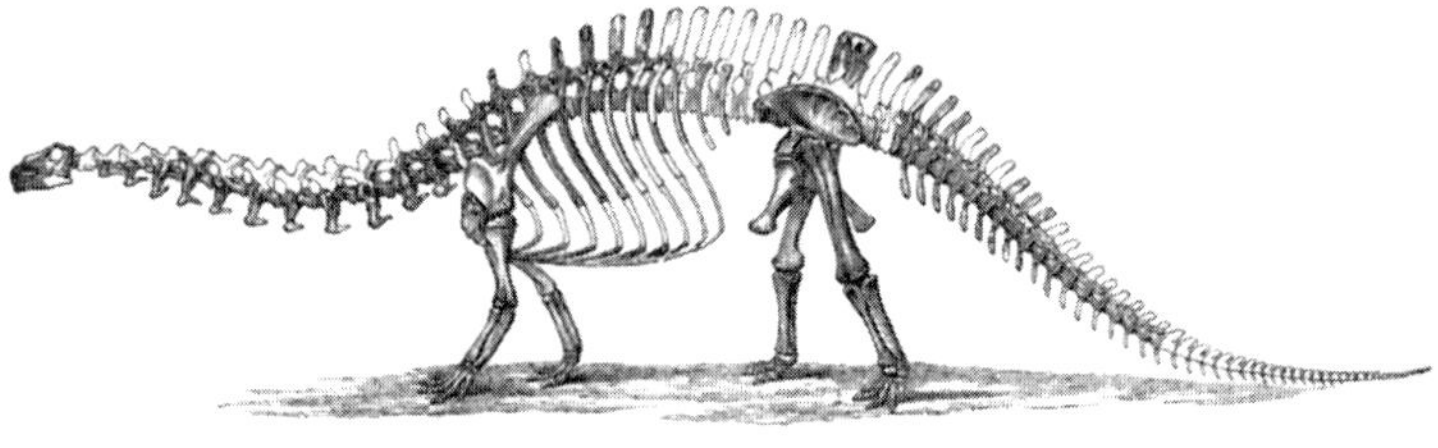

第一章：間違い

古生物学者だったオスニエル・マーシュは一八七七年、アパトサウルスという恐竜を発見しました。〝アパトサウルス〟とは〝紛らわしいトカゲ〟という意味です。マーシュ自身が実際に〝アパトサウルス〟にだまされることになるのですから、これは皮肉な名前です。

一八七九年、マーシュは別の種類の恐竜を発見したと考えました。しかし実は、それは頭のないアパトサウルスの骨でした。彼がその新種恐竜の頭だと考えていたのは、実はカマラサウルスの頭がい骨でした。彼はこのにせの恐竜をブロントサウルスと名付けたのです！　〝ブロントサウルス〟とはギリシア語で〝雷のトカゲ〟という意味です。

第二章：訂正

一九〇三年に、科学者たちはブロントサウルスがインチキだと気付きました！　ブロントサウルスの正体はアパトサウルスの体に間違った頭をくっつけたものだと分かったのです。ところが、科学者は間違いに気付いたのですが、世間の人はその新発見のことを知りませんでした。ブロントサウルスは存在すると多くの人が考え続けたのは、一つには、博物館のラベルがそのままになっていたことが原因です。もう一つは、ブロントサウルスは本当に、本当に人気者の恐竜だったからです！　ですから、科学者たちは間違いを見つけていたのに、ほとんどの人は知らないままでした。

　この切手はブロントサウルスがどれだけ人気者だったかを示しています。この切手が作られた一九八九年――ブロントサウルスが存在しないことに科学者が気付いてから八十六年後――になっても人々はまだ〝ブロントサウルス〟という名前を使い、その姿を思い浮かべていました。

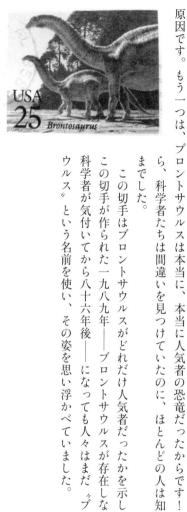

第三章：本当の恐竜

アパトサウルスは、１億５０００万年前のジュラ紀に生きていました。アパトサウルスは史上最大の生き物の一つです。体重は30トン以上、体長は最大で90フィート、体高は15フィートに達することがありました。頭部は2フィート足らずで、体に比べると小さなものでした。細長い頭がい骨には小さな脳が入っていました。歯は鉛筆のように細長い形でした。しっぽは最長で50フィートありました。アパトサウルスは草食性です。つまり、草だけを食べる生き物という意味です。草をつぶして消化を助けるために、石を食べることもありました。

アパトサウルスには変わった特ちょうがあります。それは頭の上に鼻の穴があるところです。理由は科学者にも分かっていません。最初は、アパトサウルスが水中で息をするのに便利だからと考えられていましたが、アパトサウルスの化石は水辺から遠い場所で見つかっているので、今ではそれは間違った考えだとされています。理由は今でもなぞのままです。

結論：科学は進歩する

アパトサウルスの物語は、科学が常に変化するということを示しています。なぜかというと、オスニエル・マーシュは最初にアパトサウルスと呼ばれる恐竜を発見したからです。その後、彼は新種の恐竜を見つけたと考えました。でもそれは、アパトサウルスに違う頭を付けたものでした。そして、この間違った恐竜が有名になりました。科学者は間違いを訂正しましたが、多くの博物館のラベルはそのままでした。人々は今でも、ブロントサウルスという名前の恐竜がいると思っています。

世界にはいつも新しい発見があるということを、科学者は日々学んでいます。多くの新たな発見が過去についての僕たちの考えを変えます。だから科学は限りなく、永遠に続いていきます。科学はいつでも未来に顔を向け、進歩していくのです。

終わり

〇

僕たちはまた、お決まりのことをした。あらゆる容器に水を溜め、さまざまな電化製品のコンセントを抜き、ラジオと懐中電灯に使う電池を用意して、バスタブに水を張った。それから二人でベッドに入り、プロジェクターで壁に『バック・トゥ・ザ・フューチャー』を映した。これを数十年に一度の嵐のときの恒例行事にしようかと、僕はアレックスに提案していた。毎年クリスマスに家族揃って同じ映画を観るとの同じ雰囲気で——ただし、僕とアレックスは家族ではなかったけれども。木の枝が窓を引っ掻き、一九八〇年代と一九五〇年代に影を落とした。プラスチック製のゴミ箱が通りで風に引きずられ、天窓を激しく打つ雨音は霰《あられ》を思わせた。ハリケーンが上陸する頃には、マーティーは過去の世界でチャック・ベリーにロックンロールの演奏を教えていた。それはつまり、マーティーが未来に戻ったときには、ロックを発明したのは白人だ——白人が黒人のロックを盗用したのではなく——という歴史が出来上がっていることを意味する。僕はこのイデオロギー的な機制《メカニズム》をアレックスに説明し、数分経ってからようやく、彼女が眠っていることに気付いた。その後、僕もう、と、う、と、し、た。

そして目が覚めたとき、窓のそばまで行った。雨はまだ激しく降っていたが、黄色い街灯が照らし出す光景は平凡だった。太めの枝が数本転がっていたけれども、木は倒れていなかった。停電も起こらなかった。またしても、歴史的なハリケーンが襲来し損なったのだ。それはまるで、僕たちが歴史の外で生きていたかのような、あるいは時間の流れからずり落ちかけているかのような感じだった。

しかし実際には、ただ僕たちの周りで被害がなかったというだけで、ハリケーンは上陸していた。ロウアーマンハッタンでは、地下鉄と道路のトンネルが冠水し、無数のネズミが溺れていた。僕はネズミたちの悲鳴を想像せずにはいられなかった。39丁目より南とレッドフック、コニーアイランド、ロックアウェイ、スタテンアイランドの大半では電気と水道が止まっていた。非常用の発電機がうまく作動しなかったため、病院からの避難が行われていた。心臓手術を終えたばかりの患者や新生児が階段を使って慎重に運ばれ、ハリケーン被害のなかったアップタウンに救急車で移送された。海岸沿いの民家は跡形もなく破壊され、水に浸かり、間もなくクイーンズ近郊では火事が起こることになる。救急隊員たちは高潮の際に溺れた人の遺体を捜索していた。ホームレスの人が何人亡くなったかは誰にも分からない。チェルシーにあるたくさんの画廊が浸水し、間もなく、新たな全損美術品が保険会社の巨大な倉庫に届くことになる。アリーナの作品の保管場所が一階ではなかったことを僕は思い出した。その上、彼女の作品はあらかじめわざと損傷を与えられている。いわば、防水ならぬ、防嵐加工済みだ。

翌日僕たちは生協に行って、寄付するための食料品を買った――生協とロックアウェイの間には、運搬ルートが確保されていた。その一部は、僕の学生が作ったものだ。僕たちは絶えず、事態の緊急性を口にしていたが、まだ実感はできずにいた。ブルックリンの中で海抜の高い地域には、雪が降った日のようなお祭りムードが漂っていたからだ。親は仕事が、子供は学校が休みなので、多くの人が公園で遊んでいた。周囲六ブロックで目に付く被害といえば、無人の車を押しつぶした一本の大きな倒木だけだった。地元の商店では、水や食料品の不足はなかった。レストランは普通に賑わっていた。知り合いは全員無事。ロウアーマンハッタンに住んでいる友人たちは、早めに避難をするか、アリーナのように充分な備えを用意して、やり過ごしていた。アレックスの友達には、途方もなく汚いゴワナス運河の水でアパートを水浸しにされた人もいたが、それが僕たちの身近でいちばん大きな被害だった。

　ハリケーンの二日後、僕はマウントサイナイ病院に電話をかけて、アレックスの診察予約に変更がないことを確認した。病院に被害はなかったらしい。それはよく晴れた、季節外れに暖かい日だった。ブルックリンの中心街からマンハッタンに向かうバスは運行していた。でも、距離は長いし、ルートも込み入っているので、アレックスを説き伏せて、二人でタクシーに乗ることにした。道路は混雑していたが、耐えられないほどではなかった。いったんブルックリンブリッジを渡って、電気の通っていないロウアーマンハッタンに入ってしまうと、車はスムーズに走りだした。ただし、交差点に差し掛かるたびに停車する必要があった。というのも、信号が消えていたからだ。警官は至る所にいた。しかしその様子は、災害の後始末をしているというより、パレードの準備をしているみたいだった。多くの店は営業しているように見えたが、廃棄された生鮮食料品らしきものであふれた大型のゴミ容器もいくつか見かけた。通りはまるで日曜の早朝のように、人気《ひとけ》が少なかった。所々に停まっている連邦緊急事態管理庁《FEMA》、電力会社、テレビ中継などの車を横目に見ながらタクシーが北に向かうにつれて、マンハッタンは急に平常通りの姿に戻った。運転手はミッドタウンで、遠くのビルの上にあるクレーンを指さした。ハリケーンの最中に高層アパートの屋上から外れたクレーンが、無人になった区画で危うい状態のまま上からぶら下がっていた。ロウアーマンハッタンを後にすると、それ以外の光景はいつもと変わらぬ一日に見えた。

　ブルックリンからの移動にかかる時間を多く見積もりすぎたせいで、僕たちは一時間早く病院に着いた。そして、またしても経験し損なったハリケーンに関するニュースを観た——待合室の中に、画面が目に入らない場所はなかったから。触手を伸ばしながら渦を巻くハリケーンがドップラーレーダー画像の中で上陸し、次いでなぎ倒される民家の映像、そして高齢者の救助の模様が映し出された。次の映像では大統領が被害について語っていた。いわゆる〝リーダーシップ〟を発揮する姿だ。大統領選挙が目前に迫っていたから。アメリカの国政に関わる政治家たちが初めて間接的とはいえ、公に異常気象と気候変動との関係を――嵐に強い都市を造る必要性について――語っていた。ニュージャージー州知事はヘリコプターから被害状況を眺めていた。スティーヴン・ホーキングが人類の生存は月の植民地化にかかっていると二〇一〇年に主張したことを僕はアレックスに思い出させた。彼女は僕に、マヤの暦によると世界は来たる十二月二十二日に終わる予定であると思い出させた。テーブルの上には、子育て雑誌に紛れて『ニューヨーカー』誌が置かれていた。「どこに行ってもこれがある」。彼女はおそらく無意識に――まるで痛みがあるかのように――顎を回しながらそう言った。僕は、放射能のせいでやせたと言うカルヴィンのことを思い出した。インディアンポイントにある原子炉の少なくとも一基が、ハリケーンの影響で停止していた。

僕はプラスチック製のリクライニングチェアの横にある小さな回転椅子に座り、アレックスの腹と超音波診断装置の魔法の杖に医者が透明なジェルを塗るのを見ている。GEビビッド7超音波システムは超音波検査機界におけるロールスロイスだ。四次元画像解析に加え、血流の画像化、組織の輪郭確認、カラー表示の能力が備わっている。通常、超音波検査は医者でなく、技師が行う。しかし医者の話によると、技師はロックアウェイに家がある――少なくとも、ハリケーン前にはあった――らしい。壁の上部に取り付けられた液晶画面には、来たるべき嵐の画像が映し出されている。その四肢はリアルタイムで動き、透明な頭蓋骨の中には脳が見える。医者は鼓動の早い心臓を長い時間映し、その音を大音量で聞かせてくれる。似たような装置で自分の鼓動を聞いたのはつい二か月ほど前だ。鼓動は強い、完璧だ、と医者は言う。経過が良好な証拠です、と。アレックスにはその前に、原因不明の出血があった。凝血さえ見られた。それは、既に高い流産の確率を高める可能性がある、と僕たちは警告を受けていた。鼓動を確かめたことでリスクは下がる――この生物が上陸に至らない可能性はまだ充分に高いけれども。これから数か月経たなければ、大動脈の状態を詳しく見られるようにはならない。子供の頭の大きさを医者が計測する間、僕はタコの赤ん坊のことを考えずにいられない。アレックスも僕も黙ったまま、医者に質問をすることもなく、互いの手を握ることもないが、二人でキャンバスの前に立つとき、あるいは並んで橋を渡るときに感じる親密さ――平行するまなざし――がそこにはある。

その後、僕たちは外を歩いていた。二人とも黙って、セントラルパーク沿いにゆっくりと南へ向かっていた。ハリケーン直後ということを考えると、その普通さが変に感じられた。僕は旅行者に頼まれて、メトロポリタン美術館の階段に立つ女性たちの写真を撮った。ファインダーを覗いたときは、彼女たちの内臓が透けて見えるのではないかと少し期待した。通りの屋台では、プレッツェルやホットドッグを売っていた。ジョギングをする人、犬を散歩させる人、千ドルのベビーカーに双子や三つ子を乗せている子守がいた。僕の耳に入る会話、笑い声、口論の中で、危機や非常事態を思わせるものは一つもなかった。リスやハト目ハト科の鳥の行動にも、普段と違うものは見られなかった。

僕たちは59丁目の辺りで、ブルックリンへ戻るバスをつかまえる方法を考えなければならないという考えに至った。しかしそれを調べるには、携帯を使っても、意外に手間取った。回線は速度が遅く、途切れがちだったからだ。いつもならセントラルパークサウスで馬車を引いている悲しそうな馬の匂いが、今日はしないことに僕は気付いた。嵐のとき、馬はどこに隠しているのだろう？　僕たちはとりあえずそのまま南へ向かうことにした。日が暮れたら、またタクシーに乗ろう、と僕はアレックスに言った。産科医によると、最近の出血は肉体的な疲労とは無関係のようだったが、妊娠初期を乗り切るまでは比較的安静にしておくのがいいと思ったのだ。ところが、タクシーを呼び止めるのは不可能だった――常に何台かが走っているのは見かけるのだけれども。ひょっとすると、運転手が交代する時間だから夕方の五時前後はつかまえにくいのかもしれない、あるいはハリケーンの影響があるから南へは行きたくないのかもしれないと僕は考えた。理由はどうあれ、僕たちの脇を通り過ぎるイエローキャブは無数にあったが、どれも回送中だった。でも、歩きながら努力を続ければいつか一台はつかまえられる、と僕は確信を持っていた。近づいてくるタクシーが見えるたびに手を挙げ続けた結果、ようやく37、38丁目辺りで一台が、様子を探るようにではあったが停まった。しかし僕がブルックリンという単語を出した途端、タクシーは走り去った。同じことがさらに二回あった後、僕たちは停電地区の入り口にたどり着いた。通りの先に明かりはなかった。

読者よ、僕たちは歩き続けた。レストランやバーの一部は開いており、ろうそくの明かりの下で少なくとも飲み物は売っていた。18丁目の角には、多様な人が集まっていた。近づいてみると、誰か――おそらく州兵――がそこに持ってきた瓶入りの飲料水が十箱か十二箱ほど積まれていた。タクシーは相変わらず停まらなかった。アレックスはトイレに行きたいと言っていた。ユニオンスクエアに着くと、食料を載せたたくさんのトラックが動き回っていて、そのコンセントを借りて携帯の充電をしている人たちがいた。連邦緊急事態管理庁はそこを一種の拠点にしているようだった。巨大なホールフーズ・マーケットには、なぜか電気が通っていた。周囲のビルはどれも真っ暗なのに、そこだけが驚くほど明るかった。その場所を訪れたのは、前回ハリケーンに襲われた夜以来のことだった。僕はアレックスがトイレに行く間、外で待っていた。近くではレポーターが撮影をしていて、僕はカメラに写る範囲内の明るい場所で手を振ったので、あなたは僕の姿を見たかもしれない。

アレックスが店から出て来たとき、交差点にバスが停まった。でも中は満員で、行列の先頭にいた数人しか乗車を許されなかった。それは南行きのバスだったが、橋を渡ってブルックリンまで行くものだと考える理由は何もなかった。僕たちはブロードウェイと15丁目の交差点にいた警官に、ブルックリンへ戻る方法を尋ねたが、彼は素っ気なく肩をすくめただけだった。驚いたことに、僕は怒りが込み上げるのを感じ、空想の中で警官を殴った。ようやくそのときになって、たくさんの矛盾した感情が自分の中で衝突し、またつながり合っていることに僕は気付いた。おそらく僕は奇妙な笑みを浮かべていたのだろう。アレックスは僕に「大丈夫？」と訊いた。警察と市のトラックが使っていたいろいろな発電機とホールフーズ・マーケットとの間で、ユニオンスクエアは比較的明るかった。さらに南に歩いて行くと、闇はますます深くなり、車のヘッドライトも間遠になった。規律が行き届いていない夜に車を運転するのは危険だ。わずか一、二時間ほど前まで自分たちがいたアップタウンの賑わいを思い出そうとすると、まるで違う時代の出来事を振り返っているみたいな気分になった。ましてやその日の昼過ぎまでいたブルックリンは別世界だ。安寧の感覚――フレンチ・ルネサンスや連邦《フェデラル》様式の建物が並ぶアッパーイーストサイドの雰囲気――は一時代前の、金ぴかで無垢な時代のものに思えた一方、暗闇の中の僕にとって超音波テクノロジーは未来の先触れのように感じられた。どちらもあまりに異質《エイリアン》すぎて、物語に統合できない存在だった。時間感覚が崩壊し、僕はあらゆる記憶から等距離に立っていた。ウィンターグリーンミントのキャンディーを嚙んだときにモニークの口の中で光った青い火花。メキシコシティーで熱を出したときに見た幻覚。生中継で見たスペースシャトルの事故。僕は顔を上げて、目に見えるというより感覚に感じられるビル群を見た。そして、建物の中にどのくらいの人がまだ残っているのだろうと考えた。ビルの所々で、明かり――炎かLEDの光――が窓の内側を横切るのが見えた。しかし、全体には人気《ひとけ》が感じられなかった。僕はアレックスに、「大丈夫だ」と答えた。なぜかは分からないが、それぞれの建物の中で安息日用のエレベーターが動いている様子を僕は想像した。それらはどこか別の場所、どこか別の時代から電力を得て、今でも静かに動いているのではないか、と。

僕たちは途中でT字路に突き当たり、東に向かって歩いていたに違いない。気が付くとラファイエット通りとカナル通りの交差点にいた僕たちに、二人の男が近づいてきて、金をせびった。少なくとも片方の男は酔っ払っていた。街灯も秩序もないその場所では、彼らが単に金を欲しがっているのか、脅し取ろうとしているのか、すぐには見極められなかった。人間関係は白紙に戻され、手掛かりは読み取りがたかった。それはまるで、社会的な身体感覚が電力とともに失われたかのようだった。金はないと僕は答えた。それでも男たちはまだ粘ったが、脅す様子は見られなかった。僕が反応をためらっている間に、アレックスが二ドルを手渡し、男たちは消えた。

気温が下がり始めていた。東の方、金融地区の暗い高層ビルの間に明るい光が見えた。何かの動物の目が光っているみたいな明かりだ。後にそれは、ゴールドマン・サックスの光だったと分かった。僕の本――詐欺行為を扱うと約束していた本ではなく、その代わりにあなたたちのために、あなたたちに向けて虚構《フィクション》の崖っぷちで書いた本――の表紙に使う予定の写真の中で、明かりのある数少ない建物の一つがその投資銀行のビルだ。きっと巨大な発電装置があったに違いない。それとも、秘密の電力網への特別なアクセスを持っていたか。間もなく僕たちは南西に向かっていた。少しの間、辺りは完全な闇に感じられた。僕はマーファを思い出した。周囲の建物は、夜の砂漠に置かれた恒久的な展示物のようだった。僕はその感覚をアレックスに伝えようとした。しかし光のない街路で、僕の声は変に響いた——他にもさまざまな音がしていたにもかかわらず、妙に大きく、目立つ声。誰かが近くで何かを叩いていた。ヘリコプターの音は聞こえたが、姿は見えなかった。近くを走る大型トラックのゆっくりとした耳障りなブレーキ音は、水中から聞こえる鯨の歌を思わせた。パークプレイス通りを曲がったところで、突然、目の前にタクシーが現れた。存在しないけれども手触りが感じられそうなツインタワーは今、目に見えない建物と区別するのが難しかった。もしも急に電力が回復したら、ツインタワーが少し左右に揺れながらそこに現れるのではないか、という感覚を僕は覚えた。タクシーの後部座席には人影が見えたが、僕は手を挙げて停めようとした。その人影は、バーナードとナタリの娘、ライザ、アリとして、詩の両側に存在しているみたいだった。タクシーはハリケーンの影響で相乗りが許可されている——複数の世界から客を乗せる——ことがあるという話だった。しかし、僕たちのために停まってはくれなかった。

僕はアレックスに、体の具合を尋ねた。彼女は大丈夫だと言ったが、明らかに疲れていて、寒そうだった。もしも彼女が今妊娠八か月で、たまたま僕のせいでこの状況になったとしたらどうしよう? 僕がその懸念を実際に口にすると、今の状況は大したことないし、あなたのせいでもない、と彼女は笑って言った。彼女の体の中では小さな哺乳類が育っている——今週は、味蕾《みらい》と蕾《つぼみ》状の歯胚ができる段階だ。僕がどこまで関与するかは、おいおい二人で決めていく。僕は瓶入りの水を一本とグラノーラバーを二本買おうと思って、発電機で弱々しい明かりが灯っていた食料雑貨店に入った。二人とも、早めに昼食をとってから何も食べていなかったからだ。店には、傷んだ野菜の強烈な匂いが漂っていた。冷蔵ケースは全て空っぽにしてあったが、棚には古い野菜が並んでおり、床もまだ濡れていた。水は見える場所にはなかったが、店員に尋ねると、カウンターの奥から大きな瓶を出してきた。値段を尋ねると、十ドルだと彼は答えた。カウンターの奥にしまわれた他の品々が宝物に見えた――実際、そうだったのだが。乾電池、懐中電灯、万能マッチ、エネルギーバー、インスタントコーヒー。僕が一つずつ順に値段を訊くと、彼は笑顔で毎回、十ドルだと答えた。数マイル先なら、ハリケーンの前と全く同じ値段の品々。暗闇の中では値段が上がる。僕は価値の下がった通貨で水と、アレックスのために女性向け栄養バーを買った。そして僕たちはまた歩きだした。

市庁舎前を通り過ぎてブルックリンブリッジに近づくと、たくさんの人とヘッドライトが見えた。警官が交通整理をする脇で、消防車、救急車、ゴミ収集車など、市のトラックが塊になっていた。センター通りには軍用ジープが二台停まっていた。川の向こうに見えるブルックリンは光に照らされ、違う時代の輝きを放っていた。僕らは元々一マイルほどしか歩く予定ではなかったのに、既に七マイル近く歩いていた〔一マイルは約一・六キロメートル。七マイルは約十一キロメートル〕。僕はバスがどうなっているか誰かに訊いてみようかとアレックスに尋ねたが、彼女はそれを断り、〝とにかく全部〟歩きたいと言った。普段と同じ格好をした人の流れが着実に歩道から橋へと流れ込んでいて、僕らの中にも奇妙なエネルギーが湧いてきた。行進みたいな、一斉避難みたいな、デモみたいな感じ。僕は最初、全ての女性を妊婦だと想像した。それから全員を、ロンドン橋の上を流れる死者だと想像してみた〔T・S・エリオット『荒地』への言及〕。要するに、顔のない亡霊が、原子レベルでバラバラになってはいるがまだこの世の名残を残しながら微妙に揺らめく光景。これは引用だ。ジョン・ギレスピー・マギーと同じ技法。ケーブルの下を歩きながら、川の上にさしかかったところで立ち止まり、後ろを振り返った。アップタウンはいつにも増して明るく見えた。しかし、あなたたちが北に目をやると、明かりの中に公営住宅の暗い影が見える〔「あなたたち」という二人称複数代名詞については最後の段落を参照〕。公営住宅群は、舞台手前に置かれた段ボール製の書き割りみたいに二次元に見えた。僕らの後方にあるロウアーマンハッタンは暗く、闇の密度が本能的に感じられた。ブルックリンブリッジの完成を祝う花火が一八八三年に僕らの上で炸裂し、ページ上でぶわっと広がった。月は空高く昇り、月光が水面に映えるのがあなたたちには見える。僕はアメリカの学校に通う子供たちに言いたいことがある――

僕らはブルックリンでB63系統のバスに乗り、アトランティック通りを進むだろう。二つか三つ目の停留所で僕は、大きな観葉植物を二つの黒いビニール袋に入れて持つ年配の女性に席を譲る。そのとき初めて僕は足が痛み、膝が少しこわばるのを感じるだろう。チトセランとフィロデンドロン。全ては以前と変わらないだろう。それから、虚構《フィクション》の中ではありそうもないことだが、植物を持った女性がアレックスの方を向いて尋ねる。あなた、妊娠中？　光のようなものが見えるのだと彼女は説明し、きっと女の子だと推測する。ソナーみたいなポーンという音は僕の後ろに座っているティーンエージャーの携帯の着信音だと判明するだろう。彼女は電話に出て、「もうすぐそこまで来てるから。落ち着いてよ。目の前まで来てるから」と叫ぶ。その声、そしてその夜僕が耳にする全ての音がウォルト・ホイットマンの詩のように響くだろう。似たような過去の出来事がそれに似た未来の出来事と呼応する。僕らはバスが右折して5番通りに入るところで下車し、東に歩く。全ては探検と発見という過程の一部だ。僕たちは幽霊の自転車――死んだ自転車乗りの記念碑――がチェーンで標識の支柱につながれているのを見るだろう。そして、早咲きのマメナシの花が散らばった歩道を見るだろう。ベニヤでできた説明板には、彼女の名前はリズ・パディラと書かれている〔貧しい人のためのボランティア活動を指揮していた人物。二〇〇五年にブロスペクト通りと5番通りの交差点で事故に遭い、亡くなった。現場には彼女を追悼する白い自転車が置かれている〕。この本は彼女に捧げることにしましょうよ、とアレックスは言うだろう。セントマークス通りに立つガス灯の小さな炎はいくつものジャンルを横断するように微妙に揺らめくだろう。僕らは、縁石のそばに捨てられた、トコジラミが付いていそうなベッド用スプリングから大きく距離を取るだろう。しかし今夜の僕の目には、寄生虫でさえ、宿主から宿主に血を循環させる可能性の比喩として、無様な集合体の一つに見える。一時的にはやるジョークのように。詩の韻律のように。さっきからずっと何を考えてるのよ、とアレックスは言うだろう。一セントにもならないのに、と。いや、僕の頭にあるアイデアには六桁強の値打ちがある。一九八六年、僕は体温を上げるために舌の下に一セント硬貨を入れ、保健室の先生をだまして早退し、家で映画を見ようとした。あれはうまくいったのだったか？

僕たちはプロスペクトハイツで寿司レストランに立ち寄り、何かを食べるだろう。食べるのは野菜ロールだけ。アレックスは妊娠中だし、海は汚染されているし、スーパーハリケーンのせいで全ての港が閉まっているから。僕らの隣の席に座ったカップルが分譲マンションと組合式マンションの善し悪しを議論している〔後者の場合、居住者はマンション組織法人の株を買い、法人から部屋を借りるという形を取る〕。女はますます熱が入った様子で「あなたにはプロセスが分かってない」と言い、ここは「発展途上国とは違う」と説く。僕は小さなテーブルの前に座り、窓に映った僕たちの影の向こうにあるフラットブッシュ通りを眺めながら、今日の二人歩きの様子を、まるでマンハッタンブリッジから見たみたいに三人称で思い返すだろう。しかし、飛び降りを防ぐための金網柵に寄りかかりながら文章を記す時点では、二人称複数で全損の街を振り返っている。理解するのは難しい、それは僕にも分かる／僕はあなたたちとともにある、そして事の次第を知っている。

「人がこれまで生きてきて、今ほどわくわくする時代はありませんでした。心躍る驚異の時代、英雄的な偉業の時代です。映画『バック・トゥ・ザ・フューチャー』にあった台詞のように、“私たちが向かう先の世界では、道路なんて必要ない”のです」
――1986年2月4日、ロナルド・レーガン大統領の年頭教書より

謝辞

ありがとう、アリ。編集を担当したミッチ・エンジェルと代理人のアナ・スタインにも感謝する。原稿を読んでくれた次の方々にもお礼を申し上げる。マイケル・クルーン、サイラス・コンソール、スティーヴン・デイヴィス、マイケル・ヘルム、シーラ・ヘティ、アーロン・クニン、レイチェル・クシュナー、スティーヴン・ラーナー、タオ・リン、エリック・マクヘンリー、マギー・ネルソン、アナ・モスコヴァキス、ジェフリー・G・オブライエン、エレン・ローゼンブッシュ、ピーター・ザックス、エド・スクーグ、そしてローリン・スタイン。この本はハリエット・ラーナーとの対話の中で書かれた。それゆえ、その最善の部分は彼女に負っている。

私がテキサス州マーファでレジデンス生活を送ることができたのはラナン基金のおかげである。短編「金色の虚栄《ゴールデン・ヴァニティー》」は『ニューヨーカー』誌に掲載された。本書の抜粋二編は『パリス・レヴュー』誌に掲載された。マーファで作った詩「闇は私にもつぶてを投げた」はコロンビアカレッジ・シカゴの書籍・ペーパーアート・センターのお世話でエピセンター社から小冊子の形で出版され、別に、『ラナ・ターナー――詩と批評の雑誌』にも発表された。コロンビアカレッジのアーティストの皆さんとこれらの出版社の編集者の皆さんに感謝する。

〝全損美術品協会〟のモデルはエルカ・クラエフスカのサルベージ美術品協会である。本書の虚構的な描写は、私が実際のクラエフスカの作品について『ハーパーズマガジン』に書いたエッセイ「ダメージ・コントロール」の文章と重なる部分がある。語り手が〝ロベルト〟と協力して作った本は、私がエリアス・ガルシアと共作した自費出版本に基づいているが、その他の点では、〝ロベルト〟は虚構の人物だ。

この小説の中の時間（『時計《ザ・クロック》』がニューヨークで観られた時期、ハリケーンが上陸した時間など）は必ずしも現実の時間と一致しない。私には結局、『時計《ザ・クロック》』が真夜中を迎える瞬間を見る機会はなかった。細部の描写については、『ニューヨーカー』誌掲載の、クリスチャン・マークレーに関するダニエル・ザレフスキーのエッセイ「時間」から借用した。

エピグラフに掲げた文章を私が初めて見かけたのは、ジョルジョ・アガンベンの『到来する共同体』（マイケル・ハートによる英訳）の中だったが、大元の出所はヴァルター・ベンヤミンとされることが多い。

訳者あとがき

現代小説に新しいタイプのものが現れつつある。遊歩《フラヌール》小説とでも呼びたくなるような種類の作品たちだ。そこでは、一般的な物語に見られるような大事件は起こらず、主人公の身の回りの出来事やそれらに関する観察が綴られる。時にエッセイ風、時に詩的に響くそんな要素を交えた文学作品は、ドイツ生まれの作家W・G・ゼーバルト（一九四四—二〇〇一）あたりを嚆矢《こうし》として、アメリカではテジュ・コール、あるいは本作を書いたベン・ラーナーなどにその流れが引き継がれている（ただし、今挙げた三人の文体はそれぞれの語り手のキャラクターに応じて、互いに味わいがまったく異なる）。

本来なら、読者にはまず、その独特なリズムと文体をじっくり味わっていただきたいところだ。しかしその前に、あるいは読後でも構わないのだが、この作家に関するいくつかの個人的情報を頭に入れておくと、作品をより一層楽しむことができるかもしれない。

ベン・ラーナーは一九七九年アメリカ・カンザス州生まれ。ブラウン大学で政治理論を専攻、その後、ＭＦＡの学位を取得、つまり創作科の修士課程を修了している。現在までに詩集を三冊を出版（二〇一六年には三冊を合本にしたものも刊行）し、その一つは全米図書賞の最終候補にノミネートされるなど、詩人としては二十代の頃から非常に高く評価されている。最近では二〇一六年に『詩が嫌い（*The Hatred of Poetry*）』という自虐的なタイトルの詩論も書いているが、これは、世間で嫌われている「詩」をラーナーらしい愉快な語り口で擁護するものである。

そんな彼が二〇一一年に小説『アトーチャ駅発（*Leaving the Atocha Station*）』を発表すると、ニューヨーカー誌、ニューヨーク・マガジン誌、ガーディアン紙、ウォールストリート・ジャーナル紙、ボストン・グローブ紙などで当該年度ベストブックの一つに選ばれ、ビリーバー図書賞を受賞、ロサンジェルス・タイムズ図書賞の処女小説部門で最終候補、ニューヨーク公共図書館の新人賞など、数々の栄誉を得た。小説家のポール・オースター、ジョナサン・フランゼンらも『アトーチャ駅発』を絶賛している。この小説は、詩人としての実績を認められた男（ベン・ラーナー本人ではないことになっているが、かなりの部分で彼と重なる人物）が助成金を得てスペインに数か月間留学する物語。自意識的な主人公がうまく言葉の通じない異国で嘘にまみれながら苦闘する姿が滑稽で、しかし同時に、あちこちにちりばめられた知的で鋭いコメントが印象的という、新鮮な味わいの小説デビュー作だった。

これを受けて、ニューヨーカー誌が短編執筆をラーナーに依頼し、出来上がったのが「金色の虚栄」という作品だった。そして次にはこの短編を組み込んだ形の長編が企画されて、最終的に生まれたのが『10:04』だ。

こうした背景を知った上で本書を読むと、語り手である主人公がベン・ラーナー本人に見えてくるだろう。主人公は作中でずっと名前を与えられていないが、ラーナー同様やはり詩人で、初めて書いた小説が話題となり、ニューヨーカー誌に「金色の虚栄」という短編を書き、次にそれを組み込んだ長編を書いているのだから、主要な経歴はそっくりそのままである。しかし興味深いのは、まさにエピグラフの言葉にあるように、「全ては今と変わらない――ただほんの少し違うだけで」という点だ。第1章の最後、語り手が自分の周囲で起きたことを微妙に改変して短編を書こうと決意する場面で、少しその種が明かされている。だから、私たちが本書で目にするのは、現実と「ほんの少し違う」世界だ。実は一度だけ、語り手は「ベン」と呼び掛けられるが、これもまた巧妙な形でその後、取り消されていることにお気付きになっただろうか。

本作のタイトルになっている10:04というのは、映画『バック・トゥ・ザ・フューチャー』で主人公マーティーが雷のエネルギーを使って一九五五年から一九八五年に戻る時刻である。そして語り手は冒頭で、「同時に複数の未来に自分を投影してみようと思う」と宣言する。それはつまりこの小説の中では、先ほど述べたような「ほんの少し違う」世界が、疑似時間旅行を経た複数の未来として表象されていることを意味している。

というわけでこの小説は、極端に単純化して言うならば、二作目の小説に挑戦する詩人をめぐる自伝的メタフィクションということになる。だが、誤解を招かないよう、直ちに付け加えておかなければならないだろうが、本小説のいちばんの面白さは、「自伝的」な部分にあるのでもなければ、「メタフィクション」的仕掛けにあるのでもない。

この作品のキーワードの一つは、“proprioception”という語ではないだろうか。主に生理学の領域で用いられるこの術語は通常、「固有受容」と訳されるが、平たく言うと、「目を閉じていても、体の各部分の位置、運動の状態などが分かる感覚」のことなので、本文中ではより平易に「身体感覚」と訳した。冒頭近くの場面で、語り手がタコについて「身体感覚よりも体の柔軟性を優先させたために、手足に触れた物を立体的に認識することができない。局所的な肌理《きめ》の違いは分かっても、その情報を統合してより大きな像を描くことはできず、世界というリアルな虚構《フィクション》が読み取れない」と述べる部分がある。その表現を借りるなら、この作品が拾い集めているいくつものエピソードに共通するのは、日常の身体感覚が失われ、心・精神がタコの体のように柔軟になり、「リアルな虚構《フィクション》が読み取れない」状態に立ち戻る瞬間だ。それは、逆に言うなら虚構や言葉が創発する（「世界という虚構が組み変わる」）局面である。

ラーナーが詩人であることをお話ししたついでにもう一つ、訳しながら気付いたことを指摘しておきたい。実は訳者がこの作品を最初に読んだのは二〇一四年、アメリカでの出版直後だった。私がその直前に読んでいたのは、ロン・ローウィンソーンの『磁場』（Ron Loewinsohn, *Magnetic Field[s]*, 1983）だった。この作家は日本ではあまり知られていないと思うが、リチャード・ブローティガンの『アメリカの鱒釣り』はローウィンソーンともう一人の詩人に捧げられている（邦訳では「ロン・ロインソン」と表記）。ローウィンソーンはカリフォルニア大学バークレー校の英文科に勤務しながら、詩集をいくつも出版している著名な詩人で、彼が初めて執筆した小説『磁場』は当時、全米批評家協会賞小説部門の最終五候補に残り、二〇〇二年にドーキーアーカイブ社から再版された際には、日本でも人気のある作家スティーヴ・エリクソンが序文を書いている。というわけで、偶然にも新旧の詩人が約三十年の時を置いて書いた小説――ともに話題作――を続けて二作読むことになったわけだが、その結果、二人に共通して非常に印象に残ったのは、作中でテーマや語句が周到に反復され、それが小説全体に緊密な一体性を持たせていることだった。

例えば大きな枠組みで言うと、『10:04』の物語自体が、二〇一一年八月二十七、二十八日にアメリカ東部を襲ったハリケーン「アイリーン」で始まり、翌年十月二十九、三十日に襲来したハリケーン

「サンディ」で終わっている。そして、ハリケーンのドップラーレーダー画像は、胎児エコー検査と心臓エコー検査の画像として反復され、触手を伸ばすタコと渦を巻くハリケーンの雲とが対比される。単語のレベルでも、主人公の短編の拡大と大動脈の拡張（dilation）とが重ね合わされ、マルファン（Marfan）症候群がテキサス州マーファ（Marfa）でのレジデンス生活につながる。他にも、もっと目立つところでは、「消える手」や「起こったけども起こらなかった出来事」といったモチーフの反復もある。もちろん、他の小説家の作品にもさまざまな要素の反復は見られるのだが、詩人が小説を書いたときにはそうした部分が一層引き立って、作品に独特なリズムを与えているような気がする。

また、この小説の中ではアメリカの国民的詩人、ウォルト・ホイットマンの詩が繰り返し言及される。小説を締めくくるのも彼の詩の一節だ（作品の余韻が響くべきその場所に横から口を挟むのはさすがにためらわれたので訳注は入れていない）。ホイットマンが自由で民主的な「万人《エブリマン》」を詠んだのを受けて、ラーナーはこの作品において、韻文でなく散文を用いながら、普遍的なアメリカ人（あるいはもっと一般化して、普遍的現代人と言ってもいいだろう）が立ち現れる顕現《エピファニー》的瞬間を写し取る。それは、先に述べた「身体感覚が失われる瞬間」ともしばしば重なる。

『10:04』を翻訳するのはとびきり楽しい仕事だったが、他方で、当初の予想以上に苦労をした。英語で読む限りでは難しさは感じられないが、わざと回りくどい語り方をして笑いを誘ったり、皮肉のこもった一語が文末に加えられていたりして、日本語に訳して語順が変わると面白さが失われる部分が多くあった。しかしもちろん、そういう凝った文体こそがラーナーの持ち味だ。そのくねくねとした語りの口調がこの翻訳で少しでも読者に伝わっていればうれしい。

本書の出版に当たっては、企画の段階では藤波健さん、編集の段階では栗本麻央さんのお世話になりました。どうもありがとうございました。そしていつもながら、訳者の日常を支えてくれるFさん、Iさん、S君にも感謝しています。どうもありがとう。

二〇一七年一月

木原善彦

本書中には現在の日本の状況にかんがみて不適切と思われる語句を含む文章もありますが、文学作品の原文を尊重する立場からそのままとしました。

——編集部

図版クレジット

14頁　ジュール・バスティアン・ルパージュ（1848-1884）『ジャンヌ・ダルク』、1879年。（Jules Bastien-Lepage [1848-1884], *Joan of Arc,* 1879. Oil on canvas, 100×110". The Metropolitan Museum of Art, New York, gift of Erwin Davis, 1889 [89. 21. 1]. 提供：Alamy／アフロ）

14頁　映画『バック・トゥ・ザ・フューチャー』より。（Image from the film *Back to the Future.* 提供：Photofest／アフロ）

20頁　クリスタ・マコーリフの写真。撮影は『ニューヨーク・タイムズ』社のキース・マイヤーズ。（Photograph of Christa McAuliffe by Keith Meyers of *The New York Times* provided courtesy of Great Images in NASA.）

31頁　パウル・クレー（1879-1940）『新しい天使』、1920年。（Paul Klee [1879-1940], *Angelus Novus,* 1920. Oil transfer and watercolor on paper, 12 ½× 9 ½". The Israel Museum, Jerusalem, gift of Fania and Gershom Scholem, Jerusalem, and John Herring, Marlene and Paul Herring, and Jo Carole and Ronald Lauder, New York [B87. 0994]. 提供：Heritage Image／アフロ）

79頁　ヴァイキング1号軌道船が火星のシドニア地域で撮影した写真。（Photograph of the Cydonia region of Mars taken by the *Viking 1* orbiter provided courtesy of Great Images in NASA.）

153頁　アンリ・カルティエ＝ブレッソン（1908-2004）がブルックリンブリッジで撮影したクロード・ロイの写真、1947年。（Photograph of Claude Roy on the Brooklyn Bridge, 1947, by Henri Cartier-Bresson [1908-2004]. © Henri Cartier-Bresson／Magnum Photos.）

220頁　ティム・ジョンソンがチナティ財団内で撮影した壁書きの写真。（Photograph of graffito in Chinati provided by Tim Johnson. Copyright © 2013 by Tim Johnson.）

258 頁　ブロントサウルスの骨格図。ウィキメディアコモンズ提供。（Image of brontosaurus skeleton provided by Wikimedia Commons: http:// en. wikipedia. org/wiki/File: Brontosaurus_skeleton_1880s. jpg.）

259 頁　切手の写真。アメリカ合衆国郵政公社提供。（Image of postage stamp provided courtesy of the United States Postal Service. All Rights Reserved. Used with Permission.）

260 頁　アパトサウルスのイラスト。スコット・ハートマン提供。（Illustration of apatosaurus provided by Scott Hartman. Copyright © 2013 by Scott Hartman.）

261 頁　作者が撮影した写真。（Photograph provided courtesy of the author.）

274 頁　ヴィヤ・セルミンス（1938 年生まれ）『同心円的位置感覚Ｂ』、1984 年。（Vija Celmins [b. 1938], *Concentric Bearings B,* 1984. Aquatint, drypoint, and mezzotint on paper. Image left: 4 15⁄16 ×4 5⁄16", image right: 4 11⁄16 ×3 11⁄16". Tate, London, acquired jointly with the National Galleries of Scotland through the d'Offay Donation with assistance from the National Heritage Memorial Fund and the Art Fund 2008. © Vija Celmins, Courtesy Matthew Marks Gallery.）

訳者略歴
一九六七年鳥取県生まれ
京都大学大学院文学研究科英語学英米文学専攻博士課程修了
大阪大学大学院言語文化研究科准教授
主要著書
『UFOとポストモダン』（平凡社）、『実験する小説たち　物語るとは別の仕方で』（彩流社）ほか
主要訳書
T・ピンチョン『逆光　上下』、R・パワーズ『幸福の遺伝子』（以上、新潮社）、H・マシューズ『シガレット』、H・クンズル『民のいない神』（以上、白水社）、D・マークソン『これは小説ではない』（水声社）ほか

〈エクス・リブリス〉
10:04（ジュウジ　ヨンプン）

二〇一七年二月一五日　印刷
二〇一七年三月五日　発行

著者　ベン・ラーナー
訳者　©木《き》原《はら》善《よし》彦《ひこ》
発行者　及川直志
印刷所　株式会社三陽社
発行所　株式会社白水社
東京都千代田区神田小川町三の二四
電話　営業部〇三（三二九一）七八一一
　　　編集部〇三（三二九一）七八二一
振替　〇〇一九〇‐五‐三三二二八
郵便番号　一〇一‐〇〇五二
http://www.hakusuisha.co.jp
乱丁・落丁本は、送料小社負担にてお取り替えいたします。

誠製本株式会社

ISBN978-4-560-09050-3

Printed in Japan

エクス・リブリス
EXLIBRIS

河・岸
蘇童
飯塚容 訳

文化大革命の時代、父と息子の一三年間にわたる船上生活と、少女への恋と性の目覚めを、少年の視点から伝奇的に描く。中国の実力派作家による、哀愁とユーモアが横溢する傑作長篇！

歩道橋の魔術師
呉明益
天野健太郎 訳

一九七九年、台北。物売りが立つ歩道橋には、子供たちに不思議なマジックを披露する「魔術師」がいた――。子供時代のエピソードがノスタルジックな寓話に変わる瞬間を描く、九つのストーリー。

ブラインド・マッサージ
畢飛宇
飯塚容 訳

南京のマッサージ店で働く盲目のマッサージ師たち。暗闇の中、ひと筋の光明を求め、懸命に生きる姿が胸を衝く。中国二十万部ベストセラーの傑作長篇。茅盾文学賞受賞作品。映画化原作。

神秘列車
甘耀明
白水紀子 訳

政治犯の祖父が乗った神秘列車を探す旅に出た少年が見たものとは――。ノーベル賞作家・莫言に文才を賞賛された実力派が、台湾の歴史の襞に埋もれた人生の物語を劇的に描く傑作短篇集！

鬼殺し（上・下）
甘耀明
白水紀子 訳

日本統治期から戦後に至る激動の台湾・客家の村で、日本軍に入隊した怪力の少年が祖父と生き抜く。歴史に翻弄され変貌する村を舞台に、人間本来の姿の再生を描ききった大河巨篇。東山彰良氏推薦！